G. LE ROUGE

LE PRISONNIE[R]
[DE LA] PLANÈTE MA[RS]

UN ROMAN D'AVENTURES

ALBERT MÉRIC[ANT]
ÉDITEUR

Gustave LE ROUGE

LE PRISONNIER de la PLANÈTE MARS

ROMAN

Orné de Compositions hors texte d'après les aquarelles de

H. Thiriet

PARIS
" LE ROMAN D'AVENTURES "
ALBERT MÉRICANT, ÉDITEUR
1, Rue du Pont-de-Lodi, 1

Ouvrages du même Auteur

ROMAN

Le Voleur de visages. 1 vol.
Le Dompteur de requins. 1 vol.
L'Ilot mystérieux. 1 vol.
Les Pirates de la Science. 1 vol.
L'Espionne du grand Lama. 2 vol.
Le Secret de Madame Gisèle. 2 vol.
Les Ecumeurs de la Pampa. 1
Le Chasseur de Guanacos. 1
Amours d'esclave. 1
La Fiancée du Déserteur. 1
Le Quartier latin. 1
La Reine des Eléphants. 1

EN PRÉPARATION :

Contes nocturnes. 1 vol.
Les Pêcheurs de trésors. 2

POÉSIE

Le Marchand de nuages. *(Epuisé.)*
La Coupe d'argile. *(En préparation.)*

THÉATRE

Pouflacon spéculateur, 1 acte (en collaboration avec Etienne Ségrette.)
La Parole souterraine, 5 actes, drame *(En préparation.)*
La Fiancée du déserteur, drame, 5 actes.
L'or, pantomime.

CRITIQUE

Les Utopistes du XVIIIe siècle : Typhaigue de la Roche et l'abbé de St-Pierre.
Art : Louis Legrand, Henri de Groux, Martynn et Fuseli, etc., etc.

HISTOIRE

Un Etat révolutionnaire dans les Antilles sous Louis XIV. (L'Épopée des flibustiers de la Tortue, d'après de nouveaux documents.)

PHILOSOPHIE

La Mystique scientifique. *(En préparation.)*
L'Avenir du cerveau. *(En préparation.)*

LE PRISONNIER de la PLANÈTE MARS

PREMIÈRE PARTIE

CHAPITRE I

UN MESSAGE MYSTÉRIEUX

— Personne n'est encore venu me demander, mistress Hobson ?

— Personne.

— Il n'est venu aucune lettre pour moi ?

— Aucune.

Mistress Hobson, propriétaire de la taverne, à l'enseigne des *Armes de l'Ecosse*, n'était pas bavarde de son naturel. Malgré le désir qu'avait son interlocuteur d'entrer en conversation, elle lui fit comprendre d'un petit mouvement sec et décidé qu'elle n'avait nullement envie de perdre son temps en paroles inutiles.

Installée derrière son comptoir, encadrée de pintes d'étain, d'énormes tranches de rosbif saignant, de petits barils de conserves, et de flacons de pickles, elle était gravement occupée, en attendant l'heure du thé, à compter sa recette du matin, et à disposer en tas égaux les pièces d'un shelling et de six pence qui remplissaient son tiroir-caisse.

A l'autre extrémité de la salle, à ce moment tout à fait vide, un jeune homme de mine et de tournure élégante était assis près d'un grand feu de charbon qui faisait monter de ses vêtements tout trempés une épaisse vapeur.

De temps à autre, il se levait, allait à la fenêtre et, à travers les carreaux ruisselants de pluie, contemplait le panorama des quais de la Tamise, où des centaines de paquebots noirs, alignés sous le ciel couleur de fumée, dessinaient des profils tristes dans le brouillard jaunâtre.

Quand le jeune homme avait bien contemplé les monceaux de charbon alignés à perte de vue, qui allaient s'engouffrer dans les docks, les allées et venues de locomotives poussives, attelées à d'interminables trains, chargés de barriques et de pierre de taille, il allait se rasseoir mélancoliquement et fermait à demi les yeux, engourdi par la chaleur humide de la pièce, le cerveau endolori par les rugissements incessants des steamers.

C'était un jeune homme d'une trentaine d'années, aux cheveux et à la barbe blonds et frisés, au profil fin, aux yeux bleus et clairs ; on devinait à le voir une de ces natures nerveuses, qui ont horreur de l'oisiveté, et qui courent brusquement à la réalisation des choses, même avant de les avoir complètement étudiées et mûries.

La brume se faisait plus épaisse, et le paysage plus indécis. Les locomotives et les paquebots étaient devenus tout à fait vagues, et les lampes électriques commençaient à jeter leurs taches blanchâtres dans ce décor de papier brouillard, lorsque le grelot de la porte d'entrée tinta.

Un nouveau venu pénétra brusquement dans la taverne. Malgré son macfarlane doublé de drap de Suède et ses guêtres hautes, il était couvert de boue et trempé jusqu'aux os. Ses bottes rendaient un bruit d'éponge, et de larges flaques naissaient sous ses pas.

— C'est vous, mon cher Pitcher ?

— Votre santé est bonne, master Darvel ?

Mr. Pitcher, sans se laisser intimider par l'air grognon de mistress Hobson, se débarrassa de son capuchon et laissa voir une face rubiconde et vermeille, souriante et débonnaire, à laquelle de longues moustaches rousses, à la Kitchener, n'arrivaient pas à donner un air belliqueux.

Avec ses grasses mains rouges cerclées de bagues, sa bedaine arrondie comme un fût de bière de Mars, et parée de griffes de tigre montées en breloques, Mr. Pitcher apparaissait comme un des plus paisibles habitants du Royaume-Uni.

Il s'assit tout essoufflé, s'épongea le front et se commanda un verre de porto épicé, de l'air grave d'un homme qui songe d'abord aux choses sérieuses et qui prend ses précautions contre la bronchite.

— Toujours le même, mon vieux Ralph, dit Robert Darvel en souriant.

— Ma foi oui, M. Robert.

— Et les oiseaux, cela marche toujours ?

— Tout doucement, M. Robert. Quand je vous ai rencontré hier à Drury-Lane, je venais de conclure une affaire avec un officier retour du Soudan, pour un lot de marabouts et de flamants. Eh bien, ma parole d'honneur, c'est honteux !

Le gros homme s'était levé, pris d'une indignation subite.

— Vous me croirez si vous voulez, M. Robert, s'écria-t-il ; dans dix ans d'ici, le commerce des oiseaux sera devenu impossible. Notez que je ne parle pas pour les plumes d'autruche, il y en a toujours, à cause des autrucheries du Cap, où on les élève comme des canards ; mais les beaux oiseaux des forêts vierges, les lophophores, les aigrettes, les ménures, les oiseaux de paradis, tout cela n'existera plus que comme une légende, avant qu'il soit peu.

— Eh ! pourquoi donc, mon vieux Pitcher ? dit Robert, souriant un peu de cette indignation.

— Pourquoi, fit l'autre en se levant avec une fureur croissante, parce qu'on les détruit, parce qu'on les massacre. On va jusqu'à tendre des fils électriques au bord des sources où ils s'abreuvent ; *yes, sir*, j'ai vu de mes yeux trois mille hirondelles foudroyées le même jour, grâce à ce procédé barbare, et tout cela pourquoi faire ? Pour garnir des chapeaux !

— On pourrait en faire un plus mauvais usage.

Ralph Pitcher n'écoutait pas son interlocuteur ; la face empourprée de colère, il continuait à pérorer en donnant de temps en temps de grands coups de poing sur la table, comme pour ponctuer ce qu'il disait.

— Oui, grondait-il avec une nuance d'émotion dans la voix, on extermine sans pitié les volatiles, grands et petits. Partout où le chemin de fer et la lumière électrique pénètrent, c'est un massacre. Et les oiseaux migrateurs, les cygnes, les canards sauvages, les albatros mêmes, ne sont pas épargnés. Savez-vous qu'à certaines saisons, les gardiens de phare trouvent au pied de leurs tours de granit des centaines d'oiseaux qui, fascinés par la lueur de ces foyers puissants, visibles jusqu'à cinquante milles au large, sont venus se briser le crâne contre l'épais cristal des lanternes.

— Mais enfin, interrompit Robert Darvel, lorsque Pitcher essoufflé s'arrêta pour reprendre haleine, — et en même temps lamper une rasade, — je ne comprends pas beaucoup cette indignation ; naturaliste et chasseur, vous êtes par métier l'ennemi naturel de tout gibier de poil ou de plume.

— Permettez...

— Et, quand je vous ai connu dans les steppes du Turkestan et dans les jungles du Bengale, vous leur faisiez une guerre sans merci ; je ne me rappelle d'ailleurs jamais qu'avec un vif sentiment de plaisir, les matins d'affût dans les grands roseaux, encore tout humides de la fraîcheur de la nuit, et nos folles cavalcades à travers les bois où nous étions parfois obligés de camper, et d'où nous revenions pliant sous le fardeau des pièces abattues.

Pitcher était tout à coup devenu mélancolique.

— Oui, fit-il ; mais, dans nos expéditions, nous n'employions pas de ces machines maudites, qui détruisent systématiquement toute une race d'animaux. C'était loyalement, la carabine au poing, que nous chassions les beaux oiseaux de la forêt, respectant les couvées, et faisant une guerre acharnée aux serpents et aux bêtes de proie.

— Il y a du vrai !

— Alors, il paraît que vous êtes arrivé tout à fait au succès. J'ai vu votre portrait dans le *Daily Telegraph* et la photographie de votre installation en Sibérie... Vous êtes riche ?

— Mon pauvre ami, quelle erreur est la vôtre ! Je suis ruiné à plates coutures.

— Mais, vos inventions ?

— Vendues pour un morceau de pain à des trusts américains.

— Et votre mariage avec la fille du banquier Téramond ?

— Rompu, le mariage.

Le naturaliste écarquilla les yeux avec stupeur.

— Comment tout cela est-il arrivé ? demanda-t-il, en allumant flegmatiquement un cigare et en s'accotant pour mieux écouter.

— Oh ! très simplement. Je vais vous raconter cela. Avec mes inventions, mon moteur à poids léger pour les aérostats, ma chaudière à alcool pour les paquebots à grande vitesse, j'avais gagné de l'argent. C'est alors que je fis la connaissance du banquier Téramond et que je fus présenté à sa fille, la charmante Alberte. Elle eut la bonté d'accueillir favorablement mes hommages. Son père, qui voyait une fortune à gagner en utilisant mes brevets, ne se montra pas tout d'abord hostile à ce projet d'union. Tout allait bien, quand un jour je rencontrai à White-Chapel un réfugié polonais que j'avais connu autrefois à Paris. M. Balinski était un astronome de premier ordre, il avait la ferme conviction que toutes les planètes sont habitées par des êtres semblables à nous et il étayait cette opinion d'une foule de preuves. Ses études avaient été constamment dirigées vers les moyens d'entrer en communication avec les habitants des astres les plus rapprochés de nous. Il eut l'art de me communiquer son enthousiasme et, après huit jours de discussions et d'entretiens, une association fut conclue entre nous. Il fut convenu (d'ailleurs vous avez dû l'apprendre par les journaux) que, négligeant la lune que la majorité des astronomes s'accorde à reconnaître comme une planète morte, nous nous attaquerions à la planète Mars, l'astre rouge que les astrologues du moyen-âge disaient annoncer les guerres et les désastres. Suivant une donnée indiquée par plusieurs savants, mais qui n'avait jamais encore été mise en pratique, nous résolûmes d'établir dans un lieu parfaitement plat une figure géométrique d'un genre élémentaire, assez vaste pour être nettement visible des astronomes martiens.

— Pourquoi une figure de géométrie ?

— Les lois de cette science sont certainement les mêmes dans tout l'univers. Les chiffres et les caractères de l'alphabet sont de convention. Le triangle et le cercle et les lois qui régissent ces figures sont, au contraire, connus des savants de Mars, quelque faible que soit leur développement scientifique.

— Je ne vois pas encore par quel moyen, même si les Martiens savent la géométrie, vous auriez pu entrer en communication avec eux.

Robert haussa les épaules en souriant.

— Mais c'est l'enfance de l'art. Admettez que l'on ait répondu à mes signaux par des signaux semblables, aussitôt j'en faisais d'autres ; j'écrivais à côté de chaque figure son nom, les Martiens faisaient de même ; il y avait là le rudiment d'un alphabet qu'il était facile de compléter à l'aide de dessins très simples, toujours accompagnés de leur nom. Après quelques mois de travail, il eût été certainement facile de correspondre couramment. Vous voyez d'ici quels merveilleux résultats. Nous étions initiés en peu de temps à l'histoire, aux découvertes et même à la littérature de ces frères inconnus qui nous tendent peut-être les bras eux-mêmes à travers les abîmes du firmament. Puis, on ne s'en serait pas tenu là : j'ai déjà le plan d'un appareil de photographie géant ; nous eussions avant peu possédé les portraits des rois, des reines, des grands hommes et même des plus jolies personnes de la planète-sœur.

— Qui sait ? murmurait Pitcher tout rêveur. Vous m'auriez peut-être obtenu des commandes ?

— Pourquoi pas ? s'écria Robert avec feu. Rien n'est impossible, dans cet ordre d'idées... Mais voyez quel énorme avantage je procurais à l'humanité tout entière ; nous profitions à peu de frais, je puis le dire, des travaux intellectuels accumulés par des milliers de générations. La solution de la question sociale, la longévité indéfinie, les Martiens connaissent peut-être tout cela. Le succès de mon expérience eût été pour tous un incalculable bienfait.

— Pardon ! fit Pitcher, qui admirait, sans le partager, l'enthousiasme de son ami. Mais, si les Martiens en sont encore à la période semi-barbare, si ce sont des êtres féroces...

— Belle objection. Dans ce cas, c'est nous qui les aurions civilisés en les faisant profiter de nos connaissances.

— Voilà de nobles intentions... Mais enfin, comment tout cela s'est-il terminé ?

— De la façon la plus malheureuse. Je suis parti avec mon associé pour la Sibérie. D'abord tout marcha très bien, mon associé M. Balinski, qui avait été banni de Pologne autrefois, obtint sa grâce. Le gouvernement russe accorda les autorisations nécessaires. Arrivés par le chemin de fer transsibérien jusqu'à Stretensk, nous nous pourvûmes dans cette ville de travailleurs et de matériel, puis nous remontâmes vers le nord jusqu'à une steppe parfaitement unie où furent installés sur plusieurs lieues de long nos figures géométriques. Les lignes étaient simplement tracées sur une largeur de trente mètres avec des pierres crayeuses dont le ton blanc tranchait vigoureusement sur le sol noirâtre de la steppe. La nuit, de puissantes lampes électriques répétaient nos signaux.

— Cela dut vous coûter cher, interrompit Pitcher.

— Quand furent terminés le cercle, le triangle, et la figure géométrique qui accompagne la démonstration du théorème du carré de l'hypoténuse, que nous avions choisie comme caractéristique et très visible, mon capital était fortement entamé, mais j'étais plein d'espoir. Notre campement, à l'ombre d'un petit bois, d'où nous pouvions surveiller nos tracés, formait un petit village assez pittoresque avec ses cahutes de terre et de feuillage, et ses cuisines en plein vent. J'allais chasser l'ours gris et le renard, pêcher l'esturgeon et le saumon, en compagnie des Ostiaks vêtus de blouses de fils d'ortie et de gilets en peau de poisson, braves gens, un peu malpropres, mais prêts à me suivre au bout du monde, pour un paquet de tabac ou une fiole de rhum. Je m'accoutumais à cette vie pastorale : la Sibérie pendant l'été, avec ses vertes et giboyeuses forêts, est un séjour charmant. D'ailleurs, les habitants de Mars ne donnaient pas signe de vie.

« Mais nous avions fait la connaissance d'un grand propriétaire russe, riche à plusieurs millions de roubles, qui avait chaudement embrassé nos idées et devait nous commanditer. A l'entendre, nos tracés étaient beaucoup trop restreints, il prétendait les faire réédifier sur un plan plus vaste et obtenir de l'empereur quelques sotnias (1) de cosaques pour les garder. Brusquement tout se gâta. M. Balinski, dont l'acte d'amnistie n'avait pas été enregistré, fut tout à coup arrêté et envoyé au bagne de l'île de Sakaline. Je fus moi-même emprisonné pendant quelque temps et j'eus beaucoup de peine à prouver mon innocence. Quand je revins au campement, je le trouvai entièrement détruit par une bande de pillards Khoungouses (2). Les misérables avaient tout emporté : armes, instruments, vivres et munitions, tout jusqu'au beau télescope qui devait nous servir à reconnaître les signaux des Martiens.

« Mes tracés géométriques étaient déjà transformés en routes commodes et solides à l'usage des marchands de thé et de poissons salés. Quant aux travailleurs sibériens et aux chasseurs asiatiques de mon escorte, inutile de dire qu'ils étaient partis dans toutes les directions, après avoir sans doute reçu leur part du butin... J'allai trouver le grand propriétaire russe qui devait nous commanditer, il me mit froidement à la porte en m'assurant qu'il était trop dévoué à Sa Majesté l'empereur « le Petit Père » Nicolas, pour entretenir quelque relation avec un nihiliste de ma trempe.

— Voilà ce qui s'appelle n'avoir pas de chance, dit Pitcher, qui avait allumé un second cigare et commandé un grog ; mais comment vous êtes-vous tiré de là ?

— Je ne m'en suis pas tiré. Il me restait encore un peu d'argent heureusement : je me suis empressé de prendre le train et me voici. J'ai de quoi vivre à Londres pendant un mois. D'ici là, il faut que je fasse quelque découverte, autrement, je ne sais ce qu'il adviendra.

— A votre place, j'irais voir ce M. Téramond : je suis persuadé qu'il vous ferait volontiers une avance de fonds.

— Que vous êtes naïf, mon pauvre ami ! Ma première visite en débarquant à Londres a été pour le banquier que je considérais déjà comme mon futur beau-père. Il était au courant d'une partie de mes déboires, aussi son accueil fut-il assez froid. A dire vrai, il fut tout juste poli.

« — Cher monsieur, me dit-il avec une ironie un peu lourde d'homme pratique arrivé comme on dit « à la force du poignet », et qui connaît le prix de l'argent, mes faibles capitaux ne me permettent pas de me lancer dans des entreprises aussi grandioses que les vôtres. Certes je vous admire, vous êtes brillamment doué, vous serez la gloire de votre pays ; mais pour communiquer avec les habitants des autres planètes, il ne vous faut pas moins d'un milliard ou deux. Embarquez-vous pour Chicago ; c'est le conseil que je vous donne.

« Je ne daignai pas répondre à ce malappris, je lui brûlai la politesse et me retirai un peu triste, non pas à cause de l'affaire manquée, l'argent je m'en moque, Dieu merci !... Mais miss Alberte a de si tendres yeux bleus, un si mystérieux sourire, de si beaux cheveux à la fois sombres et brillants comme le cuivre neuf...

— Inutile de continuer votre description, allons au fait.

— Oh ! c'est à peu près tout. Seu-

(1) Sotnia : escouade de soldats.
(2) Khoungouses : brigands de la steppe.

lement, en me retournant avant de franchir pour la dernière fois la grille dorée de l'hôtel, j'aperçus à une fenêtre du premier étage l'adorable profil de miss Alberte. Nous nous saluâmes tristement et je me retirai la mort dans l'âme. Mais j'ai compris, au regard qu'elle m'a jeté, que la pauvre enfant ne fait que subir la volonté d'un père tyrannique.

— Tout s'arrangera, dit Pitcher, je parie qu'avant un mois, vous aurez fait quelque trouvaille de génie que vous vendrez à prix d'or. Alors, le père de la belle vous rendra ses bonnes grâces.

La conversation en était là entre les deux amis, lorsque la sonnette de la porte d'entrée fit retentir sa petite voix fêlée.

Un gamin sale et déguenillé, grelottant sous un vieux tricot de marin, entra et s'avança jusqu'au comptoir où trônait mistress Hobson, en jetant autour de lui un regard soupçonneux.

— Que viens-tu faire ici, vaurien ? demanda aigrement la dame.

— C'est une lettre que j'ai à remettre à ce gentleman, fit le petit drôle d'un air important. Et, ostensiblement il désignait du doigt Robert Darvel. En même temps il tira de sa poche une missive toute froissée, où le pouce crasseux du porteur s'accusait en noir, comme un cachet supplémentaire ; puis il disparut, sans laisser le temps à personne de le questionner, en claquant la porte avec fracas.

Mistress Hobson, après avoir haussé les épaules d'un air scandalisé, se remit à compter sa monnaie.

— Drôle de message, fit Pitcher avec méfiance.

— Drôle de messager plutôt, dit Robert en riant de bon cœur : je ne connais personne qui puisse m'écrire.

— Voilà qui est louche.

— Je vais être fixé à l'instant même.

Et Robert ouvrit la lettre, et lut à haute voix.

« Monsieur,

« J'ai eu l'occasion d'être mis au courant de vos travaux et de vos voyages. J'ai une proposition intéressante « à vous faire. Veuillez je vous prie « venir me voir ce soir, vers dix heures, en l'appartement que j'occupe « 15, rue d'Yarmouth : vous demanderez M. Ardavena.

« Recevez mes salutations et l'expression de mon dévouement et surtout ne manquez pas au rendez-vous « que je vous assigne et qui est, pour « vous comme pour moi, d'une haute « importance. »

— C'est curieux, murmura Robert, je me creuse vainement la tête pour deviner quel peut être cet étrange et laconique correspondant. Regardez d'ailleurs quelle mystérieuse écriture. A côté de la lettre, l'enveloppe est presque un chef-d'œuvre de calligraphie et ce style bref et pénible...

— Oui, on dirait que ces lignes ont été tracées par un enfant sachant à peine former ses lettres et qui aurait cherché chaque mot dans un dictionnaire.

— Bah ! C'est probablement bien plus simple que vous ne l'imaginez. C'est tout bonnement quelque riche étranger, quelque industriel ou quelque excentrique, qui veut m'employer dans une de ses usines ou acheter mes futures découvertes.

— Oui, vous avez raison peut-être.

— Si cela est, vous avouerez que j'ai eu de la chance. Je me demandais déjà ce que j'allais devenir.

Mistress Hobson avait allumé les becs de gaz, car le brouillard était devenu tellement intense qu'il était absolument impossible de rien distinguer.

— Il n'est que quatre heures, dit Ralph Pitcher. Si vous voulez accepter mon invitation, nous dînerons ensemble en compagnie de ma mère.

— Entendu, dit Robert Darvel ; ce brouillard exhale un ennui funèbre. Je suis vraiment charmé, avant d'aller à mon mystérieux rendez-vous, de passer une bonne soirée à discuter de science et d'histoire naturelle, avec un ami que je n'ai pas vu depuis tant d'années.

CHAPITRE II

CHEZ RALPH PITCHER

Ralph Pitcher occupait, non loin de la taverne, dans une rue sombre, aboutissant aux quais, une boutique étroite et basse, et tout encombrée d'animaux empaillés, de volumes et de minéraux. Des oiseaux de proie et des lézards se balançaient au plafond. Sur un établi, où traînaient des pinces, des scalpels et des rouleaux de fils d'archal, Robert aperçut une boîte à compartiments remplie d'yeux de verre, de toutes les grandeurs et de toutes les couleurs ; une étrange odeur flottait dans l'étroit réduit éclairé d'un seul bec de gaz, dont la lueur projetait sur les murs les ombres grimaçantes des échassiers et des sauriens.

Robert Darvel fut présenté à Mistress Pitcher, une vieille petite dame, au profil anguleux et sec, au menton pointu, si jaune et si ratatiné qu'elle ressemblait, avec ses yeux noirs et brillants comme ceux d'un merle, à quelque singulier oiseau, empaillé et monté sur des fils de fer, auquel on serait parvenu à rendre la vie et le mouvement par un procédé spécial. Ses menottes sèches, aux ongles acérés comme des griffes, aux mouvements fébriles, presque mécaniques, complétaient l'illusion.

Mistress Pitcher fit un cordial accueil à l'ami de son fils, et bientôt le couvert fut dressé sur une nappe bien blanche, dans la salle du fond ; la bière brune moussa dans des cruches de grès, l'eau du thé chanta dans la bouilloire, un ample morceau de saumon fumé, d'abord sacrifié à l'appétit des convives, fit bientôt place à un pâté de mouton à l'écossaise, et à d'autres mets substantiels.

Les deux amis dînèrent gaîment, en parlant de leurs chasses et de leurs aventures, et en faisant mille projets pour l'avenir.

Quand le dessert eut été enlevé, mistress Pitcher, avec de petits gestes menus et vifs, apporta le tabac blond dans un curieux pot de Hollande ventru et doré, d'aspect débonnaire, avec l'eau chaude et le whisky pour les grogs.

Le poêle de faïence bourré jusqu'à la gueule ronflait majestueusement, dominant le beuglement des sirènes à vapeur, le sifflement déchirant des locomotives dans les brumes lointaines de la nuit.

Il régnait dans la petite pièce une atmosphère de tiédeur, de bien-être paisible et d'accueillante bonhomie dont Robert se sentit tout réconforté.

L'avenir lui apparut sous des couleurs favorables. Il sourit en regardant son ami Pitcher qui venait d'allumer une longue pipe d'écume et lançait d'énormes volutes de fumée en clignant de l'œil d'un air de béatitude.

En le considérant plus attentivement, avec son teint rouge brique et ses sourcils légèrement obliques, il lui trouva une ressemblance avec les figures solennelles et raides peintes sur les tombeaux de l'ancienne Egypte.

Son imagination se divertit à penser que Ralph était peut-être le descendant de ces générations d'embaumeurs qui avaient confit dans l'asphalte et les gommes odoriférantes ces millions d'ibis, de crocodiles et d'ichneumons qu'on retrouve encore aujourd'hui symétriquement alignés dans les hypogées.

Cette idée extravagante amusa beaucoup Pitcher.

— Hum ! fit-il en riant, la race aurait beaucoup dégénéré, depuis ces Égyptiens, qui étaient des personnages sacrés, des espèces de prêtres, jusqu'à moi, pauvre « taxidermiste » qui ne rougis pas de rendre les apparences de la vie au serin hollandais ou au caniche favori de mainte vieille lady...

Le naturaliste était retombé dans le silence ; puis, ses pensées prenant brusquement un autre cours :

— A propos, dit-il tout à coup d'un air un peu embarrassé, je tiens à vous dire une chose... Vous devez avoir besoin d'argent, si, en attendant que vous ayez trouvé quelque chose de sûr, vous vouliez accepter... Si, par exemple, cinquante ou cent livres...

— Je vous remercie, murmura Robert, très touché de la cordialité de l'offre ; très sincèrement je n'ai besoin de rien en ce moment. Si jamais je me trouvais réellement gêné, je n'hésiterais pas à m'adresser à vous. Ne sais-je pas que vous êtes un ami dévoué, Ralph, un excellent ami ?...

— Tant pis, reprit l'autre avec une grimace mécontente, cela m'eût fait plaisir, et cela ne m'eût dérangé en rien. Depuis mon dernier voyage, je suis suffisamment riche pour lâcher la taxidermie quand cela me conviendra.

— Je croyais pourtant..., objecta l'ingénieur.

— Oui, cela est vrai, du temps de nos chasses dans la jungle, je n'étais pas brillant. Il a suffi d'une seule nuit pour changer tout cela.

— Une seule nuit ? répéta Robert avec surprise.

— Oui ; mais, au fait, je ne vous ai pas raconté cela, l'aventure est assez extraordinaire par elle-même.

« Peu de temps après notre séparation, je fis la rencontre d'un ancien officier de marine, nommé Slud, que son goût pour la chasse et les aventures avait poussé à donner sa démission.

« Jamais je n'ai connu personne d'aussi robuste et d'aussi adroit que ce pauvre garçon ; nous ne tardâmes pas à devenir des compagnons inséparables.

« Slud connaissait à merveille tout le versant indien de l'Himalaya, où il avait chassé le tigre, l'éléphant et le yack sauvage.

« Il me fit de si enthousiastes descriptions des animaux inconnus, non classés, qui habitaient les gorges sauvages du Népaul, que je me décidai à entreprendre avec lui une expédition dans ces déserts.

« Je passe sous silence les péripéties ordinaires de ces sortes de voyage — bivouacs dans ces temples en ruine qu'a si merveilleusement décrits Rudyard Kipling, traversée de ces marécages verdoyants qui semblent ne devoir jamais finir, rencontres de fauves et de reptiles ou de Thugs étrangleurs pires encore, toute la féerie millénaire de ce vieux monde hindou sur lequel, comme sur un bloc de granit, les dents d'acier du léopard britannique s'émoussent ou se cassent, quoi qu'on en ait dit.

« Mais j'arrive au fait :

« Trois semaines environ après avoir quitté la jungle du sud, nous atteignîmes une forêt de cèdres noirs qui paraissaient interminables.

« Ce ne fut qu'après deux journées de marche que nous découvrîmes, à la nuit tombante, une avenue de gigantesques éléphants de pierre, à l'extrémité de laquelle se profilaient les coupoles d'un temple ; nous pensions être arrivés à une de ces ruines qui, comme Angkor ou Eléphanta, couvrent plusieurs kilomètres carrés et qui sont abandonnées depuis des siècles.

« Grande fut notre surprise, en apercevant, au-dessus des dômes et des minarets, le clocher surmonté d'un paratonnerre et d'un coq doré d'une église construite dans le style du dix-huitième siècle.

« Nous jugeâmes que les missionnaires qui s'étaient installés là nous accorderaient sans doute l'hospitalité ; nous avançâmes hardiment.

« Mais, comme nous franchissions le seuil de la première cour, une troupe d'hommes au crâne rasé, aux longues robes gris cendré, se rua sur nous; malgré nos protestations véhémentes, nous fûmes garrottés, bâillonnés. Les plus vigoureux de nos ravisseurs nous chargèrent sur leurs épaules ; à travers un dédale de couloirs compliqués et d'escaliers, nous fûmes transportés dans une grande pièce mal éclairée, jetés sans cérémonie sur une litière de feuilles de maïs.

« Un des hommes au crâne rasé coupa nos liens, enleva les tampons de laine qui nous bâillonnaient, un autre plaça devant nous une calebasse de riz cuit à l'eau et une cruche d'eau, puis la porte massive grinça sur ses gonds et nous entendîmes assujettir à l'extérieur les verrous et les barres.

« Tout cela s'était passé si vite que nous demeurâmes quelque temps stupides d'étonnement.

« Ce fut Slud qui rompit le premier le silence ; il en avait, comme on dit, vu bien d'autres.

« — Voilà qui est drôle, mon pauvre Pitcher, me dit-il avec une ironie pleine d'humour ; voilà notre logement et notre nourriture assurés pour quelque temps. Qu'en dites-vous ?

« — Je ne suis pas disposé à rire, master Slud, répliquai-je avec mauvaise humeur. En admettant que ces coquins nous relâchent bientôt — ce qui n'est pas sûr — ils ne nous rendront certainement ni nos armes, ni nos peaux, ni tout notre attirail... Je suis désespéré...

« Slud parut touché de mon chagrin.

« — Un peu plus de sang-froid, que diable, mon vieux Pitcher, murmura-t-il ; ces gens-là n'ont pas l'air si terribles, puisqu'ils nous donnent à manger. Ce sont des bouddhistes qui, par définition, ont horreur de répandre le sang. Voilà déjà une constatation rassurante...

« — Des bouddhistes ! Cependant ce clocher, avec cette croix et ce coq doré ?

« — Parfaitement, le temple, qui a au moins deux mille ans d'existence, est de construction brahmanique ; au dix-huitième siècle, les missionnaires jésuites, alors très nombreux, ont chassé les brahmes et construit l'église et à leur tour ils ont cédé la place aux bouddhistes...

« Slud acheva de me réconforter par toutes sortes de raisonnements spécieux et, après avoir partagé fraternellement notre portion de riz (nous mourions de faim), nous étudiâmes la topographie de notre prison, avant que le soleil fût tout à fait couché.

« C'était une pièce semi-circulaire d'où nous conclûmes qu'elle devait occuper le demi-étage d'une tour, une seule meurtrière placée très haut l'éclairait, laissant dans l'ombre les deux angles extrêmes. Avec la paille de maïs qui nous tenait lieu de lit, un escabeau et quelques couvertures composaient tout le mobilier. Les murailles avaient six pieds d'épaisseur, la porte était massive et nous ne possédions aucune espèce d'outil capable d'en venir à bout.

« Nous remîmes à plus tard toute espèce de projet d'évasion et nous dormîmes cette nuit-là d'un sommeil accablé.

« La journée du lendemain se passa tristement, sans vivres et sans nouvelles. Sur le soir, un bonze aux longues oreilles, au sourire d'une béatitude idiote, nous apporta notre ration et se retira sans avoir daigné répondre à aucune des questions de Slud, qui parlait assez correctement le dialecte de cette partie de l'Inde pour le questionner.

« Les jours suivants s'écoulèrent de même, sans amener aucun changement, aucun espoir même de changement à notre lamentable situation. Nous tombions, petit à petit, à un découragement profond.

« A des heures régulières, chaque jour, le vacarme des cloches et des gongs nous annonçait la célébration des offices bouddhiques.

« L'incertitude où nous étions sur les raisons de cette inexplicable détention jetait Slud dans de véritables accès de rage. Nous étions en proie à cette oisiveté forcée des captifs, à ce désœuvrement inquiet qui sont une des pires tortures, le spleen nous gagnait.

« — Cela ne peut pas durer, me dit Slud un soir, il faut essayer quelque chose...

« — Quoi ? fis-je mélancoliquement.

« — Je ne sais pas. Mais tout est préférable à cette captivité ignominieuse. Mieux vaut mourir en nous défendant courageusement que de pourrir dans ce trou.

« J'approuvai Slud, et nous nous mîmes à chercher une idée.

« — Je ne vois qu'un moyen, déclarai-je : attendre qu'il soit nuit, assommer — je dis assommer et non pas tuer, il y a une nuance — le bonze aux longues oreilles, gagner le *sommet* de la tour et de là nous laisser glisser en bas.

« Slud applaudit à mon idée, d'autant plus qu'il n'en voyait aucune autre de pratiquement réalisable. Nous trompâmes notre impatience, en attendant le soir, en nous occupant à tresser avec nos couvertures une corde solide, capable de supporter le poids de nos deux corps et nous en éprouvâmes la résistance en tirant dessus de toutes nos forces.

« Nous étions horriblement énervés; un orage qui s'amassait lentement au-dessus des bâtiments du monastère ajoutait à notre fièvre.

« L'air qui pénétrait par l'unique meurtrière de notre prison était embrasé comme s'il se fût exhalé de la gueule ardente d'un four. Nous nous en consolâmes en pensant que l'orage seconderait peut-être nos projets.

« Nous attendîmes avec angoisse la quotidienne visite du bonze, les heures s'écoulaient avec une impitoyable lenteur.

« Nous étions palpitants d'émotion lorsque enfin nous entendîmes grincer les verrous et les barres.

« Le bonze entra, souriant comme de coutume, de ce même sourire niais et béat qui avait le don de m'exaspérer.

« Il se pencha pour déposer à terre la calebasse de riz et la cruche.

« Mais, à ce moment, Slud fit tournoyer l'escabeau au-dessus du crâne rasé, il y eut un bruit mou de chair aplatie, d'os broyés ; le bonze gisait à terre, assommé sans avoir eu le temps de pousser un cri.

« Nous ne nous attardâmes pas à voir s'il était mort ou vivant.

« Sans un mot, nous prîmes ses clefs et nous l'enfermâmes à notre place.

« Il faisait maintenant complètement nuit ; nous commençâmes l'ascension de l'escalier et nous gravîmes sans encombre une trentaine de marches.

« Nous allions atteindre la plateforme, lorsque Slud, qui marchait le premier, aperçut à la lueur d'un éclair un autre bonze accroupi, dans une immobilité complète, près des créneaux sculptés de lotus.

« Nous nous hâtâmes de battre en retraite.

« Nous étions désespérés.

« Slud crispait les poings rageusement, avec le geste de jeter du haut en bas de la tour le religieux toujours immobile. Je tremblais qu'il ne mît cette idée à exécution.

« Mais, avant que j'eusse pu le retenir, il s'était élancé, il rampait doucement sur la plateforme dans la direction du bonze.

« Je le suivis, prêt à prendre sa défense.

« A ce moment, un grand éclair silencieux déchira le ciel, nous montrant la face de notre ennemi crispée par une grimace extatique.

« Il était sans doute en proie à un de ces sommeils à demi cataleptiques auxquels sont sujet ces sortes d'ascètes.

« Je respirai.

« Nous n'aurions donc pas besoin de recourir à la violence, il suffirait de ne pas éveiller le dormeur.

« Slud, maintenant plus calme, fut de mon avis et nous commençâmes immédiatement nos préparatifs.

« Je déroulai la corde que nous avions fabriquée et que je portais autour des reins et je l'attachai solidement à un des créneaux sculptés, puis la descente commença.

« Je demandai à passer le premier ; je savais Slud très sujet au vertige et sa nervosité était encore augmentée par les effluves orageux ; le poids de mon corps, en augmentant la tension de la corde et en diminuant le balancement, rendrait à mon compagnon la descente plus aisée.

« Une autre cause d'inquiétude, c'était de savoir ce que nous allions trouver au pied de la tour : un fossé, une cour intérieure, le toit d'un temple ? Les ténèbres ne nous permettaient de rien discerner ; la lueur intermittente des éclairs ne nous montrait qu'un chaos de bâtiments disparates.

« D'abord, tout alla bien ; d'après mon conseil, Slud descendait en fermant les yeux et s'applaudissait de cette précaution.

« Mais, tout à coup, je poussai un cri terrible.

« J'étais arrivé à l'extrémité de la corde !... Au-dessous de moi, mes pieds se balançaient dans le vide ; j'avais failli glisser dans l'abîme !...

« — La corde est trop courte, murmurai-je d'une voix étranglée d'angoisse.

« — De combien ? bégaya Slud.

« — Je ne sais pas... De beaucoup trop pour que nous puissions nous laisser tomber.

« A ce moment, un formidable coup de tonnerre retentit, nous enlevant le peu de sang-froid qui nous restait.

« J'entendis, au-dessus de moi, la voix dolente de Slud :

« — Le vertige !... Je le sens, balbutia-t-il... ma tête tourne...

« Il faut que je lâche la corde...

« J'aime mieux cela.

« Je vais tout lâcher !... C'est plus fort que moi...

« — Au nom de Dieu ! mon cher Slud, ne faites pas cela, m'écriai-je !

« Je vous en supplie, soyez courageux.

« — Je ne puis pas.

« Et sa voix était comme cassée.

« Je l'entendais claquer des dents. Je sentais les trépidations de la corde agitée par ses mains convulsives. Ce fut quelques secondes d'épouvantable angoisse. J'étais à bout de force, je sentais mes poignets s'engourdir, j'étais moi-même tenté de tout abandonner, de sauter dans le gouffre ténébreux, de me laisser glisser dans la mort.

« On vit toute une existence, dans ces moments-là.

« Je me suis souvent demandé comment mes cheveux n'avaient pas blanchi d'un seul coup pendant les effroyables moments que nous avons passés au flanc de la vieille tour bouddhiste sculptée de monstres grimaçants.

— Comment fîtes-vous, interrompit impatiemment l'ingénieur, gagné par l'émotion du narrateur.

Ralph Pitcher continua, après quelques instants de silence :

— J'allais me laisser tomber, lorsqu'il me vint une inspiration désespérée, quasi folle.

« — Ecoutez, dis-je à Slud, il reste un moyen suprême.

« — Lequel ?

« — Je vais remonter, je vais retourner à notre cellule.

« Il y reste encore des couvertures, je vais les découper en lanières, fabriquer un bout de corde supplémentaire.

« — Mais c'est insensé ! râla le malheureux.

« Et moi ! que deviendrai-je ?

« Est-ce que je suis capable d'attendre encore une minute ?

« Quand vous reviendrez — si vous avez la chance de revenir — vous ne me retrouverez plus.

« J'aurai lâché prise !...

« Et il ajouta, avec un accent qu'il me semble toujours entendre :

« — Cela vaut mieux d'ailleurs. Vous avez raison, Ralph. Laissez-moi mourir.

« — Je ne l'entends pas ainsi ! m'écriai-je, gagné d'une colère.

« Je ne me sauverai pas seul, je vous le jure !...

« Allons, Slud, remontez de cinq ou six mètres.

« — A quoi bon ?

« — Mais vous ne comprenez donc pas ? Je vais vous attacher solidement à la corde avec la corde elle-même !...

« Obéissez sans discuter !

« Comme cela, vous pourrez attendre mon retour...

« Slud se hissa quelques mètres plus haut, comme je le lui demandais, mais avec une extrême difficulté. Je tremblais à chaque instant qu'il ne dégringolât sur moi et ne m'entraînât dans l'abîme. Mais l'espoir que je venais de faire luire à ses yeux lui donna la force de dominer ses nerfs.

« Sitôt que je jugeai la longueur suffisante, je coupai la corde au-dessous de moi.

« Avec le tronçon ainsi obtenu, j'attachai solidement Slud sous les aisselles à la corde principale ; puis, lui mettant un pied sur les épaules, je commençai à remonter, dans un tel état de surexcitation violente, que je ne sentais plus la fatigue, que je ne voyais pas les monstres de granit penchés sur moi me regarder avec leurs hideuses faces de démons.

« Mais, comme je mettais le pied sur la plateforme de la tour, il m'arriva quelque chose de terrible.

« Je me trouvai en face du bonze, maintenant parfaitement réveillé.

« Il était d'ailleurs, je pense, tout aussi effrayé que moi en voyant un homme surgir brusquement à ses côtés, comme s'il eût été apporté là par un coup de tonnerre.

« Je ne lui laissai pas le temps de revenir de son ébahissement.

« Je lui sautai à la gorge, je le terrassai et je l'étranglai à moitié ; la soudaineté de mon attaque avait été tellement irrésistible qu'il n'avait poussé qu'une sorte de grognement ; j'achevai de l'étourdir d'un coup de poing à renverser un bœuf, j'avais le passage libre.

« Je me ruai vers la cellule qui nous avait servi de prison, tellement heureux, tellement orgueilleux de mon triomphe, que je riais aux éclats, nerveusement. Je suis sûr qu'à ce moment j'étais à deux doigts de la folie...

« Mais une horrible déconvenue m'attendait : dans mon exaltation, dans ma joie délirante, je *n'avais plus songé que c'était Slud qui avait la clef !...*

« Cette fois, ma force de résistance était à bout, je tombai affaissé sur les marches de l'escalier, toute mon énergie s'était envolée. Je n'étais même plus capable d'associer deux idées, je divaguais ; un instant, j'oubliai même le malheureux Slud que j'avais lié au-dessus de l'abîme et qui ne pouvait sans moi ni remonter, ni descendre.

« Puis je me mis à pleurer à chaudes larmes ; à ce moment un enfant eût eu raison de moi.

« Je demeurai longtemps couché sur la pierre, dans l'anéantissement le plus profond, le plus entier.

« Ce fut l'idée de Slud, que je ne pouvais abandonner ainsi, qui me rendit le courage de continuer la lutte.

« J'essuyai mes larmes et, assis sur la pierre, je me mis à chercher l'impossible moyen de salut, comme un écolier qui peine sur un insoluble problème.

« Mais tout à coup je poussai un cri — non, un hurlement de joie. J'avais trouvé. Et comme cela était simple, facile ! Comment n'y avais-je pas songé plus tôt ?

« Je remontai précipitamment jusqu'à la plateforme de la tour.

« J'allai vers le bonze que je venais de mettre en si piteux état et je commençai par le bâillonner, pour lui ôter toute possibilité d'appeler au secours si jamais il avait quelque velléité de revenir à la vie ; puis je le dépouillai de sa longue robe gris cendré, d'une sorte de tunique qu'il portait en dessous et d'un lambeau de couverture qui lui tenait lieu de manteau, je le laissai nu comme un ver.

« Avec tous ces matériaux, je me mis au travail, il me fallait une corde, c'était le bonze qui allait en faire les frais ; j'avais là sous la main une provision d'excellent drap dont j'appréciai tout de suite la solidité.

« J'ai oublié de vous dire que j'avais un couteau dérobé au bonze geôlier et qui m'avait déjà servi à couper la corde pour attacher Slud ; je commençai aussitôt à découper la robe gris cendré en longues lanières que je nouai bout à bout.

« Je travaillais à la lueur des éclairs avec une activité fébrile, une prestesse incroyable. Un moment, je vis le coq du clocher que j'apercevais alors très nettement en face de moi illuminé d'une sorte d'auréole fulgurante.

« Presque en même temps, un gémissement lamentable monta des profondeurs du gouffre.

« C'était Slud qui m'appelait à l'aide.

« Dans ma précipitation, je n'avais pas assez serré la corde. Sous le poids de son corps, les nœuds se défaisaient peu à peu, il les sentait lentement glisser.

« Je ne pouvais deviner cela, je n'en étais pas moins affolé par ce lugubre appel auquel la prudence m'interdisait de répondre.

« Mais je me hâtais avec une inconcevable ardeur ; la corde s'allongeait à vue d'œil sous mes doigts inquiets.

« Enfin, elle fut prête, je la roulai autour de ma ceinture et je me laissai glisser le long de l'ancienne corde avec l'angoisse qu'il fût arrivé à Slud quelque malheur que je ne pouvais prévoir.

« J'arrivai à temps.

« Le tronçon de corde s'était tout à fait dénoué.

« Slud ne se maintenait plus que par ses doigts crispés. Je nouai un peu au-dessus de lui le nouveau câble à l'ancien et notre périlleuse descente recommença.

« — Vous avez eu bien tort de remonter, me dit tout à coup Slud.

« — Comment cela ?

« — J'aurais dû y songer plus tôt, nos vêtements auraient suffi pour allonger la corde...

« Dans la minute même où il prononçait ces paroles, mes pieds touchaient un sol humide et gazonné.

« — Bah ! dis-je en riant, ce qui est fait est bien fait, je crois que cette fois nous y sommes.

« Une minute après, il prenait pied à mes côtés ; nous nous embrassâmes avec transport, nous étions ivres de joie. Pourtant, nous étions loin d'être sauvés.

« La lueur des éclairs nous fit voir que l'endroit où nous avions atterri — je peux dire si miraculeusement — était une sorte de fossé humide et marécageux, situé entre les fondations de la tour et celles de l'église des Pères jésuites. Aux deux extrémités, il était barré par de fortes grilles, et devait sans doute communiquer avec les canaux qui entouraient le temple, comme cela se rencontre dans beaucoup d'édifices du même genre.

« Nous reconnûmes que nous n'étions guère plus avancés qu'avant de sortir de notre cachot.

« Ce fut Slud — maintenant qu'il était délivré des affres du vertige, il avait repris toute son imaginative, toute sa perspicace lucidité — qui découvrit, à demi dissimulée par une touffe de nymphéas, une ouverture voûtée où il devait nous être possible de marcher en nous courbant un peu.

« — Voilà le salut, déclara-t-il, nous sommes certains, en nous cachant là, d'abord de n'être pas découverts, ensuite d'arriver presque infailliblement à l'air libre.

« — Mais, objectai-je timidement, si nous nous perdons dans des souterrains inextricables...

« Il haussa les épaules avec impatience.

« — Ce n'est pas un souterrain,

cela, fit-il, c'est l'entrée d'un égoût, nous sommes forcés de trouver une issue vers l'extérieur.

« D'ailleurs, essayons.

« Je ne répliquai plus, nous nous engageâmes sous la voûte basse.

« J'avais cédé sans trop de résistance, parce que je comptais sur l'obscurité pour arrêter cette marche imprudente, je fus complètement déçu dans cette prévision.

« A peine avions-nous fait quelques pas que je poussai un cri de stupeur. A perte de vue, les parois, le sol et la voûte du souterrain étaient éclairés par une lumière verdâtre, une sorte de phosphorescence très douce.

« Slud triompha bruyamment :

« — Je ne m'y attendais pas, s'écria-t-il, mais cela tombe à merveille. Savez-vous ce que c'est que cette lumière ?

« — Ma foi, non, avouai-je humblement.

« — Surtout, ne croyez pas à quelque miracle de Çakya-Mouni !

« Ce sont tout bonnement des animalcules phosphorescents, l'éclairage de l'avenir !

« Il trépidait d'enthousiasme.

« — Edgar Poë avait déjà songé à cela, reprit-il, quand, dans la *Maison Usher*, un de ses plus beaux contes, il parle de *cette lumière incompréhensible qui baigne les parois du souterrain*.

« Maintenant, les microbes lumineux — très communs, d'ailleurs, surtout à ces latitudes — sont parfaitement décrits, classés, catalogués.

« Tout laboratoire qui se respecte en possède quelques bocaux.

« J'avoue que j'étais émerveillé. Nous continuâmes notre chemin à cette lueur fantastique, qui ne faisait défaut à certains endroits que pour phosphorer plus brillamment un peu plus loin.

« Slud constata avec un certain étonnement que le sol allait en montant et que le couloir semblait s'élargir à mesure que nous avancions.

« Au bout d'une centaine de pas, nous pouvions marcher sans nous courber ; un peu plus loin nous arrivâmes à une sorte de carrefour ; le souterrain se divisait en deux branches, l'une déclive, l'autre ascendante ; nous étions fort embarrassés pour faire un choix. Ce fut, comme il arrivait souvent, Slud qui, d'autorité, trancha la question.

« — La branche descendante, décida-t-il, ne nous mènerait sans doute qu'à quelque étang, plein de crocodiles et de serpents d'eau : c'est l'autre qu'il faut prendre.

« Je le suivis sans objection ; Slud avait une telle influence sur moi que j'étais rarement d'un avis différent du sien ; mais, au bout de très peu de temps, nous eûmes la désagréable surprise de voir les phosphorescences diminuer, puis disparaître complètement ; l'humidité chaude des bas-fonds était sans doute nécessaire aux animalcules lumineux.

« Tâtant les murs, ne plaçant nos pieds que l'un après l'autre — j'avais toujours présentes à l'esprit des histoires d'oubliettes — nous fîmes encore un peu de chemin.

« Slud n'était pas content, il grommelait sourdement contre ce féerique éclairage si commode et qui tout à coup nous laissait en plan, je pressentais qu'il n'allait pas tarder à rebrousser chemin.

« — Halte ! cria-t-il tout à coup.

« Bon, pensai-je, ça y est, nous allons revenir sur nos pas, et je demandai à haute voix :

« — Qu'y a-t-il donc, mon cher Slud ?

« — Impossible d'aller plus loin... la galerie ne se continue pas, c'est un cul de sac, une impasse.

« — Alors, nous revenons ?

« — Pas du tout...

« Venez donc m'aider !...

« Je m'approchai.

« Dans les ténèbres, je sentis qu'il me mettait en main un gros anneau de fer, glacial et rugueux, en même temps qu'il m'invitait à tirer de toutes mes forces.

UN VIEILLARD D'UNE MAIGREUR EFFRAYANTE.

(Page 24.)

« Et, comme je tâtonnais avec une certaine hésitation.

« — Vous ne comprenez donc pas ? fit-il avec vivacité. Nous sommes certainement devant une porte secrète dont il s'agit de faire jouer les ressorts; le couloir que nous venons de suivre n'aurait pas de raison d'être sans cela. Tirez ! Mais tirez donc !...

« Et, pour me donner l'exemple, il avait empoigné l'anneau et il tirait de toutes ses forces. Je joignis mes efforts aux siens ; mais, tout d'abord — à voir le peu de résultat que nous obtenions — je pensai que nous nous étions attelés à quelque anneau scellé dans le roc. Cette opinion timidement émise eut le don d'exaspérer Slud.

« — Bien sûr, hurla-t-il, que l'anneau est scellé dans le roc !

« Ce n'est pas difficile à voir !

« Mais vous n'avez donc jamais visité de temple hindou, pour ignorer que presque toutes les portes secrètes des cryptes sont faites de pierres pivotantes, si bien équilibrées qu'un léger heurt les déplace et que, d'elles-mêmes, les reprennent leur position... Mais tirez-donc !

« J'obéissais, mais c'était plutôt pour donner satisfaction à Slud ; tout le résultat qu'on pouvait attendre d'un labeur aussi fallacieux, c'était que l'anneau — que ses rugosités me révélaient passablement rouillé — nous restât dans les mains en nous envoyant rouler les quatre fers en l'air.

« Aussi ma surprise fut-elle à son comble, lorsque, après un grincement mélancolique, le roc pivota brusquement sur lui-même, découvrant une baie étroite et vaguement éclairée, exactement comme Slud l'avait annoncé.

« Nous nous empressâmes de pénétrer par cet huis miraculeusement entrebâillé.

« — Hein ! Qu'en dites-vous ? fit Slud d'un ton de supériorité écrasant.

« Je rendis hommage comme toujours au flair étonnant de mon compagnon et nous marchâmes cette fois sous une voûte spacieuse qu'éclairait cette lumière vague et comme lointaine dont j'ai parlé.

« Mais il était dit que nous devions marcher de surprise en surprise. A peine avions-nous fait trois pas que nous débouchâmes dans une vaste crypte, une vraie cathédrale souterraine, creusée à même le flanc du roc vif. Les batailles des dieux et des monstres du Mahlabarattha se déroulaient en gigantesques bas-reliefs sur les murs. De la voûte creusée en dôme pendait une énorme lanterne de corne, comme on en fabrique au Thibet. C'est de là que s'épandait cette lueur embrumée et molle que nous avions tout d'abord aperçue. L'imperceptible mouvement — dû sans doute à l'aspiration d'invisibles prises d'air — dont elle était agitée, faisait danser de grandes ombres mouvantes sur les murs et frissonner des ombres accroupies dans les coins sombres. Nous demeurâmes quelque temps silencieux. Je n'ai jamais vu d'endroit plus solennel que ce sanctuaire souterrain ; j'eus l'impression accablante de toute la masse des temples, de toute la suite des siècles et des générations qui pesaient au-dessus de ma tête.

« Slud m'arracha brusquement à cette contemplation non exempte d'une terreur que je sentais grandir d'instant en instant. De son bras étendu, il me montrait un colossal Bouddha de bronze accroupi dans la pose hiératique entre les hauts brûle-parfums. Je remarquai alors une chose qui tout d'abord m'avait échappé ; le dieu, quinze à vingt fois grandeur nature, avait de larges prunelles étrangement étincelantes.

« — Mais vous ne voyez donc pas, clama Slud éperdu, ce sont des diamants, il a des yeux de diamant !

« Regardez ces feux qu'ils jettent au moindre balancement de la lanterne !

« Il n'y a pas moyen de s'y tromper !

« Je ne crois pas qu'il existe dans l'univers entier, une troisième pierre aussi belle !

« Le Kohinoor, le Sancy, ne sont à côté que des cailloux ridicules.

« Il gesticulait, il gambadait, il perdait la tête.

« — Ha ! ha ! ricana-t-il, messieurs les bonzes, vous allez nous donner une jolie indemnité pour notre détention illégale dans votre tour !

« A nous les prunelles du vieux Bouddha !

« Et d'abord, je veux leur donner nos noms.

« L'un s'appellera le Ralph, l'autre le Slud, c'est un moyen comme un autre de passer à la postérité.

« Qu'en dites-vous, mon vieux Ralph ?

« — Je dis, répliquai-je avec un sang-froid qui le stupéfia, que vous n'avez pas tout vu.

« Regardez ce qu'élève le Bouddha dans sa main droite.

« — Eh ! pardieu, c'est un lotus !...

« — Vous n'y êtes pas, c'est bel et bien une clef, une énorme clef, pendant que la main gauche abaissée vers le sol s'appuie sur un coffre de bronze que j'avais d'abord pris, tant il est vaste, pour un petit autel...

« Nul doute que la clef n'ouvre le coffre.

« Nous avons sûrement, mis la main sur un des trésors secrets du grand lama, confié à la garde du dieu lui-même !

« La joie de Slud, à cette révélation, ne connut plus de bornes.

« — Le trésor viendra après les diamants !

« Hurrah ! Tout va bien !...

« Donnez-moi le couteau, Ralph ; je veux avoir la gloire de les détacher moi-même.

« — Voulez-vous que je vous aide ?

« — Inutile... Vite le couteau.

« Je le lui donnai et il sauta d'un bond sur l'autel. Il y eut alors un terrible grondement de tonnerre ; mais Slud avait déjà escaladé le bras puis l'épaule du dieu. Debout sur l'épaule il fouillait l'orbite gauche.

« Il y eut un crissement de métal.

« — Et d'un, hurla-t-il triomphalement en brandissant la pierre et il passa sur l'autre épaule.

« Etait-ce une illusion ? mais il me sembla que le Bouddha avait froncé ses sourcils de bronze, le sourire paisible de sa face éborgnée me parut plein de menaces.

« Slud mit un certain temps à arracher la seconde prunelle. Mais, lorsqu'il y parvint, la foudre éclata avec une si fracassante horreur que je crus que les étages du vieux temple s'écroulaient. La lanterne dan°~ au bout de son câble ; les images monstrueuses des Devas et des Asparas, des serpents ailés et des dieux zoocéphales eurent un mouvement pour quitter les bas-reliefs et allongèrent des têtes menaçantes. Il me sembla que la face auguste du dieu maintenant aveugle s'entourait d'une auréole livide.

« Slud lui-même, surpris par la commotion, perdit pied et glissa ; s'il ne se fût rattrapé et cramponné à un des ornements du diadème de l'idole, il fût tombé, fût allé s'ouvrir le crâne sur le pavé du sanctuaire. Mais il ne fit que rire de cet accident.

« — Je crois, déclara-t-il, que le Bouddha veut m'impressionner avec ses coups de tonnerre. Nous ne sommes pourtant pas quittes. Maintenant, au trésor !

« Il avait mis les diamants dans sa poche et il descendait avec précaution.

« Pour moi, je demeurai à la même place, envahi d'une sourde terreur qu'augmentaient les ombres flottantes qui semblaient douer les murailles d'un frémissement de vie. Les gongs suspendus autour de l'autel répétaient encore le mugissement du tonnerre, et je discernai nettement dans ces voix de bronze de menaçantes intonations. J'avais le cœur serré d'un affreux pressentiment et je vis bien que Slud partageait cette impression, car il ne riait plus, il ne plaisantait plus.

« Ce fut silencieusement qu'il prit la clef dans la main de l'idole et qu'il la fit entrer dans la serrure, puis se retenant d'une main à un câble qui pendait de la voûte, et s'arcboutant, il se mit en devoir d'ouvrir. Il y eut un bruit sec de déclic, le couvercle de la caisse se dressa, en même temps que, par un mécanisme savamment combiné, le dieu relevait sa main protectrice.

« Mais alors, comment vous dire l'effroyable catastrophe ? Le Bouddha, avec son terrible sourire, m'apparut dans un océan de flammes fuligineuses qui dardaient comme des serpents leurs langues bleuâtres jusqu'à mes pieds !...

« A la place de Slud disparu, un génie au visage d'or, au torse d'or, s'agitait au milieu du brasier...

« Je demeurai paralysé par la peur, cloué au sol, éperdu, pantelant d'horreur.

« Le mugissement d'un coup de tonnerre plus violent que les précédents éclata presque à mon oreille, le brasier s'était éteint ; l'homme d'or se dressait seul immobile près du coffre ouvert.

« Je demeurai quelques instants à moitié évanoui...

« Quand je revins à moi, que je repris assez de courage pour m'approcher de l'autel, essayer de comprendre l'affreux prodige, je reconnus avec une terreur sans nom, que l'homme d'or — toujours immobile — c'était mon pauvre Slud...

— La foudre avait volatilisé l'or du coffre, murmura l'ingénieur.

— Précisément, reprit Ralph Pitcher, quand je fus près de Slud, quand je le touchai, il tomba en poussière sous mes doigts, et sous cette poussière je reconnus deux gros charbons luisants, qui étaient les prunelles de Bouddha...

« La main relevée du dieu avait touché le câble du paratonnerre installé là sans doute autrefois par les jésuites... Je ne sais qui a pu avoir l'idée de ce mécanisme diabolique.

« Dans le coffre, la foudre avait respecté une boîte de laque pleine de gemmes de moindre valeur et de lingots d'or.

« J'eus le courage de m'enfuir avec ce butin, de regagner la porte secrète, et je réussis à me sauver, en suivant la branche descendante du canal souterrain qui allait aboutir dans la jungle.

« Certes, je suis riche, mais il y a des moments où cette richesse me pèse, quand je songe à la mort du pauvre Slud... »

Un grand silence accueillit le récit de cette aventure extraordinaire, dont Ralph Pitcher paraissait aussi bouleversé que si elle eût eu lieu la veille.

Robert Darvel s'empressa de changer la conversation.

Impressionné par ce récit, il se retira de très bonne heure, mais en s'engageant à revenir le lendemain et non sans avoir formellement promis à son ami d'user de sa bourse comme de la sienne propre si jamais il en avait besoin.

CHAPITRE III

DISPARU

Le lendemain, Pitcher attendit vainement son ami toute la journée, il ne s'alarma pas tout d'abord ; mais, quand trois jours se furent écoulés et qu'à l'hôtel où Robert était descendu on lui dit être sans nouvelles de lui, il commença à avoir de sérieuses inquiétudes.

— Robert m'aurait écrit, pensa-t-il, il était trop heureux de me revoir ; nous sommes d'anciens camarades, jamais l'ombre d'une fâcherie n'a obscurci notre vieille amitié. Il faut qu'il lui soit arrivé malheur.

Pitcher ne descendait guère dans Londres que deux ou trois fois par mois, pour porter des pièces aux amateurs et aux grands marchands, et pour remettre ses manuscrits aux savants connus, qui les signaient à sa place.

Ralph était un homme de cœur, il n'hésita pas une minute à abandonner ses oiseaux pour se mettre à la recherche de Robert. Il endossa une pèlerine en drap imperméable et, muni d'un revolver et d'une grosse canne, il partit en expédition.

— Je vais aller directement rue d'Yarmouth, dit-il, et demander moi-même le signataire de la lettre, cet Ardavena, dont j'ai heureusement retenu le nom. Là j'apprendrai sûrement quelque chose de plus.

Après une course de deux heures, il atteignit enfin la rue d'Yarmouth et fit halte très essoufflé devant une porte cochère toute vermoulue, dont la peinture tombait par écailles. Il frappa vainement du marteau de fer sur le heurtoir, cogna même aux persiennes, si pourries qu'elles s'effritèrent sous son poing.

Très mécontent de ne recevoir aucune réponse, il s'adressa à une fruitière que son vacarme avait attiré dans la rue et qui, les mains sur les hanches, le considérait d'un air goguenard.

— Mon bon monsieur, fit la dame avec un fort accent irlandais, vous perdez votre temps et vos peines. Il y a plus de cent ans que la maison est inhabitée. Vous n'avez qu'à regarder : tous les carreaux sont cassés, le toit est crevé, c'est une vilaine baraque et cela vaut de l'argent pourtant.

Peu satisfait du renseignement, Pitcher interrogea successivement un épicier, un fish-monger et deux policemen, des balayeuses, qu'il gratifia de pièces de six pence sans obtenir aucun éclaircissement.

Il regagna très tard sa boutique. Mrs. Pitcher le reçut fort mal.

— Et voilà comme tu passes tes journées, lui dit-elle, ton ami est un aventurier, un espèce d'inventeur, quoi ! Il a trouvé une bonne affaire, il est parti et se moque de toi à l'heure qu'il est. Il faut que tu sois vraiment naïf, mon pauvre enfant. Il se retrouvera bien, n'aie pas peur.

— Je ne comprends pas que tu parles ainsi, fit le naturaliste. Est-ce que tu peux savoir ?... Et si notre ami avait été attaqué par les rôdeurs de Drury-Lane !

— Eh bien ! grand niais, tu iras porter plainte chez le constable. Tu l'aurais fait dès aujourd'hui, si tu écoutais un peu plus les conseils de ta vieille mère.

Pitcher reconnut de bonne grâce qu'il avait tort, alluma une pipe et monta à son atelier pour travailler à la dissection d'un aptéryx de la Nouvelle-Zélande, qu'il devait étudier le lendemain.

Les jours suivants, il continua son enquête ; mais ni sa perspicacité naturelle, ni les efforts des plus habiles détectives, ni même l'initiative des agences de renseignements (private-police) ne fournirent aucune donnée utile sur ce qu'avait pu devenir l'ingénieur Robert Darvel.

Tout ce que Pitcher put apprendre, c'est que l'hôtel abandonné qui portait le numéro 15 de la rue d'Yarmouth était, par suite d'un procès compliqué entre des héritiers français et des héritiers anglais habitant l'Inde, sous séquestre depuis de longues années.

Un mois se passa sans apporter aucune lumière sur le sort de Robert Darvel.

Pitcher avait cessé ses recherches ; mais, depuis ce temps, il était mélancolique. Il ne se passait guère de nuit sans qu'il rêvât de son ami disparu. Il se reprochait amèrement de ne pas l'avoir accompagné. Il y avait désormais un point noir dans son bonheur. Et mistress Pitcher en exhalait tout haut des plaintes acerbes.

— Depuis que ce M. Robert t'a vu, répétait-elle, tu es tout changé. Tu ne manges plus ; nous avions bien besoin de cela... On était si heureux, si tranquilles. Maintenant, tu n'as plus le cœur au travail, tu t'ennuies, tu es triste... Ah ! nous n'avons vraiment pas eu de chance.

. . . .

Un matin en s'éveillant, après une nuit remplie de cauchemars, Pitcher fut épouvanté de trouver sur sa table de nuit, à côté de l'encrier et de la plume, qu'il était sûr d'avoir laissés dans son atelier, une feuille de papier sur laquelle étaient tracées quelques lignes signées Robert Darvel :

« Ne vous inquiétez pas de ce que
« je suis devenu, disait l'ingénieur.
« Je suis en train de résoudre un mer-
« veilleux problème, je reviendrai d'ici
« peu. Surtout, ne vous faites aucun
« chagrin à cause de moi et ne cher-
« chez pas à savoir par quel moyen
« j'ai réussi à vous donner de mes
« nouvelles. »

— Bah ! s'était d'abord écrié le naturaliste, c'est une plaisanterie : Robert est venu et il a dû passer par la fenêtre pour me faire cette blague-là.

Mais la fenêtre était à vingt pieds du sol et un « *mastif* » hargneux qui ne connaissait que ses maîtres errait toutes les nuits dans le petit jardin.

L'honnête Pitcher eut quelques instants une frayeur légitime. Toutes les histoires de survie, d'apparitions, de spiritisme qu'il avait entendues ou lues lui revinrent en mémoire.

— Si la maison est hantée, que va dire maman ?

Mais il y avait en lui un tel fonds d'optimisme et de candeur qu'il finit par conclure que Robert avait fait sans doute une nouvelle et miraculeuse invention.

— Ce Darvel est si malin, s'écria-t-il, qu'il a dû trouver quelque chose de peu banal. Il m'en donne l'étrenne, c'est tout naturel. Ce doit être une machine dans le genre du télégraphe sans fil.

Et Pitcher rentra dans son atelier, pour mettre la dernière main à l'empaillage d'un superbe ménure-lyre, destiné au cabinet d'histoire naturelle du muséum d'Edimbourg.

CHAPITRE IV.

RUE D'YARMOUTH

Il faisait nuit depuis longtemps déjà lorsque Robert s'engagea dans la vieille rue d'Yarmouth. Pas une lumière ne brillait aux façades des vieux hôtels aux murailles noircies par le temps et les hautes portes seigneuriales s'emplissaient de ténèbres que la lueur des rares becs de gaz faisait seulement paraître plus profondes. Malgré lui, le jeune homme se sentait impressionné par la solennité de ces vieux logis aux volets clos et comme endormis dans la poussière et le silence. Il lui sembla que le bruit de ses pas se répercutait au loin, derrière lui, sur le pavé de grès. En passant devant la rue Pitter, venelle sinistre, bordée de jardins et fermée de barrières qui en interdisaient l'accès aux voitures, il songea à quelque vieux Londres d'il ne savait plus quel siècle, triste, silencieux et barricadé.

Il continua sa route. La flamme d'un réverbère agitée par le vent du soir faisait danser des ombres dans les angles. Il crut un moment voir d'énormes araignées velues et noires se faufiler le long des murs. Un rat bondit d'un soupirail et disparut.

Robert, sans savoir pourquoi, sentit comme une angoisse l'étreindre au cœur. Jamais il ne s'était vu si seul. Il marchait en profane à travers des siècles abolis. C'était comme dans un cimetière de gloires et de passions éteintes qu'il s'avançait. Les toits pointus prenaient des profils revêches, souriaient du rire élargi de leurs gouttières de plomb et arrondissaient, pour voir passer l'intrus, les œils-de-bœuf de leurs lucarnes. Une girouette miaulait doucement dans sa rouille.

Pour la première fois peut-être, dans sa vie aventureuse, il comprit la fragilité du destin et connut le sentiment de la peur. Peur de quoi ? Du passé, de l'avenir et de lui-même peut-être.

Toutes les choses inanimées s'accordaient merveilleusement avec son chagrin et le mystère de ce rendez-vous donné par un inconnu.

— Non, dit-il tout haut, ce n'est pas un simple rendez-vous d'affaires !

Il s'arrêta, surpris du son de sa propre voix. Mais Robert Darvel avait visité les cités mortes du désert sibérien, les temples construits par Oulagou et Timour-Lenk, et dont quelques-uns sont établis sur des fondations de crânes humains. Il avait approché des villes cadavéreuses du désert de Syrie, où n'habitent que des pestiférés et des lépreux atteints de contagions inconnues, de maladies perdues depuis le moyen-âge. Il n'était pas homme à se laisser dominer par la mélancolie romantique d'un vieux quartier de Londres découpant ses toits pointus au clair de la lune nimbée de brouillard.

— Allons, se dit-il, en tâtant dans la poche de son veston un excellent revolver Colt, ce quartier-là est superbe. On y doit être tranquille pour faire des expériences. A la première bonne affaire que je ferai, j'achète un de ces vieux hôtels.

Dix heures sonnaient à l'église de Saint-Paul, en même temps qu'au couvent des Irlandais, lorsque Robert heurta doucement au marteau de la porte. Un des battants s'entr'ouvrit, puis se referma si promptement que le jeune homme se trouva dans une spacieuse cour, tapissée de hautes herbes, au centre de laquelle était un vieux puits de fer forgé, sans savoir comment cela s'était fait.

— M. Ardavena, demanda-t-il avec impatience ?

— Que monsieur veuille bien me suivre, murmura une voix cassée.

Robert se retourna. A côté de lui un domestique vêtu de noir venait d'allumer une petite lanterne. A la lueur rougeâtre de la bougie, Robert distingua un vieillard au geste tremblant, qui tenait à la fois du bedeau de cathédrale et de l'huissier de ministère. Ses cheveux et ses favoris étaient blancs ; sa lèvre inférieure pendait, il s'inclinait obséquieusement en précédant le visiteur par un sentier tracé dans l'herbe. Après un examen sommaire de ce personnage falot, dont les doigts étaient chargés de bagues, Robert le suivit sans mot dire.

Ils montèrent d'abord un escalier large comme une rue, et dont les marches de marbre disjointes par les racines des plantes sauvages s'effondraient. Sur le palier, deux sphinx de bronze de style empire rêvaient au milieu de flaques de vert de gris. La pluie les avait lavés de ses rayures et les faisait, dans la pénombre, presque semblables à des tigres.

Le vieillard ouvrit une porte, traversa une antichambre où des portraits de famille se crevassaient, souleva un rideau de cuir et Robert Darvel se trouva seul dans un salon singulièrement meublé. Un calorifère soufflait une chaleur étouffante, des idoles aux bras multiples, aux têtes monstrueuses, s'accroupissaient dans les angles sur des piédestaux de marbre. Des cassolettes obscurcissaient l'air de leurs odorantes fumées et, çà et là, des divans très bas, de velours noir aux arabesques d'or, s'étendaient près de petits guéridons incrustés de burgau et couverts de bibelots disparates. Un houka tout allumé, une fumerie d'opium au grand complet sur un plateau de laque rouge, — avec la lampe à huile de coco, les aiguilles d'acier, les pipes au champignon de porcelaine, les vases, les cendriers et les coupes, — faisaient pendant à un dressoir chargé de bouteilles de champagne et d'alcools divers.

Une grande bibliothèque en ébène incrustée d'opales était remplie de manuscrits dont quelques-uns n'étaient formés que de feuilles de palmier ou de planchettes de bois de santal.

— Je suis certainement chez quelque industriel anglais, retour des Indes, se dit Robert, en prenant place, sans façon, sur un divan.

Il était à peine assis qu'il entendit un grognement sous son siège. Il se leva et se recula de quelques pas.

La sueur de l'angoisse mouilla son front, quand un tigre sortit de dessous le meuble en s'étirant et s'avança jusqu'au milieu de la pièce avec les mouvements onduleux d'un gros chat. Le félin s'aplatissait sur ses pattes de derrière, essayait sa griffe contre le tapis et marchait doucement vers le visiteur, les yeux brillants, les oreilles droites, l'échine sinueuse comme s'il allait bondir.

Robert avait pris son revolver et l'avait abaissé le long de sa cuisse, prêt à tirer lorsque bondirait le fauve. Il était très pâle, son cœur battait ; mais il gardait tout son sang-froid. Le doigt sur la gachette de son arme, il attendait. Trois secondes s'écoulèrent, qui lui parurent comme trois années ; l'homme et le tigre s'étudiaient et se regardaient. Si Robert avait baissé les yeux, il était mort.

Tout à coup, une des portières à ramages d'or s'entr'ouvrit et une voix creuse et sombre qui semblait venir de très loin cria : Mowdi ! Mowdi !

Le tigre avait reconnu son maître. Il poussa un grognement et promptement alla se recoucher sous le divan.

Robert s'était tourné vers le nouveau venu.

— *Sir*, lui dit-il avec colère, je

trouve vos plaisanteries du plus mauvais goût, pour ne pas dire plus. Votre mise en scène orientale et plutôt un peu ridicule ne m'impose pas le moins du monde. Je ne sais quel a été votre but en m'attirant dans ce quartier désert ; mais je vous préviens que, si c'est pour me voler, vous faites fausse route. Je n'ai sur moi qu'une dizaine de shillings et — je vous en préviens — un excellent revolver...

Robert se tut, réduit au silence par une volonté supérieure à la sienne et profondément troublé par la physionomie de l'inconnu qui se trouvait devant lui.

C'était un homme de petite taille et si maigre que, sous la mince robe de soie noire qui le couvrait, on distinguait nettement les moindres détails de son squelette. Les muscles atrophiés, réduits à rien, n'étaient plus que de simples ficelles ; les mains étaient sèches et terreuses comme celles des momies. Les personnages de la Danse macabre eussent été presque gras par comparaison.

Le visage à lui seul était stupéfiant. Qu'on se figure une tête de mort au front démesuré, où vivraient deux yeux d'un azur clair, pétillants de jeunesse comme ceux d'un enfant : un crâne et deux bleuets. Les oreilles, toutes petites, étaient diaphanes comme deux feuillets de cire. Et pourtant le personnage n'avait rien de macabre, le profil était noble, il s'exhalait de ce quasi-squelette une puissance et une énergie considérables et comme un rayonnement de vitalité surabondante. Les gestes étaient pleins d'aisance, la taille était droite et le sourire plein de bonté.

— Asseyez-vous, dit-il, d'un ton très doux.

Robert s'assit. Il se sentait en proie au vertige ; mille suppositions incohérentes tourbillonnaient dans son cerveau et il comprit avec une indicible terreur qu'il 'tait entièrement au pouvoir de l'inco u.

Celui-ci essaya de le rassurer et il y parvint, en dépit de sa voix toujours creuse et comme lointaine.

— D'abord, fit-il en un français excellent, bannissez de votre esprit toute crainte. Je comprends votre mécontentement et je regrette, croyez-le, d'avoir oublié que mon pauvre Mowdi faisait sa sieste dans ce salon. C'est un animal inoffensif que j'ai pris tout jeune dans la jungle et qui n'a jamais fait de mal à mes amis.

— Et à vos ennemis ?

— Je n'ai pas d'ennemis. Mais il suffit.

— Enfin, murmura Robert avec effort, que voulez-vous de moi ? Et d'abord, qui êtes-vous ?

— Vous avez peut-être entendu parler du brahme Ardavena ?

— Mille pardons ! balbutia Robert, c'est le nom dont vous avez signé votre lettre ; mais il n'éveille en moi nul souvenir précis.

— Cela n'a pas d'importance. Je suis supérieur du monastère de Chelambrum, véritable ville de temples et de palais, qui loge dans son enceinte une population de dix mille brahmes.

— Je ne vois pas en quoi je puis vous être utile.

— Un peu de patience. Vous n'ignorez pas que, nous autres religieux indous, sommes parfois capables de miracles que toute la science des Européens n'a jamais pu ni reproduire, ni expliquer. De votre côté, vous possédez un savoir d'un autre genre, une puissance matérielle et plus pratique que la nôtre.

— Je voudrais bien voir un de ces miracles, que vous prétendez réaliser.

— Rien n'est plus facile, fit le brahme Ardavena, avec un sourire plein de condescendance. Essayez de vous lever.

Il étendit la main vers Robert en dardant sur lui ses yeux bleus qui semblaient jeter des feux comme des pierres précieuses.

Le jeune homme s'efforça vainement de changer de place. Il lui semblait que tout son corps était devenu aussi lourd qu'un lingot de plomb et il ressentait une intolérable souffrance dans ses efforts inutiles. Il ne put même parvenir à lever les bras.

— Vous voyez, dit Ardavena, que, si j'avais de mauvaises intentions, vos armes ne vous protégeraient guère. Maintenant, je vous rends votre liberté.

Robert se leva machinalement et fit quelques pas en proie à une émotion grandissante. Toutes ses données sur le réel et le possible étaient bouleversées. Il était profondément humilié.

— Vous êtes le plus fort, dit-il avec un cri de révolte. Mais enfin, que voulez-vous de moi ?

— Je ne veux en rien influencer votre décision. Si mes projets ne vous agréent pas, vous sortirez d'ici tel que vous y êtes entré ; je tiens même, en cas de refus de votre part, à vous indemniser.

— Je ne réclame rien.

— Entendons-nous, je n'ai pas à vous indemniser d'un préjudice matériel, mais j'estime que la déconvenue que vous aurez éprouvée, votre espoir trompé, vous ont causé un tort à peine réparable. Voici ce que j'attends de vous : avec l'imagination créatrice, vous possédez la science telle du moins qu'on la comprend ici. Je vous propose de réunir nos deux puissances. Vous m'initierez à la chimie, à la médecine, à la mécanique ; moi, aux secrets de la psychologie et de la philosophie. Notre labeur commun doit enfanter des merveilles. Nous devons être le chaînon mystérieux qui unira la science perdue de l'univers antique à la science vigoureuse, mais brutale et folle, du jeune univers.

Robert se taisait, plongé dans un monde de pensées. Le brahme Ardavena continua, un peu mélancoliquement :

— J'ai frappé aux portes de bien des hommes de génie, partout l'on m'a éconduit comme un charlatan ou comme un fou ; par bonheur, ma science, à moi, m'a permis de vous découvrir dans la foule des hommes, comme on trouve un diamant dans les sables du fleuve de Golconde. Si vous aimez la Science et la Vérité pour elles-mêmes, suivez-moi.

— Mais... objecta Robert déjà fasciné par la beauté et la gravité de ce langage...

— J'ai compris d'avance votre pensée, soyez tranquille ; je connais les luttes misérables auxquelles est contraint l'homme pauvre dans votre Occident. Vous vivrez avec le luxe d'un radjah et je vous rendrai si riche que vous mépriserez la richesse.

Ardavena avait entraîné Robert dans la pièce voisine. Il n'y avait là que des murs nus, décolorés par l'humidité, une natte de paille et une cruche d'eau.

— Voici mes appartements, lui dit-il, et je suis « milliardaire », pour parler comme vous. On peut tout, quand on sait se priver de tout.

— Eh bien, dit brusquement Robert, c'est une chose entendue. Je mets mon faible savoir au service de votre sagesse.

— Réfléchissez encore. Une fois que vous aurez donné votre consentement, vous devrez m'obéir.

— Ma résolution est prise ; nous nous reverrons demain si vous le voulez.

— Pourquoi demain ? Rien ne vous retient à Londres.

— Eh bien ! soit. Je partirai quand vous voudrez, dit Robert séduit et captivé par les manières à la fois affables et impérieuses d'Ardavena. Mais ne vous faut-il pas quelque temps pour faire vos préparatifs ?

— Ils sont faits ; j'étais sûr d'avance que vous accepteriez.

Ardavena ouvrit une porte et précéda son hôte par un long corridor pavé de carreaux de marbre noir et blanc disposés en damier, puis, ils descendirent un escalier et, tout à coup, se trouvèrent, en sortant d'une allée obscure, sur le trottoir d'une autre rue. Au milieu de la chaussée, une voiture de maître stationnait. Ils y prirent place. Cinq minutes après, ils étaient à la gare Victoria et onze heures n'avaient pas encore sonné que Robert Darvel et son bizarre associé, installés dans un sleeping-car du rapide de Douvres, dévoraient le rail avec une vitesse de 120 kilomètres à l'heure.

Le lendemain à midi, Robert fumait un cigare sur le pont du *Petchili*, grand steamer en acier chauffé au pétrole, en route pour l'Extrême-Orient, depuis deux heures déjà.

Bientôt, la colonne blanche du phare de Land's End, puis les côtes grises et pâles de l'Irlande se fondirent dans la brume violette des lointains.

Robert Darvel allait vers l'Inde mystérieuse, le seul pays qui, au milieu de notre civilisation pratique, soit encore demeuré le royaume de la féerie et des prestiges.

CHAPITRE V

LE CHATEAU DE L'ÉNERGIE

La traversée du *Petchili* s'était accomplie dans d'excellentes conditions. Après les relâches habituelles à Malte, à Port-Saïd et à Djibouti, le steamer avait débarqué à Colombo, capitale de l'île de Ceylan, le brahme Ardavena et son nouveau collaborateur. De Colombo ils s'étaient dirigés vers le Karnatic, où se trouve le fameux temple de Chelambrum.

Au cours du voyage. Robert avait fait plus ample connaissance avec Ardavena et il s'était promptement aperçu que le brahme était doué d'une érudition formidable, presque déconcertante, tant elle embrassait de spécialités en apparence incompatibles. Outre le sanscrit, le tamoul et l'indostani, les trois grands dialectes de l'Inde, il parlait avec une pureté d'accent remarquable l'anglais, le français et l'italien. Il connaissait l'arabe, le persan et le chinois et il avait lu les auteurs les plus célèbres dans toutes ces langues.

Robert s'aperçut même que son nouveau maître possédait une connaissance suffisamment avancée des découvertes contemporaines dans les principales branches de la science. Mais, ce qui déconcertait le plus le jeune ingénieur, c'était la souplesse intellectuelle du brahme, sa puissance de déduction, la facilité avec laquelle il passait d'un détail infime à une conclusion générale rigoureusement établie. Ardavena analysait avec une incomparable lucidité les problèmes les plus ardus et simplifiait toute chose par la netteté de sa vision intellectuelle.

Robert, malgré ses diplômes et ses découvertes, se sentait bien chétif et bien petit en présence de ce singulier vieillard, qui semblait une vivante encyclopédie des connaissances humaines.

Il était très satisfait, pourtant, même au point de vue des intérêts matériels. Le jour de leur départ, à Londres, Ardavena lui avait remis, à titre d'arrhes, une liasse de banknotes d'une valeur d'environ deux mille livres sterling. Une seule chose le contrariait. Il se reprochait de n'avoir pas prévenu son ami Pitcher de son départ et de ne point lui avoir fait part de sa bonne chance.

Plusieurs fois, il avait voulu lui écrire ; le brahme Ardavena, qui avait deviné ses intentions, l'en avait toujours dissuadé.

— Il est très important pour ce que nous devons faire, lui disait-il, que personne ne sache ce que vous êtes devenu et que l'on ne s'occupe pas de vous. Toute entreprise connue est manquée à demi. Plus tard, je vous donnerai les moyens de correspondre avec ce Mr. Pitcher. Soyez sûr d'ailleurs qu'il n'est pas trop à plaindre en ce moment.

Robert n'avait pas osé désobéir à son étrange collaborateur ; mais il était très ennuyé de songer que Pitcher pourrait l'accuser d'ingratitude et d'indifférence et, qui pis est, le croire mort et pleurer son trépas.

Cependant, à la longue, l'imprévu d'un voyage en Extrême-Orient, les captivantes conversations d'Ardavena finirent par faire oublier à l'ingénieur son vieux camarade.

En débarquant à Karikal, une des rares possessions de la France dans l'Inde, Ardavena fit comprendre à Robert la nécessité de quitter le costume européen et il lui procura un *chomin*, un turban blanc et des babouches. Le *chomin* n'est qu'une pièce de mousseline légère de vingt-cinq à trente mètres de long que l'on s'enroule autour du corps.

Pour compléter sa transformation, Robert rasa entièrement ses moustaches blondes et sa longue chevelure. Avec son visage d'un ovale très allongé, sa maigreur qui faisait saillir ses pommettes et son teint bruni par le soleil, il avait tout à fait l'aspect d'un hindou. Seuls, ses yeux gris clair, ses gestes énergiques auraient pu le trahir. Mais il était convenu qu'il se mettrait en évidence le moins possible.

Après s'être reposés deux jours à Karikal, les voyageurs prirent à dos d'éléphant le chemin du monastère de Chelambrum.

Le voyage, par des routes bordées de forêts verdoyantes et de villages prospères, fut charmant. A chaque pas, Robert s'émerveillait. Dans ses précédentes excursions à travers le monde, il n'avait jamais vu une nature aussi généreuse et aussi puissante, des paysages d'une beauté plus grandiose. C'étaient des forêts d'arbres en fleur qui répandaient un parfum capiteux, des étangs entourés de temples de marbre rose et bordés de bambous géants, de cycas et de fougères arborescentes. Puis, c'étaient des terres d'argile rouge sans arbres et sans eau, comme calcinées par l'ardeur dévorante du soleil, toute la changeante féerie des paysages orientaux.

Robert respirait avidement le parfum de poésie sauvage de cette nature vierge. Il croyait renaître à une autre existence. Comme un véritable enfant, il cueillait des bouquets d'énormes fleurs, abattait à coups de pierre des noix de cocotier et jetait des projectiles aux singes qui se balançaient nonchalamment, la tête en bas, la queue enroulée autour d'une branche.

Mais ce qui l'étonnait, c'était la façon rapide et luxueuse, comme organisée depuis longtemps à l'avance, dont le voyage s'accomplissait.

A Karikal, des porteurs indous et une voiture attendaient l'arrivée du paquebot. A peine à terre, les voyageurs avaient été accueillis dans le palais d'un riche *babou* où leurs chambres étaient préparées. Des serviteurs étaient à leurs ordres et ils prenaient leurs repas dans une salle séparée sans que personne osât leur adresser la parole.

Tout le long de la route, ce fut la même chose. Aux moindres haltes, ils étaient attendus par des serviteurs dociles et dévoués. Tout se passait avec une régularité parfaite et que Robert avait bien rarement remarquée dans les contrées qu'il lui avait été donné de traverser.

Ce fut vers le milieu de l'après-midi qu'on arriva au monastère de Chelambrum. Au-dessus d'une épaisse forêt de palmiers, de magnolias et de bambous, le monastère dressait dans l'azur implacable du ciel ses coupoles ventrues, ses pyramides de dieux et d'animaux et les sveltes colonnes de ses minarets. Les remparts vastes comme ceux d'une ville étaient ornés de sculptures et entourés de fossés où se jouaient de jeunes crocodiles alertes et vifs comme des lézards.

Sitôt la poterne franchie, Robert demeura émerveillé. Tout autour d'un vaste étang couvert de fleurs aquatiques, c'était une succession de palais et de temples de marbre blanc, de granit rose et noir dont quelques-uns eussent pu rivaliser avec les monuments fameux de l'Egypte. C'étaient des alignements d'éléphants de pierre, portant sur leur dos des divinités, telles que la Vierge de Yanagui et Christna enfant, tous hauts d'une vingtaine de mètres, des forêts de colonnes sculptées avec un art plus délicat et plus pur que celui de la Grèce et du Moyen-âge, des arceaux élégants, des entassements d'escaliers à lourdes rampes et de balcons légers à faire paraître médiocres les inventions de Piranèse.

Robert s'extasiait à la vue de ces chefs-d'œuvre et guidé par Ardavena venait de traverser une majestueuse cour entourée de piliers et décorée au centre d'une fontaine jaillissante, lorsqu'il poussa un cri d'horreur.

Sur la rive de l'étang sacré où les brahmes font leurs ablutions et où ils lavent les statues des dieux, une centaine d'hommes étaient entassés dans des poses grimaçantes. L'ingénieur sentit une angoisse l'étreindre. Il se crut un instant transporté dans un des cercles de l'enfer chinois.

— Où suis-je ? demanda-t-il à Ardavena qui demeurait impassible.

— C'est ici le lieu où se tiennent les fakirs qui se sont volontairement soumis à des supplices et à des épreuves dans le but de se rendre agréables à la divinité.

« Regardez, en voici un qui, pour être fidèle au vœu du silence, s'est cousu les lèvres en ne ménageant qu'un tout petit trou. Il ne peut manger qu'un peu de bouillie de riz très claire qu'il aspire à l'aide d'un tuyau. Cet autre s'est cloué les oreilles contre un arbre : il y a des années qu'il est là. Le tronc a grossi et distendu les cartilages qui ressemblent maintenant à des ailes de chauve-souris. Celui-ci a gardé si longtemps les deux mains fermées et liées ensemble avec des cordes, que les ongles ont traversé la chair. Il est forcé de ramper comme un animal vers son écuelle de riz.

Robert ne répondit rien. Il se croyait le jouet d'un cauchemar.

Un fakir d'une maigreur effrayante demeurait immobile sur un fût de colonne. On eût dit qu'il était privé de la vie, sa barbe lui descendait jusqu'au ventre et, dans sa chevelure touffue comme un buisson, des oiseaux avaient niché. De petits lézards couleur d'or couraient sur ses fémurs et sautillaient entre ses orteils momifiés.

Plus loin, des fakirs agonisaient sous des piles de pavés, étaient enterrés tout vivants jusqu'au cou dans la fange où des insectes les dévoraient. Quelques-uns se tordaient sur un lit de charbons ardents qu'ils devaient éteindre de leur sang, ou se roulaient sur des pointes aiguës qui leur pénétraient profondément dans les chairs. Une grande roue de bambou qui tournait avec vitesse portait les corps ensanglantés de trois fanatiques dont les reins et les épaules étaient traversés par des crochets de fer.

— Sortons, dit Robert, qui se sentait défaillir.

Dans sa précipitation, il heurta un corps étendu à terre. On eût dit plutôt un cadavre qu'un être encore vivant : ses yeux étaient crevés et il s'était coupé le nez, les oreilles et jusqu'aux lèvres et une partie des joues. Ses dents étaient à découvert. C'était plus que Robert n'en pouvait supporter. Il s'enfuit sans regarder en arrière et sans écouter les explications d'Ardavena qui voulait lui montrer un *Karavate*, sorte de guillotine primitive qui permet au patient de se couper lui-même la tête. Elle se compose d'un croissant d'acier très effilé, glissant entre deux traverses ; des chaînes correspondent au ressort qui fait jouer la machine. Le fanatique allonge le cou, met les pieds dans les étriers qui terminent les chaînes, donne une violente saccade et sa tête roule à terre.

— J'en ai assez de ces horreurs, s'écriait Robert. Comment tolérez-vous de pareilles monstruosités ?

— Je ne les tolère pas ; mais je ne puis les empêcher. Je perdrais toute autorité sur ceux qui m'obéissent, si je m'opposais à ce que ces malheureux fanatiques se torturent ainsi eux-mêmes. D'ailleurs, comme vous le verrez, j'ai beaucoup fait pour restreindre et pour modérer ces martyres inutiles.

— Je ne puis m'empêcher d'être indigné !

— Nous discuterons cela, plus tard, à loisir. Mais heureusement j'ai de plus agréables spectacles à vous offrir.

Robert ne répondit rien. Il regrettait un peu, en lui-même, d'avoir accepté si promptement la proposition d'Ardavena, à la discrétion duquel il se trouvait entièrement. Il se rappelait les vieilles légendes de ceux qui ont vendu leur âme au diable et il se demandait avec un frisson si la façon rapide et singulière dont il avait été captivé par le brahme, n'avait pas quelque chose de surnaturel. Puis il commençait à ressentir l'étrange tourment de ne plus pouvoir penser sans que sa pensée fût devinée à l'instant même, d'avoir toujours à ses côtés cet homme aux yeux clairs, qui lisait dans son âme comme dans un livre grand ouvert.

Cette première et fâcheuse impression se dissipa peu à peu.

— Evidemment, se dit-il, Ardavena a dit vrai, puisque je ressens le contre-coup de sa puissance. A moi d'étudier, de lutter et de trouver les raisons scientifiques et logiques de ces phénomènes en apparence inexplicables.

Ils étaient arrivés dans la partie du temple qui servait d'habitation particulière au supérieur des brahmes. Cette habitation comprenait un palais et des jardins que n'eût pas désavoués un radjah. Partout, des eaux vives, des ombrages épais et des tapis de fleurs ; partout des terrasses, de petits kiosques et d'innombrables statues des divinités de l'Olympe brahmanique.

Robert s'aperçut avec plaisir que l'habitation qu'on lui destinait se trouvait dans une sorte de tour tout à fait isolée des autres bâtiments et entourée d'un jardin qui lui était propre et que bordaient de toutes parts d'épaisses haies de cactus, de nopals, d'acacias et d'autres arbustes épineux.

— Comme cela, pensa-t-il, je serai chez moi.

Sa joie ne connut plus de bornes, lorsque, par un escalier d'une centaine de marches taillées en plein granit, Ardavena l'eût introduit dans une haute crypte voûtée et qui recevait du dehors l'air et la lumière par des soupiraux très élevés dissimulés dans les sculptures extérieures. Cette salle était un véritable laboratoire agencé avec tout le confort des découvertes modernes. Une bibliothèque de livres spéciaux, des armoires de produits chimiques, des fours électriques et jusqu'à une petite salle de dissection munie de ses dalles de marbre blanc, rien n'y manquait.

— Vous voyez, dit Ardavena, vous pourrez travailler ; vous êtes bien outillé. D'ailleurs, s'il vous manquait quelque chose, vous n'avez qu'à le dire et je vous le procurerai sous peu de jours.

L'ingénieur remarqua que dans ce vaste laboratoire tout était neuf. Les flacons qui portaient des étiquettes de droguistes anglais ou français n'avaient pas été débouchés, les appareils n'avaient jamais servi et les livres n'étaient pas coupés.

Ce qui fit le plus de plaisir à Robert qui furetait joyeusement d'armoire en armoire, ce fut de découvrir tout un lot de volumes et de photographies qui avaient trait à la planète Mars.

— Vous voyez que j'ai pensé à vous, dit Ardavena, et, vous le savez, vous pourrez vous occuper ici de tout ce qu'il vous plaira. Vous êtes le seul juge de la manière la plus efficace de diriger vos études. De plus, comme je vous l'ai dit, vous n'êtes limité dans vos travaux, ni par le temps, ni par l'argent. Il n'y a pas beaucoup de savants dans votre cas.

Robert avait reconquis son enthousiasme primitif. Il arpentait son laboratoire comme pour en prendre possession, rêvant déjà d'expériences inouïes, de découvertes qui changeraient la face des mondes.

En faisant ce rapide inventaire, il fut spécialement charmé de trouver une collection d'ouvrages récents sur la psychologie et la physiologie du cerveau, le livre de Flammarion sur la *télépathie*, les articles de Baraduc sur la *photographie des passions*, les communications de Rœntgen et de Curie sur les rayons obscurs qu'émettent certains corps, les travaux de

Mentchnikoff sur la longévité, les derniers rapports sur les effluves du diamant émis dans certaines conditions et qui ont la propriété de tonifier et de purifier les organes, enfin une foule d'autres documents bien connus des spécialistes.

Les jours suivants, Robert ne vit même pas Ardavena. Il semblait que celui-ci voulût lui imposer sa confiance en lui laissant toute liberté. D'ailleurs il l'avait prévenu qu'il pouvait sortir des dépendances du monastère. Un éléphant et son *mahout* ou cornac étaient toujours à sa disposition pour les promenades qu'il lui plairait de faire dans la forêt.

Robert s'organisa une existence des plus agréables. Deux serviteurs étaient continuellement à ses ordres et un Malais qui avait été autrefois domestique d'un pharmacien de Singapore lui servait de garçon de laboratoire.

Dès le matin, le jeune homme descendait faire une promenade dans les jardins, remplis d'oiseaux aux couleurs vives et là il attendait que les rayons du soleil eussent évaporé la rosée. Puis il se rendait à son laboratoire, plein de fraîcheur aux heures brûlantes du jour à cause de sa situation souterraine, il n'en remontait que le soir pour dîner et terminait sa journée par une rêverie au clair de lune à travers les séculaires avenues de bambous géants, de baobabs et de tamariniers.

Assez rarement il allait rendre visite au brahme, Ardavena qu'il trouvait toujours occupé à écrire ou à lire dans sa cellule froide et seulement meublée, comme celle de la rue d'Yarmouth, d'une natte de paille et d'une cruche d'eau. Là, il avait retrouvé le tigre Mowdi avec lequel il était en excellents termes.

Mowdi s'approchait en ronronnant sitôt qu'il voyait entrer le jeune homme, qui ne manquait jamais de caresser sa belle fourrure orange et noire.

L'ingénieur se trouvait si bien de cette existence claustrale et paisible, qu'il ne regrettait nullement d'avoir quitté Paris pour venir se confiner au pied des montagnes des Ghâts dans un monastère indou. Ajoutons d'ailleurs qu'Ardavena ne faisait point partager à son hôte les privations qu'il s'imposait.

La chère était délicate et unissait les raffinements de la cuisine européenne et de la cuisine indigène.

S'il avait eu des nouvelles du naturaliste Pitcher, Robert, qui n'avait plus de famille et avait perdu de vue tous ses amis d'autrefois, se fût trouvé parfaitement heureux.

Il s'en plaignit à Ardavena, un soir qu'ils se promenaient à la lueur des torches dans une interminable galerie souterraine dont les murs étaient ornés de gigantesques bas-reliefs taillés en plein granit dans le cœur de la montagne.

Le brahme réfléchit un instant.

— Vous tenez absolument à rassurer votre ami ?

— J'y tiens beaucoup.

— Eh bien ! Je vais vous donner satisfaction : non seulement vous pourrez le rassurer, mais encore vous le verrez, sans pouvoir lui parler cependant.

Robert très ému, quoique un peu incrédule, suivit le vieillard jusqu'à une crypte éloignée dont la voûte ogivale était soutenue par des colonnes trapues.

Il crut se trouver dans la nef d'une chapelle gothique ; mais à la place de l'autel il n'y avait qu'un grand miroir éclairé par deux flambeaux de cire végétale que des fakirs venaient d'allumer en se retirant.

Ardavena enjoignit à Robert de garder le plus profond silence et cela sous peine de mort, quels que fussent les objets qu'il verrait.

— Je mets en jeu, déclara-t-il, des forces redoutables, plus difficiles à manier que l'électricité et la vapeur.

Robert s'engagea solennellement à demeurer muet et Ardavena, après avoir disposé en triangle des trépieds d'or remplis de charbons ardents, y jeta des parfums qu'il prenait dans une petite boîte pendue à sa ceinture. Bientôt, des fumées épaisses obscurcirent l'atmosphère de la crypte. La flamme des torches pâlit, le miroir se voila comme d'une brume dans laquelle commencèrent lentement à se dessiner des traits confus. Puis la vision se fit plus lumineuse et plus précise, pendant que l'autre extrémité de la crypte était plongée dans les ténèbres. Robert faillit jeter un cri. A quelques pas de lui il voyait le naturaliste Pitcher dans sa petite boutique de Londres, fort occupé à disséquer un oiseau à la lueur d'une lampe réfléchie par une grosse boule de verre remplie d'eau.

Il assista au travail du naturaliste, l'entendit se parler à lui-même comme il en avait l'habitude. Mrs. Pitcher vint en grommelant chercher son fils et l'avertir qu'il était temps d'aller dormir. Pitcher obéit en rechignant et le décor que reflétait le miroir se modifia à mesure qu'il s'éloignait. Pitcher ne tarda pas à se coucher et à s'endormir.

C'est alors qu'Ardavena posa la main sur le front de Robert et celui-ci, obéissant à une volonté à laquelle il était incapable de résister, se trouva dans la maison de son ami, dont il connaissait les moindres détails. Inconsciemment docile à une force supérieure, il alla à l'atelier, prit la plume et l'encre, griffonna quelques lignes et déposa cette lettre sur la table de nuit. Il sentit de nouveau la main du brahme toucher son front et se retrouva en face du miroir qui ne reflétait plus que la lumière pâle des flambeaux et les colonnes de la crypte.

Il voulut parler ; mais Ardavena lui fit signe de se taire et jeta de nouveaux parfums sur les trépieds.

Le miroir se troubla comme la première fois, puis s'éclaircit et Robert aperçut le profil délicat et noble d'Alberte Téramond. Elle paraissait profondément mélancolique et regardait pensivement une photographie de Robert appendue au mur.

UN FAKIR DEMEURAIT SUR UN FUT DE COLONNE. *(Page 29.)*

L'INGÉNIEUR ROULA A TERRE INANIMÉ.
(Page 37.)

CHAPITRE VI

PRESTIGES

Robert Darvel s'était tout à fait habitué à son nouveau genre de vie. Il ne lui serait pas venu à l'idée de quitter les délicieux jardins de Chelambrum et son beau laboratoire souterrain dont il avait perfectionné l'outillage. Il n'avait plus d'autre souci en tête que de pénétrer les mystères de la volonté humaine, cette énergie merveilleuse et créatrice que Balzac croyait être une substance.

Il avait fait quelques pas dans la voie de la vérité ; mais il n'était pas encore très avancé. Cependant il était familiarisé déjà avec les prestiges et les miracles des fakirs qui l'avaient tant surpris au début. Il en réalisait lui-même quelques-uns des moins difficiles. Nombre de fois il avait assisté à des séances absolument stupéfiantes. Il avait vu des fakirs allumer et éteindre des flambeaux, faire pousser et fleurir des plantes, faire mûrir des raisins par la seule force de leur volonté. Il les avait vus magnétiser des serpents et les rendre aussi rigides que des morceaux de bois ; d'autres se faire d'horribles blessures, qu'ils guérissaient en un instant sans qu'il restât une cicatrice.

Tous ces faits sont connus et certifiés par le témoignage de milliers de voyageurs et même consignés dans des procès-verbaux signés de magistrats et d'officiers anglais.

Un des phénomènes qui attirèrent le plus l'attention de Robert et qu'on voit cités dans les ouvrages les plus élémentaires de vulgarisation est le phénomène de la lévitation.

En présence d'Ardavena et de l'ingénieur, un fakir, Phara-Chibh, demanda une canne, s'y appuya fortement de la main gauche et, croisant les jambes, à mesure qu'il montait dans l'air, s'éleva doucement jusqu'à deux pieds du sol et demeura ainsi suspendu, sans autre support que sa canne. Puis il la rejeta, s'éleva encore d'un pied environ et resta ainsi immobile pendant une dizaine de minutes. Après quoi, il commença à descendre insensiblement jusqu'à ce qu'il reposât sur la natte d'où il s'était élevé.

Le même fakir, entièrement nu, réalisait des prodiges à faire mourir de dépit les prestidigitateurs européens dans leurs cabinets machinés comme des théâtres. Il tira de sa bouche une charretée de pierres que l'on dût emporter dans un tombereau ; puis, cent mètres au moins d'une liane épineuse et dure que trois hommes roulèrent autour d'un tronc d'arbre où elle représentait un volume énorme. Il récita des passages entiers d'auteurs anciens et modernes qu'évidemment il ne pouvait connaître. A sa parole, les meubles se déplaçaient et se mettaient en marche vers la direction qu'il indiquait ; les portes s'ouvraient et se fermaient. A son commandement les spectateurs devenaient incapables d'allonger la main et d'ôter leur chapeau. Mais, ce dont Robert fut le plus frappé, ce fut d'assister à la classique expérience du fakir enterré vivant, qu'exécuta Phara-Chibh.

Au jour dit, et en présence des officiers anglais de la garnison voisine qui avaient sollicité la faveur d'être témoins du prodige, Phara-Chibh, qui avait passé trois jours en méditation en compagnie d'un autre fakir, se présenta vêtu simplement d'un pagne et d'un turban pointu.

Sous les yeux de l'assistance, le fakir se boucha le nez et les oreilles avec de la cire ; son disciple lui retourna la langue en arrière de façon à ce qu'elle obturât exactement l'entrée du gosier. Presque aussitôt, le fakir tomba dans une sorte de léthargie et on l'enferma dans un linceul en forme de sac qui fut cousu et scellé. Le sac fut déposé dans un cercueil également cadenassé et scellé et le cercueil dans une fosse soigneusement maçonnée que l'on combla avec de la terre tassée et piétinée. Puis, sur la terre, on sema des graines qui germent rapidement. Autour de ce tombeau une solide palissade fut élevée et l'on y plaça des sentinelles qui devaient être relevées d'heure en heure (1).

Admirablement déguisé par son chomin de mousseline et son turban, Robert, dont le soleil avait déjà basané le teint, se fit un plaisir de se rendre compte par lui-même des minutieuses précautions que prenaient les officiers anglais pour n'être victimes d'aucune supercherie. Certes, ils auraient été bien surpris s'ils avaient su qu'un célèbre ingénieur français se trouvait parmi les brahmes, spectateur impassible de ces préparatifs.

Phara-Chibh avait assigné à trois mois le moment de sa résurrection... Pendant ce temps, la surveillance des Anglais ne se relâcha pas d'une minute. Un manteau de verdure couvrait maintenant le cimetière du mort vivant.

— Vous avouerez, dit un jour en riant Ardavena, que, si l'on pouvait admettre (ce qui est impossible) que mon fakir ait pu, à un moment donné, recevoir des secours du dehors, il resterait à expliquer comment il a pu rester si longtemps sans manger et respirer.

— Je ne vous cache pas que j'attends avec impatience le jour de la résurrection.

Ce jour arriva enfin. En présence des mêmes témoins, le tombeau fut ouvert, les plantes qui avaient poussé de profondes racines furent arrachées et la terre retirée par pelletées de la fosse de maçonnerie. On trouva le cercueil légèrement entamé par l'humidité. Mais les cachets étaient intacts, aussi les sceaux, les ligatures et les coutures du sac qui avait servi de linceul.

Phara-Chibh, replié sur lui-même et affreusement maigre, était aussi froid qu'un cadavre, le cœur ne battait plus ; seule la tête conservait de faibles vestiges de chaleur.

Le fakir fut déposé avec précaution sur une natte et son aide commença par faire reprendre à la langue sa position naturelle, puis il enleva la cire qui obstruait le nez et les oreilles et versa doucement de l'eau chaude sur tout le corps de l'exhumé. Ce traitement eut pour résultat de faire apparaître quelques signes de vie. Les battements du cœur redevinrent sensibles ; une faible rougeur colora les pommettes et des tressaillements presque imperceptibles agitèrent le torse décharné.

Au bout de deux heures de soins minutieux, parmi lesquels la respiration artificielle ne fut pas omise, le fakir complètement ressuscité se dressa sur ses pieds et se mit à marcher lentement en souriant.

A la grande surprise d'Ardavena, qui ne perdait pas des yeux Robert Darvel, celui-ci ne manifesta pas devant cette expérience stupéfiante autant d'admiration que le brahme s'y attendait. Il rentra dans l'enceinte du monastère et se renferma dans son laboratoire sans avoir dit un mot. Il y resta deux semaines entières. Quand il en sortit, il paraissait transfiguré. Il monta quatre à quatre l'escalier qui conduisait à

(1) Ceux de nos lecteurs qui désireraient plus de renseignements sur ces faits peuvent consulter le livre de Mr. Osborne, où ils trouveront le témoignage du capitaine Ventura et du capitaine Mad., la relation de Mr. Boileau et la topographie médicale de Mr. Mac Grégor.

la cellule d'Ardavena et il en ouvrit brusquement la porte.

— Eh bien ! Vous savez, ça y est, s'écria-t-il.

— Quoi donc ?

— Eh parbleu ! le moyen de correspondre avec la planète Mars et même d'y aller, sans compter la réalisation d'une foule de merveilles, à côté desquelles vos miracles deviennent de simples bagatelles.

— Je vous écoute, dit froidement Ardavena.

— C'est très simple, mais il fallait y penser. En assistant aux séances de vos fakirs, j'ai remarqué ceci : la volonté d'un seul homme concentrée pendant quelques minutes suffit à le libérer momentanément des lois de l'attraction planétaire. Que ne pourraient pas faire les volontés de milliers d'hommes énergiques concentrées pendant longtemps ? Elles arriveraient, j'en suis sûr, à libérer entièrement pour un temps donné un corps quelconque des lois cosmiques.

— Fort bien, murmura Ardavena devenu pâle de saisissement. Mais il faudrait un appareil qui donnât le moyen de réunir le faisceau de ces volontés éparses et de le diriger ensuite vers un but moral ou matériel.

— Ce moyen, je le possède, au moins théoriquement. Pendant mes quinze jours de méditation, j'ai jeté les plans du *Condensateur des énergies*. Avec mon appareil on pourra prolonger la vie des mourants, ressusciter les morts, faire périr les rois sur leur trône, arrêter les armées en marche et les fleuves débordés, se transporter d'un bout à l'autre de l'univers avec la vitesse de la pensée.

— Comment cela ?

— La pensée humaine n'est-elle pas infiniment plus rapide et plus active que le fluide électrique ? On a vu des mourants retenus aux portes du tombeau par la volonté énergique d'un ami ou d'un parent qui les suppliait et leur ordonnait de ne pas mourir encore. De quoi ne sera pas capable un pareil pouvoir exalté jusqu'à sa centmillième puissance par le concours d'une multitude de vouloirs coopérant au même but ?

— Evidemment, mais l'appareil ?

— Je crois l'avoir trouvé. Il se compose d'une immense chambre noire. Seulement, à la différence des chambres noires ordinaires, elle sera arrondie et l'intérieur en sera tapissé d'une gélatine phosphorée dont j'ai établi la formule et qui jouit de certaines des propriétés de la matière cérébrale. C'est cette gelée délicate et d'une fabrication très coûteuse qui joue pour la volonté le rôle que jouent les accumulateurs pour l'énergie électrique. Une bonbonne de verre de grandes dimensions, remplie de la même substance rendue plus énergique encore par un bain de liquide électrisé, sera pour ainsi dire le réservoir de toutes les énergies dardées vers l'oculaire de l'appareil.

— Pourquoi cette forme de chambre noire ?

— Parce que, de même qu'avec la gélatine phosphorée j'ai essayé de me rapprocher de la substance cérébrale, avec la chambre noire, j'ai voulu imiter la structure de l'œil, le seul organe chez l'homme qui subisse la volonté, qui la reçoive et la transmette à d'autres organismes.

— Je comprends parfaitement. Mais, une fois que vous aurez accumulé la volonté dans les cellules de cette espèce de cerveau artificiel, comment pourrez-vous en faire usage et la transmettre à distance ?

— Vous allez voir. A l'arrière de l'appareil se trouve un fauteuil, dont les bras se terminent par deux boules métalliques percées d'une infinité de petits trous comme deux pommes d'arrosoir. C'est à ces petits trous qu'affleurent des filets électro-nerveux de mon invention qui plongent jusqu'au centre de la masse gélatineuse. Pour faire usage du condensateur une fois qu'il est chargé, il suffit de s'asseoir dans le fauteuil et de mettre les mains sur les boules. Au bout de quelques secondes, l'expérimentateur bénéficie de toute l'énergie accumulée dans l'appareil. Sa faculté de volonté et par conséquent de création s'est augmentée momentanément de tous les vouloirs de ceux qui ont contribué au chargement du condensateur. La puissance de son cerveau est ainsi prolongée presque à l'infini.

— Faites-moi mieux comprendre par un exemple.

— Vous m'avez fait voir un fakir empêchant, rien qu'en le regardant, un des assistants de se lever et même de se remuer. Le même fakir, tenant en mains les boules de mon condensateur d'énergie, pourrait réduire à l'immobilité toute une multitude — seulement...

— Ah ! Je vois qu'il y a une objection.

— Oui, l'expérimentateur installé sur l'appareil et dardant les faisceaux réunis d'une multitude de vouloirs éprouvera une fatigue terrible, dont il se ressentira pendant plusieurs jours. Il est même à craindre qu'il ne demeure idiot ou fou, à la suite d'un pareil effort cérébral.

— Je ne crois guère cela, dit Ardavena en riant.

— D'ailleurs, je vais aviser au moyen de supprimer cet inconvénient.

— Alors, au travail. Et n'épargnez rien pour que le résultat soit à la hauteur de vos espérances.

Ardavena avait déjà fait quelques pas pour se retirer, lorsqu'il revint brusquement.

— Encore un mot, je vous prie. Vous avez dit tout à l'heure que vous aviez trouvé le secret de vous rendre dans la planète Mars.

— Certes, oui. Cela ne sera pas plus difficile que les autres choses que je viens de vous énumérer en partant du principe de la lévitation : si un homme s'élève à quelques pieds de terre par sa seule volonté, il ira où il voudra, si le concours des volontés qui l'entraînent est assez puissant.

Robert Darvel se mit à l'œuvre avec une activité fébrile. En quelques jours la structure extérieure du « condensateur des énergies » se trouva terminée : cela présentait l'aspect d'une vaste sphère avec un œil énorme au centre. Le tout était monté sur un piédestal métallique entouré d'une balustrade qui permettait d'en faire le tour et sur laquelle se trouvait le siège destiné à l'expérimentateur. Les parois de la bonbonne centrale étaient de verre très épais et munies de très petites fenêtres à tubulures pour permettre le nettoyage et le chargement.

La fabrication de la gélatine phosphorée animée d'une sorte de vie spéciale par son séjour dans un courant électrisé fut plus difficile et dut être recommencée à plusieurs reprises. Enfin, avec un peu de patience et beaucoup de travail, tout finit par aller bien. Le condensateur avait été dressé dans une des grandes cours intérieures de la pagode et dissimulé sous une tente de cotonnade, aussi bien pour le protéger contre l'ardeur du soleil que pour le dérober aux regards des curieux.

Le soir où tout fut terminé, Ardavena et Robert se promenaient autour de l'appareil dont la gélatine phosphorée s'entourait parmi les ténèbres d'une auréole de lumière blanche.

— Je tremble qu'il ne se produise quelque anicroche au dernier moment, que l'oubli de quelque précaution toute simple ne fasse avorter la première expérience.

— Moi, répondit le brahme, j'ai pleine confiance. Mais comment comptez-vous procéder ?

— Il me semble qu'il n'y a pas deux façons. D'abord par des expériences d'essai tout à fait simples, mais dont nous augmenterons peu à peu la complexité et la durée pour voir quelle tension peut supporter notre condensateur.

— Si nous commencions tout de suite ? insinua doucement le brahme.

— Mon Dieu, je n'y vois aucun inconvénient. Placez-vous en face de l'objectif et concentrez toute votre volonté.

Ardavena obéit avec enthousiasme et pendant une heure il demeura silencieux, les yeux braqués vers la triple lentille de cristal qui semblait absorber les effluves de son cerveau, dans une immobilité absolue. Robert, le cœur palpitant d'émotion, eut l'indicible satisfaction de voir la pâle phosphorescence qui auréolait la sphère de cristal devenir plus vive, s'illuminer de petites flammes passagères, d'éclairs bleuâtres à mesure que la gélatine phosphorée absorbait l'impérieux vouloir du brahme Ardavena.

— C'est assez, dit tout à coup Robert, il ne vous faut, ni vous fatiguer, ni forcer du premier coup l'appareil.

Ardavena se retira de devant l'objectif et admira la belle phosphorescence qui s'échappait de la sphère et éclairait les environs d'une lueur presque aussi vive que la lumière du jour.

— Maintenant, déclara gravement Robert, je suis sûr de ma découverte.

— Pas encore tout à fait. Il faut voir maintenant si je puis transmettre mon vouloir aussi bien que je l'ai condensé, si je puis en une seconde émettre toute l'énergie que je viens d'accumuler pendant une heure. Voulez-vous que nous essayions ?

— Comme il vous plaira.

Ardavena, saisissant les pommes du fauteuil qui semblaient piquetées de flammes bleues, regarda fixement Robert. Deux longs éclairs d'un bleu sombre jaillirent instantanément de ses prunelles et l'ingénieur, atteint par ce terrible regard comme par un coup de foudre, roula à terre inanimé.

Ardavena s'était levé. En proie à un étrange vertige d'enthousiasme.

— Tu ne reverras plus jamais cet univers, s'écria-t-il en contemplant le corps inerte étendu à ses pieds. Imprudent, sois puni de ton étourderie et de ta sotte confiance. Je demeure le seul maître de tes secrets, tandis que tu iras, pour mon compte et toujours soumis à ma puissante domination, explorer les mondes inconnus dont l'imagination même ne peut soupçonner les merveilles.

Le perfide Ardavena chargea le corps de l'ingénieur sur ses épaules et le transporta jusqu'à la crypte qu'habitait Phara-Chibh en compagnie d'un autre fakir. Tous deux se levèrent respectueusement de la natte où ils étaient accroupis, en apercevant le supérieur du monastère.

— Maître, demanda Phara-Chibh, que faut-il faire ?

— Tu vois cet homme, dit Ardavena, je te le confie, sache que son existence est précieuse. Il ne doit éprouver de toi aucun dommage. Mais il est important que tu le mettes dans le même état où tu te trouves quand tu restes enterré vivant pendant plusieurs mois. Il faut que, pendant le plus long délai possible, il n'ait besoin, ni de respirer, ni de manger, et qu'il ne ressente l'atteinte d'aucune douleur, s'il venait à être blessé.

— C'est presque impossible. Je suis entraîné par de longues années de jeûne et de méditation. Je crains que les sens grossiers de ce *belatti* (étranger) ne puissent supporter l'épreuve.

— Je le veux, dit le brahme avec autorité.

— Maître, j'essayerai.

— Combien te faudra-t-il de temps ?

— Un mois au moins.

— C'est bon. Surtout, souviens-toi de mes recommandations.

Et Ardavena, sans rien ajouter de plus, regagna sa cellule, les yeux fulgurants, la face illuminée d'un sourire de triomphe.

CHAPITRE VII

LA CATASTROPHE

> Et puis, tu m'apparus debout sur un éclair.
>
> H. Erasme.

Un mois s'était écoulé. Personne n'avait plus revu l'ingénieur Robert; mais une grande transformation s'était produite dans les habitudes des dix mille fakirs qui étaient entretenus aux frais du monastère de Chelambrum et qui logeaient dans son enceinte. Les mutilations sanguinaires ne s'exerçaient plus, les processions bruyantes des divinités promenées en barque autour de l'étang sacré, au son des trompettes et des tambours, à la lueur des fusées et des feux de bengale n'avaient plus lieu. Un silence mortel planait sur les dômes majestueux des temples. Tous les fakirs, tous les jongleurs retirés dans leurs cellules dirigeaient éperdûment leur volonté suivant les indications mystérieuses d'Ardavena.

Seul, le brahme déployait une activité fiévreuse. Chaque nuit, il se rendait près du condensateur d'énergie devenu maintenant rayonnant comme un globe de feu et, par des expériences réitérées, assurait le maniement du terrible pouvoir qu'il avait acquis. Il était lui-même épouvanté de la force de destruction dont il disposait. Mais, comme toute puissance surhumaine, cette tyrannie des forces de la nature avait son cruel contrecoup sur celui à qui il était donné d'en user.

Une nuit, Ardavena s'assit sur le siège de métal, saisit les boules et, dardant son regard vers le ciel, il désira qu'une tempête se déchaînât sur la forêt. En quelques minutes, il vit son souhait exaucé. Sous l'influence des pinceaux fluidiques qui rayonnaient de ses prunelles, des nuages noirs s'entassèrent. La foudre gronda, une averse diluvienne noya les rivières et la fureur du vent cassa comme des roseaux secs des pins de cinquante mètres de haut.

Mais à la suite de cette expérience le brahme dut garder le lit pendant quarante-huit heures et ce ne fut qu'à force de soins qu'il triompha de la lassitude mortelle qui l'avait envahi. Il reconnut là la vérité du vieux symbole développé dans les livres sacrés de tous les pays et même dans les védas : le magicien qui réussit à se faire obéir des Esprits, c'est-à-dire des forces surnaturelles, devient toujours leur victime.

Cet avertissement d'ailleurs n'arrêta pas l'orgueilleux vieillard dans ses projets. Chaque jour, des messagers partaient de Chelambrum et parcouraient la presqu'île, s'arrêtaient aux portes des monastères et des temples où ils transmettaient les ordres d'Ardavena.

Partout où avaient passé ces messagers, les brahmes se mettaient en prière et projetaient leur énergie, exercée par de longues années de jeûne, vers les coupoles de Chelambrum au-dessus desquelles, de tous les points de l'Inde, s'amassait comme une atmosphère spéciale lentement humée par le condensateur.

Ardavena, tout entier à son idée, passait ses journées à faire des calculs astronomiques. Il s'était convaincu par une série d'expériences que la pensée voyage environ une fois moins vite que la lumière. Dans la rapidité de son passage de la Terre à Mars, l'ingénieur n'aurait pas d'autre chose à craindre que le danger d'être aplati ou d'être brûlé par la chaleur engendrée par la vitesse et le frottement contre les couches atmosphériques. Cette difficulté l'ennuyait beaucoup. Il fit plusieurs voyages à Calcutta et écrivit à des astronomes et à des métallurgistes qui, bien loin de supposer quel était leur véritable correspondant, et s'imaginant avoir affaire à quelque savant amateur comme il s'en rencontre tant, fournirent gracieusement tous les renseignements qu'on leur demanda.

D'après leurs indications, Ardavena fit construire une sorte de cercueil capitonné juste assez grand pour renfermer un homme et dont les parois, affectant la forme d'une olive, étaient formées d'acier vanadié d'une épaisseur considérable. Cette première enveloppe fut enfermée dans une seconde en carton d'amiante épaisse où elle s'emboîtait exactement et celle-ci dans une troisième en bois injecté de substances ignifuges.

Ardavena avait calculé qu'étant donnée la vélocité foudroyante avec laquelle Robert traverserait l'atmosphère terrestre, il ne courrait que pendant peu de minutes les risques de combustion et d'écrasement, et il croyait avoir résolu ces deux difficultés comme on vient de le voir.

La distance de la Terre à la planète Mars, lorsqu'elle s'en trouve la plus éloignée, est de 99 millions de lieues ; mais lorsqu'elle en est le plus rapprochée, c'est-à-dire au moment de l'opposition, lorsque Mars, le Soleil et la Terre sont en ligne droite, cette distance se réduit à 14 millions de lieues.

Mais, comme Robert l'avait souvent expliqué lui-même au brahme, il suffisait que l'olive d'acier franchît un peu plus de la moitié de cette énorme distance.

A ce moment, elle se trouverait dans le champ d'attraction de la planète Mars.

Ardavena savait aussi que l'attraction terrestre diminue rapidement, c'est-à-dire proportionnellement au carré des distances, à mesure que l'on s'éloigne de la Terre ; ce prodigieux trajet de 8 millions de lieues était plus effrayant en apparence qu'en réalité, surtout avec la vitesse dont serait animé le cercueil métallique par l'énergie psychique.

Un soir, le fakir Phara-Chibh et son compagnon apportèrent sur un palanquin, avec mille précautions, le corps inerte de l'ingénieur Robert Darvel. Mais combien il était changé ! Son visage même était méconnaissable, amaigri, osseux, haché de rides profondes. Les fakirs avaient pour ainsi dire pétri ce corps sans défense et l'avaient façonné à leur guise pour le rendre capable de supporter une longue catalepsie artificielle. A l'aide de la plante *pousti*, qui produit l'amaigrissement et l'anémie, et moyennant une foule d'autres préparations vénéneuses qui infligent aux organes une mort apparente, tout en respectant l'étincelle de la vie réfugiée dans le cerveau et toute faible, comme un feu qui couve sous une cendre épaisse, ils l'avaient rendu semblable à eux.

Sur l'ordre d'Ardavena, le corps fut déposé à quelques pas du condensateur qui, maintenant gorgé d'énergie humaine, éclairait les moindres recoins de la cour d'une belle lueur blanche et verte.

Phara Chibh n'était pas éloigné de croire que la lune, capturée par les enchantements d'Ardavena, était retenue captive parmi les dieux de granit, ne laissant plus errer aux cieux que son pâle fantôme.

Le brahme ne prit pas la peine de le détromper. Il fit placer Robert en face de lui et, prenant place dans le fauteuil métallique, il l'enveloppa pour ainsi dire d'une cuirasse d'énergie et de santé que ses mains puisaient par les boules dans le vaste réservoir situé derrière lui et qui s'échappaient de ses prunelles en jets lumineux.

Puis, sous ses yeux, Robert subit les préparatifs ordinaires, fut cousu dans un linceul et installé dans l'olive d'acier, d'amiante et de bois dont les trois calottes furent successivement vissées.

Il est bon de dire que les deux extrémités coniques de l'olive étaient munies de puissants ressorts à déclanchement qui devaient faire automatiquement sauter les couvercles au premier choc.

A ce moment, Ardavena eut un moment d'hésitation, quelque chose qui, dans cette âme tyrannique et glacée, ressemblait presque à du remords. Il était encore temps de réveiller Robert, de le ranimer et de recommencer l'expérience sur une autre base. L'intérêt, d'ailleurs, se mêlait aux remords.

— En l'envoyant pour jamais dans cette planète lointaine, je perds tout le bénéfice des découvertes qu'il aurait certainement faites.

Mais la voix de l'orgueil fut la plus forte.

— Je ne veux partager le pouvoir avec personne. Ces découvertes, je les ferai moi-même. Et d'ailleurs, ne suis-je pas assez puissant pour le faire revenir d'où je l'envoie, quand je le voudrai, riche de sciences surhumaines ?

L'olive de métal avait été placée sur un trépied de bois. Ardavena observait de temps en temps le ciel et consultait fréquemment son chronomètre. Sur un signe de lui, les gongs et les tambourins retentirent. A leurs appels monotones et presque sinistres, de longues files de fakirs sortirent de tous les coins du monastère. Tous, en arrivant dans l'immense cour, s'agenouillaient en demi-cercle autour du condensateur et le fixaient de leurs yeux creusés par la fièvre et par le jeûne. Ils étaient nus ou les reins couverts seulement d'un pagne. Il en venait de partout, d'entre les pattes géantes des éléphants de pierre, du fond des cryptes, du portail des temples, quelques-uns descendaient trois par trois les escaliers, d'autres surgissaient comme des apparitions des roseaux de l'étang sacré.

Bientôt cette multitude silencieuse fut au complet. Rangés par longues files régulières, à la lueur du globe enflammé, on n'entendait que le bruit de leur respiration oppressée. Les ombres démesurées des éléphants de pierre donnaient à cette scène quelque chose de solennel et de terrible. Ardavena vit que ses ordres avaient été exécutés, car une brume bleuâtre s'entassait au-dessus du monastère déjà à demi phosphorescente et il eut un sourire d'orgueil en songeant que des millions d'Indous apportaient à son œuvre, en ce moment même, la magnifique obole de leur volonté. Il connut le bonheur d'un triomphe sans précédent.

La sphère était d'un éclat insoutenable. Ardavena jugea que l'heure était venue.

Il s'assit dans le fauteuil de métal et allongea ses mains amaigries sur les boules. Il éprouva une sensation extraordinaire ; il crut que son cerveau s'élargissait, devenait le cerveau d'une humanité tout entière, ses veines desséchées charrièrent un sang nouveau plein de jeunesse, de vigueur et de génie. Il lui sembla qu'il buvait d'une seule haleine l'âme de tout un peuple. Son intelligence lui apparut quasi divine. Il voyait le présent, le passé et l'avenir, comme trois vases d'or déposés à ses pieds par le destin. La conscience de la force qui l'animait lui inspira même un moment l'idée de renoncer à entrer en communication avec Mars. Il concevait un projet plus merveilleux. Mais il se l'était promis. Il saisit plus étroitement les boules fluidiques et ses prunelles agrandies dans un suprême effort fusèrent deux jets lumineux vers le projectile placé devant lui.

Une minute s'écoula. Tout à coup, l'olive d'acier disparut comme si elle eût été escamotée, comme si elle se fût fondue en vapeur.

Ardavena sourit, mais son sourire s'acheva en un épouvantable cri d'agonie. Le condensateur, trop chargé d'énergie, venait d'éclater avec le bruit du tonnerre, pulvérisant la sphère de cristal, dont les débris fauchaient les fakirs agenouillés.

Ardavena sanglant, gisait dans la poussière, les yeux brûlés et tenant encore les deux boules dans ses mains crispées.

Les fakirs fuyaient en hurlant, dans toutes les directions, croyant à quelque cataclysme céleste. On en ramassa le lendemain deux ou trois cents, morts ou blessés, mais tous horriblement mutilés sur ce champ de bataille de la science.

Malgré toutes les précautions prises et la discrétion professionnelle des brahmes, le gouvernement anglais eut vent de cette singulière catastrophe. Mais les officiers chargés de l'enquête ne purent rien apprendre de précis. Ils conclurent que des fakirs ignorants avaient voulu tenter une expérience de chimie qui en avait éclopé quelques-uns.

Quant au brahme Ardavena, qu'on trouva respirant encore et qui guérit lentement de ses blessures, il était devenu aveugle et avait complètement perdu l'usage de ses facultés intellectuelles.

CHAPITRE VIII

LE RÉVEIL

Cependant, la folle expérience imaginée par Robert Darvel avait réussi autant qu'elle pouvait réussir.

L'olive d'acier vanadié traversa, c'est le cas de le dire, avec la vitesse de la pensée, les couches de l'atmosphère terrestre qui portèrent au rouge, par le frottement, l'enveloppe d'amiante, heureusement refroidie presque aussitôt en traversant les noirs et lugubres espaces de l'Ether. Elle se recouvrit d'une épaisse couche de glace aussitôt fondue en arrivant dans l'atmosphère saturée de chaude humidité de la planète.

La planète Mars est une de celles que nous connaissons le mieux. Elle est environ six fois et demie plus petite que la Terre. Son volume n'est guère que les seize centièmes de celui de notre globe. Avec les récents télescopes aux lentilles et aux réflecteurs perfectionnés et surtout depuis les études de M. Schiapparelli et de M. Camille Flammarion, on sait que Mars présente avec la Terre un grand nombre d'analogies. Les saisons s'y présentent à peu près de la même façon que celles qui règnent chez nous ; mais chacune, à cause de la durée de l'année martienne qui est de 687 jours, est d'une longueur deux fois plus considérable et même un peu plus.

Là-bas comme chez nous, il existe deux zones tempérées, une zone torride et deux zones glacées. Ces dernières, grâce à la calotte de glace dont elles sont enveloppées pendant les hivers, et dont l'extrême limite est distante d'environ cinq degrés de chaque pôle, sont visibles au téléscope et même photographiables, grâce à leur blancheur qui fait tache sur le manteau vert et rouge de la planète.

L'étendue de ces amas de banquises qui doivent certainement former des mers paléo-chrystiques dépend de la saison qui règne dans chaque hémisphère de Mars. Nos astronomes terrestres les voient augmenter et diminuer d'une façon régulière, pendant le cours d'une révolution (687 jours).

Les savants actuels possèdent la certitude que la planète est entourée d'une atmosphère fort semblable à la nôtre, quoique moins dense et dans laquelle sont répandues de grandes quantités de vapeur d'eau, de même que dans notre ciel terrestre. Pendant de longues périodes de l'année, cette atmosphère est parcourue par d'épais nuages parfaitement visibles de la terre et qui semblent former de vastes anneaux au Nord et au Sud de la planète, dans les régions les plus éloignées de l'équateur où elles font défaut durant des mois entiers. On a toujours supposé que ces masses nuageuses planaient au-dessus des bas-fonds et des marais. On les voit se déplacer au gré des vents, s'amonceler et se dissiper, et il est certain qu'elles ont une constitution très peu différente de nos nuages terrestres et qu'on doit pouvoir les classer en cirrhus, en cumulus et en nimbus.

L'observatoire de Paris possède depuis longtemps des cartes et des photographies très complètes des mers et des continents martiens. Au télescope, les mers offrent une coloration verte plus ou moins accentuée. L'on en a déduit que leurs eaux sont très riches en chlorures alcalins et qu'elles nous apparaissent d'autant plus sombres qu'elles sont plus profondes.

Quant aux îles et aux continents qui forment à droite et à gauche une bande ininterrompue autour de l'équateur de la planète, où ils occupent plus d'étendue que les océans, ils présentent ces tons éclatants de rouge et de jaune orange, qui sont la couleur distinctive de la planète. Elles lui auraient valu son nom, qui est, dans la mythologie païenne, celui du dieu de la guerre auquel elle avait été consacrée. Les mers, surtout dans la partie septentrionale, ne sont guère que des Méditerranée, des Caspienne, des lacs intérieurs ou des détroits, des espèces de Manche, qui mettent en communication les régions envahies par les eaux. On ne trouve dans Mars aucun océan comparable au Pacifique et à l'Atlantique. Seules les mers boréales et australes ont beaucoup de rapport avec les nôtres.

Mars possède des montagnes, mais en petite quantité et certainement moins élevées que les nôtres. L'apparition, à des époques régulières, de certaines taches blanches, démontre évidemment leur existence, les hauts sommets demeurent probablement couverts de neige, même après la mauvaise saison.

Mais le trait le plus singulier de la géographie martienne, c'est qu'on n'y a jamais aperçu de fleuves et que toute la surface solide de la planète est sillonnée d'immenses canaux dont la longueur varie de mille à cinq mille kilomètres et dont la largeur atteint souvent cent vingt kilomètres. Ces canaux affectent des formes régulières et géométriques. Ils semblent avoir été tracés avec intention par des êtres doués d'intelligence.

La raison d'être de ces canaux découverts par M. Schiaparelli, de Milan, en 1877, n'a jamais pu être expliquée complètement. Ils font encore le désespoir des astronomes. Le plus extraordinaire, c'est qu'à côté de la ligne formée par certains de ces canaux, il s'en produit une seconde parallèle et toute semblable et qui devient invisible une certain temps après.

Une autre singularité de Mars, c'est que, plus favorisée que la Terre, qui n'a que la lune pour satellite, elle en possède deux de taille minuscule, il est vrai, que les astronomes ont nommés Phobos et Deimos. De ces deux astres en miniature, l'un, Deimos, n'a que douze kilomètres de diamètre et il parcourt son orbite en trente heures dix-huit minutes ; l'autre, Phobos, n'a qu'un diamètre de dix kilomètres et termine sa course en sept heures trente-neuf minutes. Phobos et Deimos, pressentis par Voltaire dans *Micromegas* et même par Swift, le célèbre auteur des *Voyages de Gulliver*, ont été découverts par l'astronome américain Hall.

En raison de son éloignement du Soleil, la chaleur et la lumière que Mars en reçoit sont d'une intensité moitié moindre que sur la Terre. Mais ce désavantage, si c'en est un, est compensé par la longueur des années à peu près doubles des nôtres.

En observant les taches qui existent à sa surface, on a démontré qu'elle tourne sur elle-même en vingt-quatre heures, 37 minutes, 33 secondes, ce qui fait que la journée y surpasse d'environ une demi-heure, la durée du jour terrestre.

C'est dans ce monde inconnu que le projectile-cercueil vint s'abattre en pleine nuit martienne, traçant dans les ténèbres un sillon lumineux comme un bolide.

Les flots houleux et battus par la pluie d'un Océan couvert de brume se refermèrent sur l'obus de métal et, contre toutes les prévisions du brahme Ardavena et de l'ingénieur Robert Darvel lui-même, aucun choc ne vint frapper les extrémités allongées de l'olive et ne déclancha les ressorts qui auraient permis au prisonnier de revenir à la vie et à la liberté.

Grâce à son creux, grâce aussi à son enveloppe de bois et surtout à la diminution de l'attraction planétaire, le sphéroïde d'acier ne tomba pas au fond de l'eau ; mais il ne remonta pas non plus à la surface. Il flotta entre deux eaux, lamentable épave dont se jouaient les vents orageux.

Trois jours durant, il fut ainsi ballotté, jusqu'à ce qu'une lame plus forte que les autres, en se brisant sur une falaise de porphyre rouge, le lançât dans l'ouverture d'une espèce de grotte, au-dessus du niveau des eaux, où il demeura accroché, suspendu comme par miracle entre les mandibules des rocs ébréchés par les flots. Mais le choc avait été suffisant. Le ressort avait fonctionné et la calotte de l'olive s'était détachée.

Quand Robert revint au sentiment de l'existence, il eut l'horrible impression d'être enterré vivant. L'énergique fluide dont Ardavena avait pour ainsi dire imprégné son suaire, avant de l'insérer dans le cercueil capitonné, le sauva, en lui communiquant, pendant quelques minutes, une vigueur extrahumaine. D'un seul coup de ses ongles, que les fakirs avaient laissé pousser et apointis en griffes, il déchira le sac de coton qui l'enveloppait et, comme il étouffait, il arracha d'un mouvement instinctif la cire qui lui bouchait les narines. Puis, toujours, sans s'en rendre compte, avec la décision du désespoir, il fit reprendre à sa langue sa position naturelle et aspira une large bouffée d'air.

Mais l'effort avait été trop violent. Robert perdit connaissance et tomba dans un sommeil proche du coma, sans avoir encore pu rassembler ses idées, ni s'inquiéter du lieu où il était.

Il fut réveillé par une sensation de douce chaleur. Il lui semblait qu'il était assis et tournait le dos aux pâles rayons d'un soleil d'hiver. Il ouvrit les yeux et n'aperçut devant lui qu'une série de rochers rouges fantastiquement dentelés et la bouche d'une caverne qui semblait s'enfoncer dans les entrailles du sol.

Engoncé jusqu'aux épaules dans son cercueil d'acier, il pouvait cependant tourner la tête. Il frémit en se rendant compte du péril auquel il se trouvait exposé. L'olive qui lui servait de prison n'était retenue que par quelques pointes acérées du roc dans un équilibre imparfait et hasardeux. Le moindre faux mouvement pouvait le précipiter dans les flots d'une mer verte et grise dont les lames clapotaient sous la clarté d'un soleil rougeâtre, voilé de brume, qui lui parut plus petit qu'à l'ordinaire.

Il fallait à tout prix quitter cette position difficile.

Robert se rapetissa et avec mille précautions, il essaya de se glisser au dehors, sans toutefois tomber dans l'abîme qui grondait au-dessous de lui. Il réussit pleinement dans son entreprise. A sa grande surprise, il se sentait doué d'une élasticité et d'une vigueur extraordinaires. Il s'étira sur le sable rougeâtre qui formait le sol de la grotte avec un véritable bonheur. Ses oreilles étaient remplies d'un bourdonnement confus. Il en eut l'explication en tâtant les bouchons de cire qui les obstruaient et dont il se délivra immédiatement.

Alors, il put percevoir le bruissement mélancolique du ressac contre la falaise et les hululements du vent. Il avait froid, il avait faim. Un étrange vertige l'accablait, comparable à celui dont sont frappés les explorateurs et les excursionnistes, quand ils atteignent de hautes altitudes. Cette faiblesse anormale se trouvait d'ailleurs compensée par l'accroissement de la force musculaire.

Robert ferma les yeux, ébloui, et il chercha à coordonner ses idées. Il lui sembla tout d'abord qu'il avait dû dormir pendant plusieurs jours et la première pensée qui lui vint fut qu'il se trouvait sur les bords de l'Océan Indien, où il était sans doute venu en compagnie d'Ardavena pour quelque promenade.

Son malaise se dissipait peu à peu. Il essaya de rassembler ses souvenirs et ce lui fut un effort atrocement pénible. Il alla jusqu'au bord d'une flaque d'eau qui luisait dans l'ombre de la grotte et se regarda. Mais il ne reconnaissait plus sa face hâve et amaigrie, son torse squelettique.

Et pourquoi donc avait-il ces ongles démesurés ?

Il crut qu'il était devenu fou ou qu'il rêvait. Il prit ses tempes entre ses mains avec une sorte de désespoir, puis il se leva et se mit à marcher, contemplant la mer et le ciel couvert de nuages. Il grelottait. Il pensa que son cauchemar continuait en constatant la longueur des enjambées qu'il faisait.

Tout à coup, ses regards s'arrêtèrent sur l'olive dont le bois effrité et carbonisé se découpait en noir sur le sable rouge.

— Oui, balbutia-t-il, ce doit être une farce d'Ardavena. Comme il me tarde de revenir à Chelambrum où je suis si heureux avec mon laboratoire et mon jardin. Mais je veux demander des explications au brahme. Il y a dans tout ceci quelque chose d'incroyable...

Son cerveau affaibli n'arrivait pas à réunir d'idées plus nettes. La faim, la soif et le froid le dominaient. Il s'enveloppa de son mieux dans les débris du linceul de coton. Il puisa un peu d'eau dans la flaque où il s'était miré. Cette eau, sans doute jetée là par la mer, était affreusement amère et salée.

Allait-il donc mourir de faim et de soif, dans cette caverne suspendue aux flancs du roc de porphyre entre le ciel et l'eau ?

Il regarda autour de lui avec des yeux brillants et découvrit enfin dans un coin du rocher une petite touffe de plantes bleuâtres, mais il ne s'étonna pas de leur couleur. C'étaient, à ce qu'il pensa, des espèces de cristes marines ou de perce-pierre, d'une variété qui lui était inconnue. Il en arracha une poignée et en savoura le suc rafraîchissant avec délices. Il les mâchait et en rejetait les fibres ligneuses et il continua ainsi à paître à quatre pattes sur le roc jusqu'à ce qu'un tiraillement de son estomac l'avertît qu'il avait pour le moment assez mangé.

Robert avait été privé de nourriture pendant si longtemps, qu'il fut littéralement enivré par les quelques gorgées de suc d'herbes qu'il avait absorbées ; sa tête s'appesantissait, ses jambes étaient vacillantes et ses yeux se fermaient. Il eut cependant la force et la présence d'esprit de tirer en sûreté sur le sable sec l'olive de métal d'où il était sorti comme un poussin qui brise la coquille de son œuf. Après l'avoir accotée entre deux rocs, il s'y enfonça la tête la première à la façon des autruches, s'entortilla les jambes de son linceul et ne tarda pas à s'endormir d'un sommeil réparateur.

A son réveil — ô désastre, — il n'avait guère les idées plus nettes qu'auparavant ; mais il était torturé par une faim atroce.

— C'est toujours la même chose, s'écria-t-il avec découragement. Depuis que je suis réveillé, je ne songe plus qu'à manger. Si seulement il y avait quelques plantes comestibles dans le voisinage.

Heureusement, Robert avait été réconforté par le long somme qu'il venait de faire. Les vertiges qui l'oppressaient avaient disparu. Il ne se sentait plus qu'un grand appétit et une extraordinaire légèreté dans tous les membres. D'un saut, il franchissait six ou sept mètres. Il se figura un moment qu'il avait des ailes et il dut se surveiller pour ne pas dégringoler, par inattention, du haut de la falaise dans la mer.

A l'entrée de la caverne, il trouva dans le roc une série de degrés et d'anfractuosités naturellement creusées par le flot et il lui vint à l'idée de descendre par cette voie jusqu'à la surface de l'eau pour juger de sa profondeur et voir s'il ne lui serait pas possible, en côtoyant le rocher avec de l'eau jusqu'à la ceinture, de gagner une région plus hospitalière et de se faire rapatrier, jusqu'à son cher laboratoire de Chelambrum dont, malgré les évidences, il ne se croyait pas très éloigné.

Tout à coup, il poussa un cri de joie et sa voix répercutée par les rochers lui parut aussi sonore que le son d'un cor de chasse. Il s'arrêta, épouvanté lui-même de sa tonitruance.

Il venait d'apercevoir, flottant au ras de l'eau, parmi les algues, des chapelets de bivalves assez proches de la moule, mais plus arrondis et qui se tenaient attachés à la pierre par leur byssus.

— Je suis sauvé, dit-il.

Et il fit une ample récolte de mollusques et remonta dans sa caverne pour se régaler. Il sentait ses forces revenir, pour ainsi dire, de minute en minute.

Deux jours se passèrent ainsi, coupés de longs sommeils et de repas au menu reconstituant, mais monotone.

— Je ne peux pourtant pas, songea-t-il, vers le soir du deuxième jour, passer un plus long temps perché sur cette falaise comme un goëland dans son nid, à brouter et à manger des bivalves. Ce serait vraiment trop ridicule.

Robert passa une bonne partie de la nuit à réfléchir. De singuliers soupçons se glissaient en lui. L'aspect du ciel, la présence de l'engin qui lui servait de lit, l'absence de toute créature humaine, de tout navire sur cet océan couvert de brouillards, tout lui démontrait avec évidence, qu'il se trouvait bien loin de l'Hindoustan et qu'on avait profité de son sommeil et de sa catalepsie pour l'abandonner sur un rivage désert.

— Peut-être, songea-t-il avec effroi, Ardavena, désireux de s'approprier mes découvertes, m'a-t-il fait transporter au nord de la Sibérie, pour se débarrasser de moi.

Ce qui fortifiait en lui cette supposition, c'est qu'il avait remarqué, quoique privé de son chronomètre, qu'Ardavena lui avait emprunté sans façon, la longueur inusitée des jours et des nuits.

Cependant, cette hypothèse ne le satisfaisait pas.

— Quand les jours sont longs, se disait-il, avec beaucoup de logique, dans les contrées polaires, les nuits sont courtes et réciproquement. Il y a là quelque chose que je ne m'explique pas.

D'ailleurs, l'ingénieur ne pouvait porter sur ces choses un jugement précis. Depuis qu'il n'était plus sous l'influence des drogues stupéfiantes que lui avaient fait absorber les fakirs, il ressentait un continuel besoin de sommeil et il ne se réveillait guère que pour manger et se recoucher presque immédiatement.

Ce soir-là, il avait sans doute repris une vigueur suffisante, car le sommeil ne venait pas. La nuit lui parut interminable. Il projeta, sitôt que le jour serait levé, de gagner le sommet de la falaise. Mais il dormit, se réveilla, dormit encore et les ténèbres l'enveloppaient toujours. Il trembla un moment de se trouver perdu dans la grande nuit du pôle arctique.

Enfin, la lueur rougeâtre du soleil rapetissé perça lentement le voile des brumes. Robert se leva, déjeûna et, sans plus délibérer, commença de gravir les rocs de porphyre rouge qui s'élevaient au-dessus de la caverne. Il mit plus d'une heure à ce travail, s'arrêtant pour se reposer à toutes les plateformes propices et profitant des moindres buissons, des moindres touffes d'herbes roussâtres pour se hisser un peu plus haut. Arrivé au sommet de la falaise, il demeura émerveillé. Une haute forêt, aux larges feuilles jaunes et rouges et où il reconnut des hêtres et des noisetiers, se balançait tout autour de lui.

Mais il n'y avait trace ni de routes, ni de sentiers vers l'intérieur. Des ronces rousses, des framboisiers aux feuilles vermeilles, des mousses brunes croissaient dans un fouillis de végétations inextricables. A l'horizon voilé de brume, la mer s'étendait entre deux caps de porphyre qui bordaient la perspective de ce côté.

Bien que surpris de la couleur rougeâtre, qui dominait dans le paysage, Robert éprouva une joie enfantine, à se retrouver en pleine forêt. Il pensait être au Canada, car il avait lu qu'on trouve dans ce pays un grand nombre d'essences au feuillage rouge.

Son plan fut tout de suite fait.

— Je vais, dit-il, me lancer à travers cette forêt, en me dirigeant toujours vers le Sud. Je me guiderai sur le soleil et les étoiles. De cette façon, je suis forcé d'arriver dans la partie méridionale de ce pays, où se trouvent les grandes villes et les chemins de fer. M'eût-on déposé près du cercle polaire, je ne ferai certainement pas huit jours de marche sans rencontrer un campement d'Esquimaux ou une caravane de chasseurs de fourrures ou de chercheurs d'or.

Avant de se mettre en route, Robert résolut de se reposer longuement dans la forêt. Il mangea de grosses framboises couleur d'or et des groseilles noires. Il cueillit des noisettes rouges, et des myrtilles violettes ; puis il se mit en chemin.

A son approche, s'enfuirent divers oiseaux, qui ressemblaient aux moineaux et aux grives, et il eut la joie de découvrir une clairière couverte de champignons blancs, du genre des mousserons, qui lui fournirent un déjeuner magnifique.

A la grande surprise de Robert, le soleil semblait immobile au milieu de ce manteau de brouillard. Cette forêt vêtue de frondaison rousse lui apparaissait comme l'Eden par une belle matinée d'automne qui serait interminable. Des insectes jaunes sautelaient dans les herbes. A peine de temps en temps un cri d'oiseau. Robert sentait l'engourdissement le gagner. Il rêvait de toujours vivre dans une paix profonde au milieu de ce paysage de sommeil et de silence. La mer battait la monotone chanson de son ressac entre les falaises de porphyre.

Une fois de plus vaincu par le sommeil, Robert s'appuya entre les racines d'un grand hêtre rouge et s'endormit accablé sur la mousse. Quand il se réveilla, le soleil était au bas de l'horizon. De grands nuages lilas et verts flottaient, et cette perspective de futaie rougeâtre se mariait si bien avec la couleur des nuages et les reflets agonisants du soleil, qu'il craignit un moment que tout le décor qui l'entourait ne s'évanouît brusquement avec sa magnificence comme dans une féerie.

Mais le soleil, après avoir oscillé longtemps, si longtemps que Robert ne se rappelait pas avoir jamais rien vu de pareil, sombra derrière des nuages couleur d'encre et de plomb et disparut. Une vive clarté lunaire remplaça presque aussitôt la lumière de l'astre évanoui.

Robert s'émerveillait déjà de voir des lampyres se glisser dans les buissons, lorsqu'en se retournant du côté de la mer, une extraordinaire vision le cloua sur place.

Deux lunes éclatantes et blanches, d'une dimension énorme, se reflétaient paisiblement dans les flots.

— Je ne suis pas fou, dit-il, ni halluciné !

Il ferma les yeux, se laissa tomber sur la mousse et réfléchit. En une seconde, la vérité lui apparut merveilleuse et terrible. Ce cercueil de métal, ces feuillages rouges, ce soleil triste et diminué, et ces deux lunes (Phobos et Deimos, sans doute) tout concordait.

— Je suis le premier homme qui soit parvenu dans la planète Mars ! s'écria-t-il, avec un orgueil mêlé d'épouvante.

L'OLIVE DE MÉTAL AVAIT ÉTÉ PLACÉE SUR UN TRÉPIED DE BOIS. *(Page 40.)*

DEUXIÈME PARTIE

CHAPITRE PREMIER

LE DÉSERT

Robert Darvel s'était relevé, titubant, sous l'empire d'un étrange vertige : LA PLANÈTE MARS ! Ces paroles magiques résonnaient à ses oreilles, dans le souffle du vent, dans le bruissement mélancolique des feuillages, dans le murmure monotone de la mer.

— La planète Mars !

Il avait prononcé tout haut ces paroles et elles lui firent peur. Il crut que des voix confuses lui répondaient du fond des halliers. Instinctivement, il se retourna, il regarda autour de lui avec des yeux agrandis par l'épouvante de l'Inconnu. Il lui semblait que des êtres difformes grimaçaient derrière les buissons et répétaient en ricanant d'une voix très basse :

— Ah ! Ah ! La planète Mars...

Il fit quelques pas dans la direction d'une clairière où la clarté des deux astres lunaires se déversait pure et tranquille, découpant lumineusement l'ombre rousse et rose des osiers jaunes et des hêtres rouges.

Il avait une envie terrible de courir et il n'osait pas le faire, parce qu'il croyait entendre quelqu'un marcher derrière lui, mettant ses pas dans les traces de ses pas et soufflant la tiédeur de son haleine dans son cou. Des bêtes dans les arbres croquaient des fruits, les troncs lassés par le vent geignaient, une source sanglotait au loin : tous ces bruits ajoutaient à la terreur de Robert. Les récits qu'il avait lus autrefois sur les habitants étranges des planètes l'assaillaient en foule. Mars n'était-il peuplé que de brutes anthropophages aux formes monstrueuses ou d'êtres d'une culture supérieure, disposant des ressources merveilleuses d'une science inconnue ? Toutes ces pensées se choquaient dans son cerveau et il se sentait l'âme aussi apeurée que dut l'être celle des premiers hommes, dans les forêts de la période tertiaire.

De grosses chauves-souris portées sur le velours silencieux de leurs ailes passèrent devant lui, et il rêva de diablotins ailés et de nains méchants et noctambules reclus, tout le jour, dans les cavernes et dans le creux des vieux arbres et ne sortant que la nuit, comme les chéiroptères vampires, pour sucer le sang de leurs victimes endormies.

Robert sentait sa raison l'abandonner, le sentiment de sa solitude et de sa faiblesse l'oppressait. La nuit calme et la forêt tranquille parfumée de feuillages mûrs et de terre humide lui semblaient pleines de périls. L'horreur d'être seul lui glaçait le cœur. La vieille planète maternelle, la Terre, qui n'était plus pour lui, maintenant, qu'une pauvre tache de lumière dont il arrivait à peine à trouver la place dans les lointains de l'immense perspective céleste, apparaissait à son âme désolée ainsi qu'un lieu de délices, un coin privilégié de l'immense univers.

Au moins, il y avait là des hommes !

Robert se fût estimé très heureux de se retrouver, seul et sans logis, sans protecteur et sans argent, dans le plus pauvre faubourg de Paris ou de Londres, même dans la plus triste steppe de la Sibérie, même prisonnier des féroces sauvages du centre de Java ou de la Nouvelle Guinée.

Il regardait autour de lui éperdument et l'envie le prenait, une envie irrésistible, de se blottir dans un trou de rocher ou sous le creux d'un buisson, comme une bête peureuse, et d'y attendre le jour.

Tout à coup, il se trouva près d'un ruisseau dont la nappe claire étincelait aux rayons des deux astres, Phobos et Deimos, et qui fuyait entre deux énormes pierres rousses. Des joncs et des roseaux mêlés de plantes grasses, aux feuilles étalées, fleurissaient les rives de ce cours d'eau où des poissons rapides, couleur d'or, filaient entre les herbes, agiles comme des truites. De grands arbres miraient dans l'eau leurs sombres feuillages.

Jamais Robert n'avait vu paysage aussi charmant éclairé d'aussi douces lueurs. Son courage revint, il eut honte de la frayeur qui l'envahissait.

Posant les genoux sur l'herbe humide, il but, dans le creux de ses mains, une eau qu'il trouva exquise et qui calma sa fièvre.

— Non ! s'écria-t-il avec orgueil, je ne deviendrai pas victime de ces sottes terreurs. Je resterai digne du rôle que j'ai moi-même assumé ; j'ai voulu connaître les mondes nouveaux, que ce soit à mes risques. Quels que soient les ennemis ou les dangers qui m'attendent, j'arrive ici pourvu de tous les trésors de la vieille science humaine ; que je triomphe ou que je succombe, je serai parvenu au but que je m'étais tracé. J'aurai rempli la page que je voulais écrire et ma mission n'aura pas été inutile. Je n'ai ni le droit de me plaindre, ni celui d'avoir peur.

Robert, ranimé par cet élan d'enthousiasme, se retrouvait maintenant en pleine possession de toute ses facultés. L'étrangeté de la situation ravivait son énergie et c'est d'un pas presque guilleret qu'il continua sa route, laissant derrière lui la source et la clairière pour s'enfoncer dans une longue avenue dont le sol était couvert d'une mousse brune, aussi douce aux pieds que du velours.

Si les amis terrestres du jeune ingénieur avaient pu l'apercevoir à ce moment, marchant à grands pas sans savoir même où il allait, par les sentiers d'une forêt sauvage, aucun d'eux, certes, n'eût pu le reconnaître. Robert était devenu maigre comme un squelette, ses traits étaient ravagés, ses épaules voûtées, ses cheveux et sa barbe, qui poussaient en désordre, étaient grisonnants. Il n'avait pour vêtement que le sac de coton qui lui avait servi de linceul et sous lequel il grelottait, quoiqu'il ne fît pas très froid.

Il avait entortillé ses pieds endoloris avec des lanières d'écorce d'arbres qui lui servaient d'espèces de sandales. Enfin, ses ongles démesurément longs et pointus lui donnaient plutôt l'aspect d'un homme de l'âge de pierre que d'un honnête mathématicien sorti troisième de l'Ecole Polytechnique française.

Robert Darvel, désormais sûr qu'il avait quitté la planète natale et que ce qu'il avait pris pour une forêt canadienne n'était qu'un fragment du territoire martien, avançait à grands pas, autant pour réchauffer ses membres engourdis que pour parvenir, le plus vite possible, aux demeures des Martiens, sur le compte desquels il avait hâte d'être fixé.

— S'ils sont bons et intelligents, s'était-il dit, j'arriverai à me faire comprendre d'eux et ils me porteront secours. S'ils sont méchants et stupides, je leur ferai peur et ils seront quand même obligés de me venir en aide.

Tout réconforté par ces espérances un peu aventurées, il avançait toujours ; mais, au bout d'un quart d'heure, la fatigue l'avait gagné, ses pieds écorchés malgré ses sandales de lianes le faisaient cruellement souffrir. Alors il cassa une forte branche à peu près droite, qui lui servit de canne, en même temps que d'arme défensive.

A la grande surprise de Robert, il n'éprouva aucune difficulté à détacher du tronc d'un sapin aux feuilles rougeâtres, une branche plus grosse que son poignet et il maniait cette pesante matraque avec autant de facilité qu'une légère badine.

— Parbleu, s'écria-t-il tout à coup, j'ai oublié que Mars est environ six fois plus petite que la Terre. En vertu de la loi de l'attraction, ma force musculaire doit être proportionnellement augmentée. Que les habitants de Mars prennent garde à eux ; s'ils me cherchent noise, je serai sûrement le plus fort.

Cette idée un peu enfantine de sa supériorité le fit sourire. En y réfléchissant, il retrouvait une foule de petits faits qui le confirmaient dans l'opinion que l'attraction moindre de la planète avait augmenté sa vigueur corporelle.

— Sur terre, pensa-t-il, jamais, affaibli comme je l'étais, je ne fusse arrivé à me débarrasser des débris de l'obus, à sortir de mon linceul et à gravir le rocher pour atteindre la forêt. Jamais, las comme je le suis, je n'aurais parcouru une distance aussi grande.

En effet, Robert presque sans efforts, faisait des enjambées énormes ; il se sentait pour ainsi dire porté au-dessus du sol. D'un bond qu'il fit, pour franchir un tronc d'arbre qui lui barrait le chemin, il s'éleva à deux ou trois mètres en l'air.

Cette constatation le réconforta beaucoup, et son imagination toujours en travail lui suggéra d'employer cette vigueur et cette agilité de fraîche date à donner la chasse aux animaux des forêts.

Tout en faisant ces réflexions, il avançait toujours avec une grande rapidité à travers un paysage brillamment éclairé par les lunes jumelles et dont les lignes calmes, comme dessinées en rose sur un fond d'argent, ne pouvaient se comparer en rien à ce qu'il avait vu jusqu'alors.

L'avenue sur laquelle il s'était engagé aboutissait au sommet d'une colline, d'où il découvrit une vaste perspective ; un cirque immense de hauteurs, couronné de forêts, entourait le bassin tranquille d'un lac dont les eaux, obstruées d'îles, étaient alimentées par cinq ou six cascades qui descendaient des monts.

Mais tout, — les arbres, le sol, les mousses et les feuillages — était d'une éclatante couleur vermeille ou orangée, ou encore d'un violet sombre, ou d'un jaune clair, et la couleur verte, quoique on la trouvât dans certaines espèces de plantes, n'était pas la dominante. En revanche, Robert vit des espèces de peupliers à feuilles toutes blanches et des arbustes, de la famille des sapins, dont les fines aiguilles étaient d'un bleu clair, luisantes et comme vernies d'une nuance inconnue et charmante.

Cette masse de frondaisons, couleur de sang et couleur d'or et de rouille, éclairée par la magique lueur phosphorescente des deux astres, inspirait un accablant sentiment de somptuosité et de mélancolie. Et, dans cette forêt d'or, les arbres blancs et bleus étaient comme des fantômes agitant tristement leurs bras ou peut-être de jeunes princesses égarées, dont le vent de la nuit faisait doucement voltiger les robes blanches.

Au-dessus de toutes ces choses, un ciel pur, un silence mortel à peine troublé par les rumeurs indécises qui montent des bois et de la terre, et qui peu auparavant avaient tant effrayé Robert, gémissements de la brise dans les rameaux, ou bruits d'ailes, grignotements nocturnes, toute la vie secrète et profonde des lieux sauvages.

Robert contempla longtemps ce magique panorama. Il était ravi d'admiration ; le silence et la majesté du paysage le pénétrèrent malgré lui, et il se sentait envahi d'une sorte d'horreur sacrée. Il eût voulu crier bien haut ce qu'il ressentait ; mais l'angoisse le prenait à la gorge. Accablé du sentiment de sa solitude, il regardait fiévreusement autour de lui et il eût donné tout au monde pour trouver à ses côtés un ami, un indifférent, un ennemi même, à qui confier les accablantes et solennelles impressions qu'il ressentait.

Il s'était assis sur la mousse — cette belle mousse rousse et dorée qu'il retrouvait partout — et il essayait une fois de plus de dominer le saisissement qui le gagnait.

Ce qui le consternait, c'est de n'apercevoir nulle part, quoiqu'il fouillât l'horizon de toute l'acuité de son regard, aucune trace d'habitation, ni fumées, ni lumières, ni cabanes de sauvages ou de bûcherons, rien qui révélât la présence d'êtres intelligents. Rien, qu'une solitude magnifique et sauvage, un paysage vierge, dont les futaies millénaires n'avaient jamais connu ni la flamme, ni la cognée.

Au milieu de ce mortel silence, il prêtait l'oreille malgré lui, et son cœur battait à la pensée d'entendre quelques appels de chasseurs perdus dans les bois, quelques chansons de pâtres ou de contrebandiers, le bruit enfin d'une voix humaine. Il se prit à songer ; il se rappelait ses chasses dans la jungle, en compagnie de son ami le naturaliste Ralph Pitcher, et il eût bien à ce moment sacrifié dix ans de sa vie pour avoir près de lui ce brave et loyal compagnon d'aventures.

Que devait-il penser au fond de sa petite boutique, près de la Tamise? Sans doute, il accusait son ami d'ingratitude et d'oubli, et peut-être lui-même l'avait-il oublié, dans les mille préoccupations de la lutte pour l'existence.

Robert se sentit plus triste à cette pensée. Ah ! Si Ralph Pitcher était là, quelle partie de plaisir c'eût été que cet émouvante prise de possession d'un astre nouveau, que ce voyage en pleine merveille, en pays inconnu.

Mais Robert était seul. En pensant à cette Terre, qui n'était plus pour lui qu'une petite lumière à l'horizon, il sentait mollir sa bravoure. Invinciblement, les souvenirs l'assaillaient et se pressaient en foule dans son âme douloureuse.

Il soupira en songeant à cette charmante Alberte qui l'avait aimé et qu'il ne verrait sans doute jamais plus ; elle aussi avait dû l'oublier, le compter au nombre des disparus ou des morts.

Tout le passé remontait en lui. Il revoyait, comme la fuite rapide d'un cortège de fantômes, tous les événements écoulés : son enfance dans un château des environs de Paris, la mort de ses parents qui l'avaient laissé sans fortune et sans protecteurs, ses études poursuivies avec acharnement, ses inventions, ses aventures en Sibérie et au Cap, enfin son séjour chez Ardavena et son voyage à travers les espaces.

— Allons ! s'écria-t-il brusquement, il ne faut plus songer au passé, il faut lutter courageusement contre les périls présents.

Il serra autour de ses reins sa robe de coton, reprit son bâton et continua sa route, avec cette vélocité, cette légèreté à laquelle il n'arrivait pas à s'habituer. Après avoir un peu réfléchi, il avait résolu de contourner les rives du lac, de franchir le rideau de forêts qui barrait l'horizon et d'atteindre la vallée située de l'autre côté des hauteurs ; là, peut-être, il trouverait des habitants.

Au bout d'une heure de marche, de nouveau il eut faim. Il éprouvait d'intolérables tiraillements d'estomac ; il commença par mâcher de jeunes pousses d'arbres. Puis, en longeant un sentier naturel, au bord du lac, il aperçut dans une flaque d'eau une touffe de plantes, qui, sauf la couleur brune de leurs fruits un peu plus gras, lui rappelèrent tout à fait les châtaignes d'eau qui croissent dans les étangs de l'ouest de la France.

Il se contenta de ce régal un peu fade, se promettant bien de découvrir un moyen de faire du feu et de se préparer des repas plus substantiels.

Réconforté, tant bien que mal, il contourna pendant plusieurs heures les bords marécageux du lac, toujours heureusement servi par cette étonnante puissance musculaire qu'il devait à la diminution de la force centripète.

Cette nuit de marches forcenées, lui parut interminable ; il éprouvait un amer désenchantement à ne pas rencontrer les merveilles qu'il s'était promises autrefois.

D'ailleurs, il eut la chance de trouver des champignons, puis des faînes, sous les grands hêtres rouges, qui apaisèrent sa faim.

L'aurore se levait, une aurore grelottante et triste, où le soleil apparaissait comme à travers la fumée d'une fin d'incendie, lorsque Robert Darvel atteignit le sommet de la chaîne de collines qui se trouvait de l'autre côté du lac.

De là, il découvrait un horizon immense, un marécage vaste comme une mer, uniformément peuplé de flaques d'eau et de touffes de roseaux qui se répétaient à l'infini d'une façon uniforme. Au-dessus, des vols d'oiseaux tournoyaient.

Mais, dans tout ce paysage désolé, trempé d'une pluie fine, éclairé d'un soleil indécis, Robert n'aperçut aucune trace d'habitations humaines.

— Quelle horreur ! s'écria-t-il, quel désespoir ! Me voici seul dans un monde sans habitants, où je n'ai pas même l'intérêt d'un péril à courir, et qui ne m'offre en perspective que l'abrutissement de la solitude...

Il éprouvait le besoin de crier tout haut, de se parler à lui-même. Il continua avec une sorte de rage :

— Maudits soient les rêveurs et les fous qui ont supposé que les terres célestes renfermaient des êtres et des choses véritablement inconnues et nouvelles. Je le comprends maintenant, l'Univers est à peu près partout pareil à lui même ! Rien de nouveau sous le soleil ! Hélas et même au-delà du soleil... Je suis puni de mon sot orgueil, je vais mourir ici comme un pestiféré, sans consolations, sans amis, dans la solitude et le désespoir...

CHAPITRE II

MORT DE JOIE

Il nous faut maintenant revenir sur la terre, quoique avec une vitesse un peu inférieure à celle qu'avait mis Robert Darvel à gagner la planète Mars, puisque nous n'avons pas comme lui l'aide puissante de millions de religieux hindous, ni le merveilleux appareil qui avait servi au brame Ardavena à condenser en un seul faisceau toutes ces volontés éparses.

Comme nous l'avons dit plus haut, le naturaliste Ralph Pitcher avait peu à peu oublié son ami Robert.

Mais la disparition de celui-ci, la mystérieuse lettre qu'il avait reçue demeuraient en lui, comme un de ces faits étranges, inexplicables, auxquels on aime mieux ne pas penser, mais auxquels on pense quand même.

La préoccupation qu'il avait voulu écarter de lui revenait, quoi qu'il fît, obsédante et dominatrice ; il y avait des nuits où Ralph s'éveillait en sursaut, croyant avoir aperçu à côté de lui son ami Robert, le front chargé de reproches.

Sous l'empire de cette hantise, Ralph Pitcher revint au vieil hôtel de la rue d'Yarmouth ; de mois en mois, sous l'effort du vent et de la pluie, l'édifice s'en allait en ruines.

La porte cochère, complètement pourrie, tombait par énormes morceaux, les gonds arrachés de leurs alvéoles pendaient, les serrures avaient disparu, sans doute vendues au poids par quelque audacieux maraudeur nocturne.

Ralph pénétra donc sans difficulté dans la cour envahie par les joubarbes, le chardon vivace et le pissenlit ami des ruines.

Il explora, sans rencontrer aucun indice de ce qu'il cherchait, tous les étages de l'antique demeure, au risque de se casser le cou dans les escaliers disloqués et rompus, ou de tomber dans les trous pareils à des oubliettes que la pluie avait creusés à travers les plafonds pourris et disjoints.

Evidemment, avant peu de temps, l'hôtel serait une ruine parfaite, dont il ne subsisterait plus que les gros murs, avec leurs cheminées de granit aux lourds blasons qui dataient du temps de la reine Elisabeth ou de la reine Anne.

Puis, un spéculateur viendrait avec des grues à vapeur, des camions automobiles, et un régiment de maçons du pays de Galles, qui mettraient à la place de ces décombres un immeuble de rapport à douze ou quinze étages pourvu d'ascenseurs, d'installations électriques et de chauffage central.

Voilà ce que pensait Ralph, tout en redescendant mélancoliquement le grand escalier, aux rampes de fer forgé.

Mais, tout à coup, il s'arrêta, en voyant briller quelque chose dans le bois pourri des marches.

Il se baissa rapidement ; il tenait entre le pouce et l'index une opale grosse à peu près comme une petite fève.

Il eut une brusque émotion.

— Cela ne vaut pas grand'chose, murmura-t-il, une couronne et demie, s'il fallait la vendre, trois souverains tout au plus, s'il fallait l'acheter...

Il s'arrêta, devenu tout pâle et regarda plus attentivement la petite gemme aux reflets verts et roses ; il venait de reconnaître la pierre que Robert Darvel portait habituellement en épingle de cravate.

— On l'a attiré ici, s'écria-t-il plein de colère et de tristesse, et on l'a tué.

« Pourtant non, cela n'est pas possible, comment expliquer alors l'énigmatique lettre que j'ai trouvée !...

Ralph quitta la rue d'Yarmouth très troublé, toute la soirée son esprit fut travaillé par cette préoccupation ; à force d'y réfléchir, il s'avisa d'un expédient auquel il se repentit de n'avoir pas songé tout d'abord et qui pourtant était fort simple.

Le lendemain, il se rendit au bureau des domaines ; là après une longue station dans les antichambres, il finit par apprendre qu'à la suite d'un procès qui avait duré plus d'un siècle entre des héritiers anglais et des héritiers hindous, l'hôtel était depuis quelques mois la propriété d'un religieux hindou nommé Ardavena et jouissant près de ses compatriotes d'une grande considération due autant à sa fortune qu'à sa science.

C'était là un premier jalon.

Ralph Pitcher résolut de poursuivre son enquête et, après s'être fait recommander par un illustre professeur du *Zoological Garden* dont il était l'ami, il écrivit une longue lettre au résident de la province hindoue de Chelambrum, en demandant des renseignements sur la personnalité du brahme Ardavena et sur la présence possible dans son monastère d'un jeune ingénieur français.

Il faut dire que depuis peu de temps, la situation de Ralph s'était modifiée du tout au tout ; grâce au trésor découvert dans la crypte de la pagode bouddhique, il avait pu délaisser les travaux de taxidermie ordinaire, l'empaillage des bull dogs, des renards et des perruches, pour s'adonner entièrement à l'étude de l'histoire naturelle où il avait des aperçus originaux.

Il signait maintenant de son nom les savants mémoires remplis de trouvailles qu'il était heureux autrefois de céder pour quelques livres aux savants officiels, qui en tiraient honneur et profit.

Petit à petit, il s'était fait un nom parmi ces véritables savants, épris d'une passion désintéressée pour la vérité, mais qui se connaissent tous dans le monde entier, formant une sorte de franc-maçonnerie sacrée, où nul ne peut entrer sans avoir fait ses preuves.

Son livre sur la disparition des *races animales* avait fait grand bruit, son portrait avait été reproduit par plusieurs grandes publications anglaises ou françaises.

Mais en dépit de ces promesses d'une gloire naissante, Ralph avait mis un véritable entêtement à ne pas quitter sa petite boutique d'empailleur ; il y avait là une sorte de superstition.

Puis, maniaque comme beaucoup de grands savants, il avait horreur du changement, il lui répugnait de modifier ses habitudes.

Il vivait tout aussi simplement qu'autrefois, réservant pour quelque géniale entreprise ses capitaux qu'il laissait s'entasser à la Banque Royale et qui dépassaient maintenant la somme de cent cinquante mille livres sterlings.

Dans tout autre pays qu'en Angleterre, cette bizarre façon d'agir eût causé un tort réel à Ralph ; elle ne fit au contraire que d'aider sa popularité naissante, Ralph passa pour un excentrique, on voulut voir sa boutique, on la photographia.

De nobles dames, inscrites au livre du *peerage*, tinrent à honneur de lui apporter des commandes, et des automobiles armoriées s'arrêtèrent devant l'échoppe, à la grande confusion de Mrs. Pitcher.

Ralph était donc un homme connu et il s'en réjouissait en pensant que l'on n'oserait sans doute pas lui refuser les renseignements qu'il demandait sur le brahme Ardavena et sur son ami Robert Darvel.

La lettre une fois partie, il se sentit plus joyeux, plus calme qu'il ne l'avait été depuis longtemps ; il travailla ce soir-là avec un entrain incroyable à l'examen microscopique d'un œuf d'épiornys qu'il avait reçu quelques jours auparavant de Madagascar et sur l'étude duquel il fondait toute une théorie sensationnelle.

Vers le soir, le cerveau un peu fatigué, il descendit jusqu'à une taverne des bords du fleuve à la clientèle cosmopolite où il avait pris l'habitude d'aller lire certaines feuilles étrangères.

Il venait à peine de déployer les feuillets massifs du *Times* et il avait parcouru d'un œil distrait l'article éditorial, quand son attention fut arrêtée par une manchette qui portait en lettres énormes :

MORT DE JOIE !

Un self made-man. — Les drames de la Spéculation. — Les Milliards inutiles. — Miss Alberte ne mourra pas. — On a l'espoir de la sauver.

Il lut :

« Au moment de mettre sous presse, « nous apprenons le décès de l'honorable John Téramond, le banquier « bien connu et dont la perte laissera « d'unanimes regrets parmi tous les « financiers de la bourse londonienne.

« Mr. John Téramond a succombé « dans les plus bizarres circonstances.

« Comme on le sait, au cours de la « guerre du Transvaal, il s'était distingué parmi les joueurs les plus « audacieux.

« Au rétablissement de la paix, en « dépit des conseils de tous ses amis, « il consacra la totalité de son capital « à l'acquisition d'un vaste claim « prospecté avant lui par un ingénieur français, M. Darvel, en qui il « avait toute confiance et avec lequel « il s'était brouillé depuis pour des « motifs futiles.

« Ce qu'il y a de plus singulier, c'est « que, depuis, ni M. Téramond ni personne n'ont plus eu de nouvelles « du Français, sans doute massacré « au cours d'une de ses téméraires « explorations dans les régions désertiques qu'il avait l'habitude d'entreprendre sans prévenir personne.

« Au commencement, tout alla à « merveille, les gisements aurifères « donnèrent un rendement considérable, réalisant ainsi les prévisions de « l'ingénieur français, la banque Téramond put verser aux actionnaires « de fabuleux dividendes.

« Mais bientôt les filons s'épuisèrent, « les bénéfices cessèrent d'être en rapport avec les frais de l'exploitation, « avec la dispendieuse réclame faite « par la banque Téramond ; les actions subirent une dégringolade rapide, bientôt, elles cessèrent de prendre rang dans la liste des valeurs « sérieuses et le marché en fut inondé; « c'était à qui s'en débarrasserait en « les soldant à vil prix.

« D'autres se seraient découragés et, « pendant qu'il en était temps encore, « auraient, comme l'on dit, fait la part « du feu et cherché une spéculation « plus solide.

« Mais sourd à toutes les objurgations, à toutes les remontrances, M. « Téramond déploya une ténacité incroyable ; il racheta les actions jetées par paquets sur le marché et « que personne d'ailleurs ne lui disputait, car les nouvelles des champs « d'or devenaient de plus en plus mauvaises. On avait atteint un banc de « marne qui paraissait être la limite « du terrain aurifère, ainsi que l'affirmaient nombre de vieux mineurs « expérimentés.

« M. Téramond avait foi en son « claim, il n'interrompit pas les travaux un seul jour, y consacrant les « suprêmes débris de son capital.

« Ces temps derniers, la situation de « M. Téramond était regardée comme « désespérée, sa magnifique galerie de « tableaux avait été vendue ainsi que « les chasses princières qu'il possédait « dans le nord de l'Ecosse, lorsque, « hier, un marconigramme en provenance du Cap est venu brusquement changer la face des choses.

« Après avoir traversé le banc de « marne où se terminaient les filons « aurifères, les travailleurs ont atteint « un gisement dont la richesse rap- « pelle l'époque héroïque des premiè- « res mines californiennes ; des pé- « pites d'or pur du poids de plusieurs « kilogrammes ont été amenées à la « surface du sol.

« Au moment où cette nouvelle a « éclaté comme un coup de foudre « dans la Bourse, M. Téramond était « aux abois, il venait d'ordonner la « mise en vente de son hôtel. En re- « cevant coup sur coup les câblogram- « mes qui confirmaient ce succès sans « précédent, il n'a pu résister à la vio- « lence de l'émotion ; il est tombé fou- « droyé par l'embolie.

« M. John Téramond est mort de « joie !

« Le soir même, les actions de la « banque Téramond faisaient un saut « formidable et passaient de trois li- « vres à cent soixante livres sterlings ; « tout fait prévoir que cette hausse ne « fera que suivre une marche ascen- « dante demain et les jours suivants.

« L'honorable banquier succombe « au moment où la somme énorme de « plus d'un milliard allait tomber dans « sa caisse.

« La seule héritière de cette colos- « sale fortune, miss Alberte Téramond, « est tombée évanouie en apprenant la « mort tragique de son père ; elle a « passé la nuit entre la vie et la mort. « Nous apprenons en dernière heure « que, malgré la gravité de son état, « on ne désespère pas de la sauver.

« Rappelons en terminant qu'un « projet de mariage avait été autrefois « agité entre miss Alberte et l'ingé- « nieur Darvel primitif inventeur du « merveilleux claim ; les dissentiments « survenus entre M. Téramond et le « jeune ingénieur n'avaient pas per- « mis de donner suite à ce projet... »

. . . .

Ralph Pitcher relut deux fois l'article et demeura pensif. Toute la journée du lendemain, il demeura enfermé dans son laboratoire, ce qui ne lui arrivait, ainsi que l'avait remarqué Mrs. Pitcher, que lorsqu'il se trouvait sous l'empire de quelque grave préoccupation.

Trois jours après, correctement ganté et rasé, Ralph se présentait à l'hôtel Téramond et demandait à être reçu par miss Alberte.

On refusa d'abord de l'admettre, la jeune fille était souffrante, plongée dans le chagrin, elle priait son visiteur de revenir une autre fois et pour le moment elle ne recevait personne. La consigne était formelle.

Ralph s'était attendu à cette difficulté, il ordonna d'un ton calme au valet de chambre de retourner près de sa matresse et de lui dire qu'il avait quelque chose d'important à communiquer au sujet de l'ingénieur Robert Darvel.

Ces mots eurent un effet magique : quelques instants après, Ralph était introduit dans un petit salon vert et blanc, plein de meubles fragiles, de soies claires et de grès flambés, dans ce style que l'on a improprement appelé « art nouveau. »

Ralph Pitcher s'était attendu à se trouver en face de quelque prétentieuse poupée uniquement occupée de toilettes et de sports, de bijoux et de réceptions.

Il demeura surpris devant ce visage grave aux pensifs yeux bleus, à la chevelure couleur de cuivre et dont le front bombé, le menton volontaire et le nez légèrement arqué semblaient avoir gardé toute la puissance de volonté du spéculateur mort de joie.

Alberte désigna un siège à son visiteur et, d'une voix pénétrante, autoritaire en dépit de sa musicale douceur :

— Monsieur Pitcher, dit-elle, vous êtes le seul homme que j'aurais reçu dans la funèbre circonstance que je traverse et cela pour deux raisons.

« M. Robert Darvel a prononcé votre nom autrefois — sa voix s'était nuancée de tristesse, — puis j'ai lu vos livres, je sais quel créateur génial et modeste vous êtes, je suis certaine d'avance que vous n'êtes pas venu me trouver sous un futile prétexte.

Ces paroles sans ambages avaient mis Ralph tout de suite à l'aise.

— Non, miss, murmura-t-il, vous ne vous êtes pas trompée. Il fallait absolument que je vous parlasse ; ce que je vais vous dire va sans doute vous surprendre, mais je puis vous jurer que je ne vous relaterai que des faits absolument exacts.

Et, tout d'une haleine, le jeune homme raconta la mystérieuse disparition de Robert Darvel, l'inexplicable lettre, enfin ses dernières démarches.

Miss Alberte l'avait écouté sans l'interrompre ; mais, à mesure qu'il parlait, sa physionomie s'était transfigurée ; le pli de lassitude et de désenchantement qui tirait le coin de ses lèvres s'était effacé. Elle s'était redressée.

— Monsieur Pitcher, dit-elle, j'ajoute une foi absolue à ce que vous venez de me dire ; j'apprécie votre fidélité envers votre ami disparu.

« Croyez bien que ce ne sont pas là des paroles en l'air.

« Les angoisses qu'a traversées mon père avant ce triomphe qui lui coûte la vie m'ont donné une expérience chèrement acquise.

« J'ai vu tout le monde nous tourner le dos, j'ai vu la ruine à notre porte, j'ai essuyé l'insolence des créanciers et jusqu'au mépris des domestiques.

Et elle ajouta avec un mouvement de tête qui montrait son énergie :

— Maintenant, ils reviennent tous ; c'est à qui se montrera le plus bassement flatteur, les plus insolents sont devenus les plus serviles, ils se figurent avoir facilement raison d'une jeune fille sans expérience des affaires.

« Ils se trompent.

« Mon père ne m'a pas laissé que ses millions, il m'a légué aussi sa clairvoyance et sa puissance de volonté; j'ai déjà pris toutes les mesures qu'il fallait pour sauvegarder mes intérêts ; nul n'aura sa part de la curée des champs d'or, de toutes ces bêtes de proie qui rôdent autour de moi et qui se croient déjà partie gagnée.

« Je suis milliardaire ; mais je ne ferai de mon or que ce qu'il me plaira.

« Si mon père vivait encore, il m'approuverait, je n'ai jamais eu avec lui qu'une seule discussion, quand je lui ai reproché son ingratitude envers M. Darvel que j'aimais, que j'aime encore.

« Mais je sais déjà ce que je ferai, je n'ai pas attendu votre visite, monsieur Pitcher, pour prendre une résolution.

— Que voulez-vous dire ?

— Je veux retrouver M. Darvel et l'épouser.

« Je me suis promis de n'avoir pas d'autre mari que lui.

Le cœur de Ralph se gonflait de joie en entendant ces paroles ; en regardant les choses de la façon la plus optimiste, il n'aurait pas osé envisager un tel accueil ; puis ce caractère d'anglo-saxonne, crûment loyale, brutale même, lui plaisait au-delà de toute expression.

— Miss, dit-il, je vois que nous nous entendrons parfaitement, je ne suis pas venu vous demander un appui pécuniaire ; certes à côté de vous, je suis très pauvre ; mais j'ai quand même en banque quelque chose comme cent mille livres, ne parlons pas de cela...

— Que voulez-vous donc de moi ? Je suis prête à mettre à votre disposition un chèque de tel chiffre qu'il vous plaira.

— Il n'est pas ici question d'argent, fit Ralph Pitcher légèrement énervé : maintenant que je vous connais, je n'hésiterai pas à vous en demander ; mais voici ce que je veux dire : par le prestige dont vous jouissez en ce moment, vous pouvez tout, le moindre désir exprimé par vous est un ordre ; écrivez comme je l'ai fait, c'est tout ce que je vous demande et je suis sûr qu'on vous répondra plus vite qu'à moi.

« Qu'est-ce qu'un pauvre empailleur, qu'est-ce même qu'un savant à côté d'une reine de l'or comme vous êtes ?

— Il y a du vrai dans ce que vous dites. Je vais écrire à l'instant et c'est vous qui remettrez la lettre au post-office. Seulement, je vais me permettre d'ajouter un perfectionnement à votre idée. Il ne sera pas inutile de promettre une prime de cinq cents livres à qui pourra donner des nouvelles de M. Darvel.

— Je n'avais pas pensé à cela, dit naïvement le naturaliste.

— Je suis bien la fille de mon père, n'est-ce pas ? J'ai appris à mes dépens à connaître la puissance de l'argent.

Et elle eut un mélancolique sourire.

Mais déjà elle s'était installée devant un petit bureau de bois d'olivier incrusté d'argent et de nacre (une des dernières créations de Maple) et déjà sa haute écriture courait sur le papier de deuil.

Ralph Pitcher regagna sa boutique plein d'espoir.

Le lendemain, le naturaliste était encore couché, lorsque Mrs. Pitcher, suivant sa coutume, lui apporta son courrier en même temps qu'un vaste bol d'excellent café.

C'était, pour Ralph, un des meilleurs moments de la journée ; tout en sirotant à petits coups le breuvage odorant, il décachetait du bout des doigts les revues scientifiques toujours nombreuses dans son courrier, il les parcourait négligemment, il réfléchissait, il faisait le plan de travail de sa journée et ce n'est guère qu'après avoir trouvé une bonne idée qu'il se décidait à se lever. Le réveil, le recommencement du travail intellectuel étaient pour lui un vif plaisir.

Il avait commencé à feuilleter une série de photographies spectroscopiques des planètes qui l'intéressaient tout spécialement, lorsque ses regards s'arrêtèrent sur une lettre qui portait le timbre de l'empire anglo-indien : il la décacheta fiévreusement.

C'était un communiqué officiel qui portait l'en-tête de la résidence de Chelambrum.

Les renseignements, rédigés en un style très sec par quelque commis, et entourés de fatigantes formules administratives, plongèrent le jeune homme dans un profond étonnement.

Le commis du résident racontait à sa façon la catastrophe dont la pagode avait été le théâtre et la folie du brahme Ardavena. Il affirmait nettement la présence d'un ingénieur français dont il ignorait le nom dans l'entourage du brahme ; mais il assurait que celui-ci avait dû être victime de l'audacieuse expérience dont le but était demeuré inconnu et qui avait coûté la vie à plusieurs centaines de yoghis.

Ralph Pitcher avait à peine achevé cette lecture que, laissant là le restant de son courrier à peine entamé, il s'élança hors de son lit, s'habilla et dégringola précipitamment l'escalier.

Cinq minutes après, il sautait dans un auto-cab et se faisait conduire chez miss Alberte.

Il en revint très préoccupé ; mais plutôt satisfait.

Huit jours ne s'étaient pas écoulés que toute la presse anglaise retentissait d'une information sensationnelle.

Miss Alberte Téramond, la milliardaire de fraîche date, venait d'acquérir à prix d'or un yacht construit avec les dernièrs perfectionnements du confort pour l'un des Vanderbilt, et elle était partie en croisière. Personne n'avait pu savoir où elle allait.

Certains journaux affirmaient catégoriquement que, femme d'action comme son père, elle était allée constater *de visu* le rendement des fameux claims. D'autres lui prêtaient l'intention de faire un simple tour dans les eaux de la Méditerranée.

Mais ce qui achevait d'affoler les curiosités affolées par ce mystérieux départ, c'est que miss Alberte emmenait avec elle le placide naturaliste Ralph Pitcher.

Les reporters les plus audacieux hésitaient à mettre en avant l'idée d'un mariage d'amour entre l'empailleur et la milliardaire.

On se perdait en conjectures.

CHAPITRE III

LA CONQUÊTE DU FEU

Le découragement de Robert Darvel ne dura guère. Comme il se sentait très fatigué, il se coucha au centre d'un buisson de genêts épineux, où il eut soin de disposer une jonchée d'herbages frais cueillis, en guise de matelas.

Il dormit cinq ou six heures d'un sommeil paisible. L'étude qu'il avait faite du pays l'avait complètement rassuré, tout au moins au point de vue des périls immédiats. Il était sûr que, dans la région où il était parvenu, de si miraculeuse façon, il n'y avait ni animaux nuisibles, ni habitants. Donc rien à craindre.

En se réveillant, il cueillit quelques poignées de noisettes rouges, auxquelles il joignit des châtaignes d'eau et des champignons. Un tel menu eût fait les délices d'un végétarien. Mais Robert ne partageait pas entièrement cette doctrine et il se proposait, dès qu'il aurait choisi le lieu de son installation, de se livrer à la chasse et à la pêche, de trouver le moyen d'allumer du feu et de se créer une demeure, aussi confortable qu'il se pourrait.

Robert était avant tout un homme d'une imagination créatrice, il n'avait emmené avec lui, de la Terre, ni un vaisseau chargé de conserves et d'outils, ni un obus rempli d'appareils perfectionnés ; mais il possédait à fond la chimie, la mécanique, toutes les sciences de l'inventeur, il regardait avec raison ce bagage intellectuel comme plus précieux qu'une flotte entière de provisions et de machines.

D'abord, il se choisirait une demeure, puis il se créerait des instruments de chasse et de pêche, se vêtirait, se chausserait, s'armerait et, une fois sa subsistance assurée, il trouverait le moyen d'extraire des entrailles du rocher, des boues limoneuses des lacs, ou de l'atmosphère même, les substances nécessaires au projet grandiose qu'il venait de concevoir tout de suite après son réveil.

Grâce à son excellente mémoire, il retracerait grossièrement la carte de ces continents martiens qu'il avait tant étudiés autrefois et dont les plus insignifiants étaient présents à son esprit ; il redonnerait pour plus de clarté, aux canaux et aux mers, les noms que les astronomes terrestres leur ont donnés : Erébus, Titanum, Arcus, Gigantum, Cyclopum, Nilus, etc., etc.

Il avait quelques raisons de se croire dans le voisinage de l'Avernus. Grâce à ses connaissances astronomiques très étendues, il choisirait le point de la planète le mieux en vue, pour les observateurs terrestres, et seul, sans le secours de personne, il trouverait le moyen d'établir des signaux lumineux pareils à ceux qu'il avait lui-même installés, l'année auparavant, dans les déserts de la Sibérie. La seule différence, c'est qu'il ne se servirait pas des mêmes signes. Il reproduirait tout simplement, soit les vingt-quatre lettres de l'alphabet français, soit les points et les lignes du système télégraphique de Morse.

— Alors, s'écria-t-il joyeusement, il est impossible qu'au bout d'un temps donné mes signaux ne soient pas aperçus des astronomes de la Terre. On me répondra, des communications régulières s'établiront. Je raconterai mes incroyables aventures, dans tous leurs détails. Le vieil Ardavena sera arrêté et il faudra bien qu'il mette en œuvre, pour me rapatrier, les mêmes moyens dont il s'est servi pour me faire parvenir jusqu'ici. Je regagnerai la Terre, riche de tout une science nouvelle, et après avoir mené à bien la plus audacieuse expédition qu'un homme ait jamais entreprise..., et peut-être qu'à mon retour, ajouta-t-il pensif, le père d'Alberte...

. . . .

Depuis que le téméraire espoir de regagner la Terre avait lui à ses yeux, Robert avait senti une transformation complète s'opérer en lui. Finis les découragements, les incertitudes et les terreurs des premiers instants ; un nouveau courage était entré en lui, une force inconnue l'animait et il se croyait capable à ce moment de s'attaquer à toutes les difficultés et de résoudre tous les problèmes.

Il sortit du buisson épineux qui avait abrité son sommeil, et s'étira joyeusement. On était au milieu de la journée, le paysage présentait une succession de marécages et d'étangs coupés çà et là de petits bouquets de bois, et couverts d'une moisson de roseaux à demi desséchés dont le vent faisait tinter les tiges avec un bruit singulier. Les tiges cassantes évoquèrent aux yeux de Robert qui frissonnait, sous la mince étoffe qui le couvrait, l'image d'une magnifique flambée. Il décida que la première chose qu'il ferait, après avoir pourvu à sa nourriture, serait d'essayer d'allumer du feu. Dans ce pays humide et marécageux, éclairé d'un pâle soleil, sur cette planète dont les régions équatoriales ne devaient guère être plus chaudes que le sud de l'Angleterre, la vie était impossible sans feu.

La première idée de Robert fut de chercher un silex, puis de retourner sur ses pas, jusqu'à l'endroit où il avait laissé les débris de l'obus de métal, et de tirer de l'acier des étincelles qu'il aurait recueillies sur de la mousse bien sèche, ou sur des débris de son linceul de coton. Malheureusement, il avait fait beaucoup de chemin depuis vingt-quatre heures et, quand il voulut chercher à s'orienter, il s'aperçut à sa grande confusion qu'il lui serait impossible de retrouver le chemin qu'il avait suivi ; il revenait sur ses pas un peu décontenancé, lorsqu'une volée de gros oiseaux s'éleva du fond des herbes, en poussant des cris nasillards.

Instinctivement, Robert se saisit d'une grosse pierre et la lança de toute sa force ; soit hasard, soit adresse, la pierre atteignit un des volatiles qui tomba, l'aile cassée, pendant que le reste de la bande s'envolait avec un redoublement de piaillements discordants.

Robert se hâta de s'emparer définitivement de l'oiseau qui, tout blessé qu'il était, essayait de se réfugier dans un endroit recouvert de hauts glaïeuls. Il le saisit par une patte, malgré ses furieux coups de bec, et réussit, non sans peine, à lui tordre le cou. C'était une bête superbe, plus grosse qu'une oie, et qui paraissait une espèce d'outarde ; le plumage était d'une belle couleur brune, et le ventre blanc tapissé d'un duvet très épais.

— Je vois du moins que je pourrai me faire des édredons, s'écria Robert en riant : voilà de fin duvet, qui doit ne céder en rien à celui de l'eider.

Tout en parlant, il s'était mis à plumer son oiseau. Cette opération terminée — elle ne lui demanda pas moins de trois quarts d'heure, — il eut la chance de rencontrer une pierre bleuâtre, de la famille des schistes, une sorte d'ardoise, qui se débitait facilement en feuillets ; avec beaucoup de temps et de patience, il en tailla une longue lame en forme de triangle, en aiguisa les bords, et l'emmancha dans un morceau de bois tendre.

A l'aide de ce couteau primitif, il vida et dépeça proprement son gibier, qu'il fut d'ailleurs obligé de manger cru ; mais il y avait si longtemps qu'il n'avait goûté de viande, que cette collation barbare lui fit grand plaisir et lui procura un véritable bien-être.

Pour cette fois, il s'était contenté de manger les deux cuisses. Il suspendit le reste de l'animal à l'aide d'un lien d'écorce dans la partie la plus élevée du buisson qui lui servait de chambre à coucher. Il se promettait bien d'avoir trouvé avant le soir le moyen d'allumer du feu, pour faire cuire le restant de son gibier ; il se procurerait du sel en faisant évaporer l'eau de la mer, il se construirait une maison, il se fabriquerait des armes. Avant d'entreprendre son grand voyage d'exploration de la planète, il entendait se bâtir une habitation confortable, et ne partir en expédition que bien reposé et bien outillé.

Il déploya, cette après-midi-là, une activité dévorante. A l'aide de son couteau de pierre, il scia un jeune tronc d'arbre très droit, qu'à son feuillage et à son parfum résineux il avait reconnu pour être proche parent du pin et du cyprès. Son intention était de se fabriquer un arc, et il s'était rappelé qu'au Moyen-Age on se servait surtout pour cet usage de branches d'if et d'autres arbres résineux.

Au bout d'une heure de travail, il se trouvait en possession d'une tige parfaitement droite et ronde, longue d'un peu plus de deux mètres. En revanche, il avait cassé la lame de son couteau d'ardoise ; mais il était facile de remédier à cette perte.

Restait la corde. Pour en fabriquer une, Robert arracha des fils de son linceul de coton, les tressa ensemble, puis les tordit de façon à avoir une cordelette solide, qu'il enduisit de la résine même de l'arbre qui lui avait fourni le bois de son arme. Des roseaux bien droits, qu'il arma de pointes aiguës de silex, qu'il empenna et dont il lesta la base d'un caillou pesant, lui donnèrent des flèches excellentes.

Il était enchanté de ce résultat. Aucune des inventions compliquées qu'il avait faites jadis ne lui avait causé autant de plaisir. Heureux comme un enfant amusé d'un jouet nouveau, il se demandait s'il allait lancer ses flèches debout et la main à la hauteur de l'épaule, comme les Grecs, à genoux comme certains archers du Moyen-Age, ou couché sur le dos, un pied arqueboutant contre le bois de l'arme, ainsi que les premiers croisés et les Indiens Cabôclos du Brésil.

Il fut bientôt tiré de sa perplexité, une volée d'oiseaux pareils au premier qu'il avait tué s'élevait de nouveau du marécage. S'abritant derrière un tronc d'arbre, il eut le plaisir d'essayer ses armes nouvelles, avec le plus grand succès ; sept outardes furent abattues et Robert fut étonné lui-même de sa vigueur, en constatant que plusieurs d'entre elles avaient été transpercées de part en part.

En y réfléchissant, il s'étonna moins. N'avait-il pas lu dans l'*Histoire de la Conquête de la Floride*, de Garcilaso de la Véga, qu'un chevalier espagnol eut la cuisse complètement traversée, et fut littéralement cloué à son cheval d'une flèche, décochée pourtant à une très grande distance par les Indiens.

Il acheva ses victimes à coups de bâton, et les accrocha triomphalement dans son garde-manger. Désormais, il était sûr de ne pas mourir de faim. Puis, avec le duvet de ses oiseaux, dont maintenant il se croyait sûr de pouvoir tuer autant qu'il voudrait, il se confectionnerait un matelas et des oreillers ; la jeune écorce des bouleaux lui fournirait l'étoffe nécessaire, les joncs du marécage lui serviraient pour le reste. Grelottant sous le ciel brumeux, il se voyait déjà dans un proche avenir couvert d'un chaud vêtement de joncs tressés, ouaté intérieurement de duvet d'outarde, et d'un bonnet de même matière ; avec cela il pourrait braver toutes les intempéries. Ce n'était pas le seul profit qu'il croyait tirer de sa chasse : dans les os, il taillerait des aiguilles, des hameçons et des poinçons. Avec la partie la plus fine de la graisse mélangée avec de l'argile rouge, il se ferait de l'encre.

Enfin, il comptait bien retrouver les débris de l'obus d'acier, qu'il saurait transformer en outils et en armes de toute espèce, haches, sabres, couteaux, scies, limes, marteaux, etc., tout un arsenal d'armurier et de quincaillier.

— Mais, pour cela, il faut que j'arrive à faire du feu..., cela m'est indispensable, et cela ne doit pas être bien difficile ; il faudra pourtant que j'en découvre les moyens !

Enorgueilli par ces nombreux succès, Robert se croyait certain de réussir. Il quitta l'espèce de presqu'île où il avait établi son campement provisoire, et remonta vers les collines rocheuses. Tout en marchant, il recueillait avec soin les feuilles sèches et les mousses qu'il rencontrait sur son passage, il les broyait en une poudre fine qu'il amassait dans une large feuille de nénuphar dont il avait eu soin de se munir.

Quand la provision lui parut suffisante, il choisit deux silex pointus et en fit jaillir des étincelles au-dessus de son amadou improvisé ; mais il eut beau s'épuiser en efforts, les étincelles jaillissaient et tombaient sans produire aucune combustion, les menues parcelles de silex que le choc avait fait étinceler se refroidissaient sans avoir mis le feu à la mousse.

Robert ressentait vivement le manque d'un briquet d'acier. Il s'obstina pourtant avec une patience digne d'éloges, essayant de mille moyens dont aucun ne réussissait. Il mêla de la poudre de résine à sa poussière de feuilles sèches, il essaya comme briquet d'un caillou qui lui avait paru contenir des traces de fer. Rien n'y fit.

Cependant, le soir tombait lentement sur l'immense marais. Absorbée par ces travaux, l'après-midi avait passé comme un rêve.

Etendu sur sa couche de feuilles, rassasié de la chair saignante des oiseaux, Robert ne pouvait trouver le sommeil. Il avait froid, des cris étouffés, des bruissements de bêtes dans la forêt le faisaient frissonner malgré lui.

Très agité, mécontent aussi de l'insuccès de sa tentative, il résolut de se promener un peu à la clarté éblouissante de Phobos et de Deimos, autant pour se réchauffer que pour calmer l'agitation de ses nerfs.

Il avait à peine cheminé pendant quelques minutes sur la lisière des flaques d'eau qu'il s'arrêta stupéfait.

Il marchait jusqu'aux épaules dans un brouillard pesant, sorti des marais et qui n'enlevait rien à la pureté du ciel, car il ne dépassait pas les bas-fonds.

Au travers de ces ténèbres légères, au ras de l'eau, dansaient des milliers de flammes bleues qui s'allumaient, s'éteignaient, voletaient, s'arrêtaient, disparaissaient et reparaissaient avec des alternatives et des caprices inouis.

— Des feux follets ! s'écria Robert.

Et les vieilles légendes des campagnes de France, contées autrefois par sa nourrice, ou lues dans les beaux livres de contes à tranches d'or, lui revinrent en mémoire et il soupira amèrement. Comme il était loin de la Terre, et de son enfance, et de tous ceux qu'il aimait ! Il allait vieillir tristement dans un monde solitaire, oubliant jusqu'au son de la parole humaine.

Chez lui, par bonheur, les découragements ne duraient guère. Le chimiste eut vite fait de prendre le pas sur le rêveur et le sentimental.

— Les feux-follets ! déclara-t-il, d'une voix aussi grave que s'il eût répondu à un examen de Sorbonne, les feux follets ne sont autre chose que du gaz de marais ou éthylène. On suppose assez généralement que leur combustion est due à la présence des phosphores organiques qui se dégagent des matières en décomposition dans les eaux stagnantes...

Il quitta tout à coup le ton doctoral :

— Sapristi ! Mais à quoi pensai-je ? Et moi qui veux faire du feu ! Mais en voilà et de magnifique. Il n'y a, comme on dit, qu'à se baisser pour en prendre...

Mais Robert n'ignorait pas, ne l'eût-il su que par les récits de son enfance, que les feux follets sont d'un naturel fort capricieux. Si l'on approche d'eux ils s'enfuient, si l'on s'enfuit ils vous suivent. Si l'on s'arrête, ils gambadent ou s'éteignent, obéissant au moindre souffle d'air. Il résolut de prendre ses précautions en conséquence.

Il cassa donc la tige longue et droite de deux jeunes pins, qu'il ébrancha ; il les avait choisis à peu près d'égale longueur, ainsi précautionné, il s'avança jusqu'au bout d'une longue terre bordée à droite et à gauche de lagunes où les flammes bleues paraissaient plus nombreuses qu'en tout autre endroit. Puis il se mit à remuer la vase, des bulles de gaz se dégagèrent en bouillonnant, presque aussitôt enflammées par les météores voisins ; un instant une véritable flamme brilla.

Encouragé par cette expérience préparatoire, Robert, à l'aide d'un silex tranchant, creusa l'écorce et le tronc de la seconde gaule, de façon à former à l'extrémité une sorte de cuiller, qu'il remplit d'une espèce d'amadou artificiel, formé de mousse, de feuilles broyées et d'un peu de coton.

Son cœur battait d'émotion. D'une main tremblante il remua le fond des boues, une grande flamme bleue brilla, il en approcha aussitôt son amadou. Mais, si prompt qu'il fût, la flamme s'éteignit et il dut recommencer.

Enfin, après trois tentatives infructueuses, la poussière prit feu. Avec quels soins il ramena à lui la précieuse gaule, et comme il aviva doucement l'étincelle naissante qu'il avait aussitôt déposée au milieu du combustible bien préparé sur une large ardoise.

Oh ! comme il soufflait avec attention, retenant sa respiration, de peur de faire envoler son fragile bûcher.

Enfin, nouveau Prométhée, il eut l'indicible joie de voir crépiter une petite flamme, qu'il entretint avec des brindilles de roseau, puis avec de menues branches, jusqu'à ce qu'elle devînt un vrai brasier, en face duquel il se réchauffa joyeusement.

En étendant ses mains devant la flamme, il pensa qu'il était certainement le premier homme qui eût fait du feu dans la planète Mars.

Quand il y eut un grand tas de braise rouge, il en chargea son ardoise, en guise de pelle, et emporta son feu comme un trésor jusqu'à son gîte.

Ce soir-là, il ne se coucha pas sans avoir savouré un morceau d'outarde grillée, qu'il trouva délicieuse.

Il couvrit son feu d'une masse énorme de branches, afin d'être sûr d'en trouver le lendemain, et s'endormit d'un sommeil peuplé de songes dorés.

JE SUIS LE PREMIER HOMME QUI SOIT PARVENU DANS LA PLANÈTE MARS. (*Page 17.*)

CHAPITRE IV

LA BÊTE BLANCHE

Reveillé au bout de quelques heures, Robert entreprit une exploration dans le voisinage de son feu, quoi qu'il fît encore nuit. Au bout d'une centaine de pas, il se retrouva tout à coup au bord de la mer ; une baie profonde s'avançait comme l'embouchure d'un fleuve dans l'intérieur des terres. Le sable rougeâtre, violacé dans certains endroits, était semé de coquillages pourpres ou roses, orangés ou jaunes ; quelques-uns, mais ils étaient en petit nombre, étaient d'un beau bleu d'azur.

Il trouva les débris d'un crustacé de grandes dimensions dont la structure bizarre le retint.

Le corps, plus large que long, couvert d'une carapace imbriquée, était presque aussi gros que celui d'un homme ; les pattes très courtes, hors de proportion avec le corps, ayant à peine quelques centimètres de long, ne devaient permettre à l'animal que d'avancer avec une extrême lenteur ; en revanche, deux antennes armées de redoutables pinces s'allongeaient comme des bras démesurés.

C'était un animal exclusivement créé pour la défensive, fait pour vivre dans quelque crevasse de rocher, mais sans doute terrible, si on venait l'attaquer.

Robert cassa une des pinces, autant pour la conserver à titre de curiosité que pour s'en faire une arme en cas de besoin.

Il continua son chemin, sous la magique lueur des deux lunes qui faisait littéralement le paysage rouge et rose.

Il s'amusa, ainsi qu'il l'avait fait souvent sur les plages terrestres, à pêcher des coquillages dont la présence lui était signalée dans le sable par de petits trous d'une forme régulière.

Il captura ainsi des bivalves triangulaires gros comme des huîtres et qu'on eût dit formés de deux petits tricornes de pierre.

Il les trouva délicieux.

Il venait d'arriver près d'une mare d'eau claire très peu profonde, lorsqu'il lui sembla y voir nager une sorte de poulpe de petites dimensions, mais aux tentacules innombrables, guère plus gros chacun qu'un lombric ou ver de terre ordinaire.

Il étendit la main.

L'animal avait déjà disparu, s'était sans doute enfoui dans le sol sans laisser aucune trace.

Près de là, le sable était à peine humide.

Robert remarqua une sorte de rosace formée d'une infinité de petits trous, comparable à l'empreinte que pourrait laisser sur l'arène le dessous d'une grande passoire.

Il présuma aussitôt l'existence de quelque fantastique coquillage.

Armé de la pince du crabe géant, il commença à fouiller le sable.

Bientôt, il eut mis à découvert un long ver blanc à tête rouge, puis un second, puis un troisième ; chaque trou correspondait à un ver ; mais tous les efforts qu'il fit pour les arracher de leur cachette demeurèrent inutiles.

L'ingénieur se perdait en conjectures ; il se demandait s'il ne se trouvait pas en présence d'animaux marins vivant en colonie comme certains insectes.

Il avait cessé de fouiller le sol : au moment où il y pensait le moins, tous les vers qu'il avait exhumés disparurent d'un seul coup.

Instantanément, le sable s'était refermé sur eux, avait repris sa surface plane, criblé de petits trous qui d'instant en instant diminuaient.

— Voilà qui est étrange ! s'écria le jeune homme.

« Il faut que j'aie la clef de ce mystère !

Et, s'armant d'une grande coquille en guise de bêche, il recommença à creuser.

Ce fut d'abord en pure perte.

A mesure qu'il avançait dans son travail, les trous devenus minuscules disparaissaient tout à fait ; à sa grande surprise il n'apercevait plus aucun des vers blancs à tête rouge.

Le trou devenait profond et était envahi peu à peu par les infiltrations de l'eau.

Mais, tout à coup, il se fit un bouillonnement souterrain.

Des milliers de vers surgirent, groupés en un bouquet comparable à un gros buisson de corail blanc et rose.

Cette masse grouillante éclatait de reflets irrisés comme l'opale ou la nacre, chatoyait sous le regard.

Robert s'était instinctivement reculé.

Soudain, avec une rapidité déconcertante, une forme bondit et sautela sur le sable.

Robert demeura frappé d'épouvante.

Le monstre qu'il apercevait dépassait en horreur les plus extravagants cauchemars.

Que l'on se figure l'apparence grossière d'un visage humain qu'on eût façonné dans une gélatine transparente et visqueuse.

Les yeux sans paupières avaient le regard terne et glacial des pieuvres ; mais le nez, aux ailes frissonnantes, la bouche énorme, munie de dents noires, avait une expression de férocité mélancolique et de tristesse dédaigneuse.

Cette face fantastique était entourée dans toutes les directions par des milliers de tentacules blancs que l'ingénieur avait d'abord pris pour des vers marins.

Le jeune homme se sentait plus épouvanté que s'il se fût trouvé en face d'un lion ou d'un tigre.

Cet être inanalysable évoquait une création arrêtée au stade des mollusques et arrivée à une hideuse ébauche qui eût tenu le milieu entre l'homme et le poulpe.

C'était pour lui une extraordinaire révélation ; il en oubliait le danger réel auquel il était exposé.

— L'intelligence que nous possédons, songea-t-il, n'a pas été forcément spécialisée dans l'ordre des mammifères dont l'homme est le suprême fleuron !

Et il eut une effrayante vision de planètes peuplées par des hommes-plantes, des hommes-insectes et des hommes-reptiles, égalant, dépassant même la puissance intellectuelle que nous avons atteinte.

Pourquoi cela ne serait-il pas ?

Même sur le globe terrestre, certains animaux, comme par exemple l'éléphant, approchent de l'intelligence humaine.

Peut-être ne leur a-t-il manqué qu'un instrument plus commode, la main, des milieux mieux adaptés, des circonstances d'évolution plus heureuses pour tenir un rang égal au nôtre.

Robert avait toujours pensé d'ailleurs que, par le seul fait que notre cerveau peut les former, toutes les conceptions de notre intellect, même les plus folles, existent quelque part.

Toute création de notre imagination, toute affirmation de notre raison répondent à une réalité.

La négation seule ne répond à rien et il existe certainement un lieu psychologique où tout ce qui est affirmatif et créateur se complète et se concilie, quoique en apparence contradictoire.

Robert demeurait perdu dans ses pensées, lorsque son attention fut brusquement rappelée vers son étrange adversaire.

Maintenant le céphalopode humain s'étalait sur le sable comme un disque aplati ; il ressemblait à ces naïves représentations du soleil où l'on voit une figure d'homme entourée de rayons.

Puis, comme il avait changé de forme, il changea de couleur, il devint de la même teinte rougeâtre que le sable avec lequel il se confondait presque.

Comme les poulpes et comme d'autres mimétistes, il possédait la faculté de prendre la couleur des objets environnants ; comme le caméléon, il passait successivement par toutes les nuances.

Enfin, son aspect se modifiant encore, c'était maintenant une masse informe et gélatineuse comme un baquet de colle de pâte avariée que l'on eût renversé là, toute apparence de visage humain avait disparu.

Robert Darvel était revenu de sa première frayeur. Il se disposait à s'éloigner, lorsque le monstre se dressa tout à coup, le comblant de stupeur par une troisième transformation.

Maintenant, c'était une roue qui parcourait le sable avec une vertigineuse vitesse ; les longs tentacules blancs étaient animés d'un mouvement si rapide, qu'ils paraissaient rectilignes.

Au centre, la face hideusement gonflée ricanait férocement, la lèvre à la fois pendante et crispée par une fureur diabolique.

Elle avait encore changé de couleur, elle paraissait d'un rouge de sang au milieu duquel les globes blanchâtres et protubérants des yeux étaient effrayants.

En voyant cette course rapide sur le sable, Robert s'était d'abord figuré que le céphalopode effrayé de sa présence se dérobait par la fuite, allait chercher plus loin un autre trou pour se cacher ; il n'en fut rien.

Il s'aperçut bientôt que le monstre, après un énorme circuit, revenait sur ses pas, toujours sous sa fantastique forme de roue vivante et décrivait autour de lui une série de cercles sans cesse rapetissés.

— Evidemment, conclut-il, c'est la tactique que cette pieuvre martienne doit employer d'ordinaire envers sa proie ; elle doit la fasciner, l'éblouir, l'hypnotiser en quelque sorte par ses virevoltes et ses perpétuels changements de couleur et de forme ; mais je n'attendrai pas qu'elle s'élance sur moi.

Et Robert se remit en marche dans la direction du rivage où s'élevait la forêt rouge que nous avons essayé de décrire.

Mais à sa grande surprise d'abord, à sa grande terreur ensuite, le céphalopode, tout en continuant à tournoyer avec une rapidité vertigineuse, trouvait le moyen de se placer toujours entre lui et le rivage et il s'apercevait que, quoi qu'il fît, son regard était invinciblement attiré par cette masse ondoyante qui, sans cesser son mouvement giratoire, changeait continuellement de couleur et d'aspect, prenant au reflet de la lune des luisances de pierre précieuse, pour redevenir tout à coup un haillon qui serait emporté par un tourbillon furieux.

Malgré tous ses efforts, il subissait la fascination.

Il ne pouvait s'empêcher de suivre dans son mouvement rapide cette face abjecte et pourtant étonnamment humaine et ces yeux glauques et larges qui, par instant, jetaient des lueurs de phosphore.

Il sentait ses yeux se fatiguer ; un vertige s'emparait de lui, sa marche se faisait moins sûre et, chaque fois qu'il se trouvait rapproché du monstre, il faisait involontairement quelques pas vers la droite ou vers la gauche.

Non seulement il n'avançait pas, mais il ne se rendait pas compte qu'il était peu à peu entraîné dans une direction opposée à celle par laquelle il était venu et où les eaux formaient une sorte de marécage marin couvert d'algues et de débris organiques de toute sorte.

A la fin, pourtant, il eut une révolte.

— Si je ne m'arrache pas à ce prestige, murmura-t-il, je suis perdu ! Sans doute cet être doit être avide d'une proie nouvelle, il compte sans doute me tenir déjà enlisé d'une gluante étreinte et boire mon sang par les milliers de ventouses qui terminent ses tentacules ; mais il n'en sera pas ainsi !

« Ce poulpe humain ne doit pas être constitué différemment de ses congénères terrestres.

« Nous allons voir !...

Robert Darvel saisit d'une main ferme la pince du crabe géant dont il s'était armé et il marcha droit au céphalopode.

Celui-ci prit la fuite et continua ses évolutions, peut-être dans l'espoir que Robert le poursuivrait et qu'il pourrait ainsi l'attirer plus avant du côté de la mer ; mais le jeune homme n'en fit rien.

Il continua cette fois à avancer en droite ligne vers la terre ferme, sans paraître se préoccuper davantage de son ennemi.

Celui-ci se rapprocha alors, comme pour lui offrir le combat ; mais en se tenant cependant hors de la portée de la massue.

Robert était tout entier occupé à suivre cette nouvelle tactique, lorsqu'il ressentit à la jambe une douleur aiguë. D'un geste instinctif, il se baissa et y porta la main.

Il reconnut alors avec horreur qu'une autre pieuvre, cachée dans le sable celle-là, sans doute associée de l'autre dans sa chasse, avait déjà entortillé quelques-uns de ses tentacules autour de sa jambe et commençait à lui aspirer le sang.

Il se vit perdu, dévoré sans gloire par les hideuses bêtes, dans ce marécage sablonneux.

Une fureur le reprit.

De sa massue improvisée, il se mit à frapper comme un forcené sur la pieuvre à demi enterrée dans le sable, tranchant par douzaines les tentacules dont les suçoirs essayaient de se fixer sur sa chair.

Tout entier à cette lutte, il avait oublié son premier assaillant.

Il venait à grand'peine de dégager sa jambe.

Il se redressait.

Tout à coup, un inexprimable cri d'angoisse s'échappa de sa poitrine : un poids accablant venait tout à coup de tomber sur ses épaules ; il se sentait enveloppé comme d'un manteau de chair molle et gluante.

Puis, c'était comme un fourmillement de bêtes grouillant sur son visage et sur son cou, lui causant par leur viscosité glaciale une impression d'une répugnante horreur.

On l'a deviné, c'était la première pieuvre qui avait si longtemps tourné autour de lui et qui venait enfin de s'élancer sur sa proie.

Elle avait profité de la diversion apportée par l'attaque de la seconde et sans doute concertée d'avance.

Tout le sang de Robert reflua vers son cœur, il dut se raidir avec une incroyable force de volonté pour ne pas tomber en défaillance. Il sentait les lèvres flasques du monstre se poser sur son crâne, pendant que les milliers de suçoirs se promenaient sur sa chair, sans doute pour chercher la place des veines et des artères, avant de s'y poser.

Il était écrasé par le poids accablant de l'immonde bête.

Ses jambes fléchissaient.

Une affreuse odeur, fade et saumâtre à la fois, montait à ses narines et lui soulevait le cœur jusqu'à la nausée ; pourtant il se débattit avec la furie du désespoir.

Il se secouait, il griffait de ses ongles la masse gélatineuse dont il sentait le liquide couler sur ses doigts.

Il avait beau faire.

D'instant en instant, les suçoirs se fixaient sur son cou, sur ses joues et il sentait ses forces s'épuiser.

Affolé, il se mit à courir éperdument dans la direction de la terre ferme ; mais le monstre ne le lâcha pas pour cela : il le tenait et le tenait bien.

Pour comble de malheur, le pied de Robert butta contre une pointe de rocher, il perdit l'équilibre et tomba tout de son long.

C'en était fait de lui.

Sa vie s'échappait goutte à goutte, aspirée par des milliers de bouches dévoratrices...

Robert Darvel perdit connaissance...

. . . .

Quand il revint à lui, il se sentait d'une extrême faiblesse.

Il était hébété, endolori comme au sortir d'un sommeil causé par un narcotique, puis il ressentait au cou et au visage de douloureux picotements comme si, pendant son évanouissement, il eût été piqué par des milliers de moustiques ; en même temps, il avait la sensation d'être barbouillé de quelque chose de visqueux et de tenace comme de la glu.

Il se dressa avec effort sur son séant et regarda.

Mais ce qu'il vit le rendit immédiatement à l'horreur de sa situation.

A quelques pas de lui, le hideux céphalopode, dont il avait failli être victime, se tortillait désespérément dans les spasmes de l'agonie, sous l'étreinte d'un être que Robert prit d'abord pour un oiseau gigantesque, mais qui lui parut ensuite avoir plus de ressemblance avec une grande chauve-souris.

Le jeune homme devina bien vite ce qui s'était passé.

Pendant que la pieuvre était occupée à le dévorer, elle avait été surprise à son tour par un ennemi sans doute friand de sa chair, comme sont sur notre terre les albatros et les goëlands qui se repaissent volontiers des seiches et des encornets oubliés par la vague.

Un instant de réflexion fit comprendre à Robert qu'il n'avait pour son compte rien de bon à attendre d'un tel sauveteur.

Réunissant ses forces et son courage et sans même avoir la curiosité de se retourner derrière lui, il regagna péniblement la terre ferme et alla s'étendre, accablé, sur un banc de mousse protégé par le tronc gigantesque d'un vieux hêtre rouge, à proximité du brasier qu'il avait allumé.

Il tomba aussitôt dans un sommeil accablant et profond comme la mort.

CHAPITRE V

LE VAMPIRE

Il était dit qu'après les monstres de la mer, Robert devait avoir affaire, cette nuit-là, à ceux de l'air.

Il y avait à peine quelques minutes qu'il reposait, lorsqu'il fut réveillé par une sensation, si pénible et si singulière qu'il se crut la proie d'un cauchemar. Il lui semblait que quelqu'un était monté sur sa poitrine, et pesait de tout son poids sur lui pour l'étouffer. En même temps, il ressentait au cou, près de l'oreille, un picotement douloureux.

Instinctivement, il étendit la main, et ce fut avec un sentiment de profonde horreur que ses doigts frôlèrent quelque chose de velouté et de chaud, comme le duvet d'un oiseau, ou la peau molle et pelucheuse d'une chauve-souris.

Avec un bruit mou, une masse sombre s'éleva au-dessus de lui ; ses yeux rencontrèrent, dans la profondeur des ténèbres, deux larges yeux phosphorescents, et il reçut à la tempe un choc violent qui l'étourdit à moitié.

Il voulut crier, appeler à l'aide ; mais un tel sentiment d'épouvante s'était emparé de lui, qu'il ne put articuler qu'un gémissement plaintif.

Son réveil, sa courte lutte avec le vampire inconnu qui l'avait choisi comme proie, tout cela n'avait pas duré dix secondes. Sous le ciel entièrement voilé de nuages, l'obscurité était profonde. A quelques pas, Robert vit briller les yeux incandescents du monstre, qui battait doucement des ailes au-dessus de lui prêt sans doute à s'élancer de nouveau.

Le jeune homme se vit perdu, il venait de comprendre que cette planète, qu'il avait crue déserte, était peuplée de bêtes épouvantables, restes difformes des créations primitives, et qu'il serait dévoré sans avoir aucun secours à attendre de personne.

Pourtant, en dépit de la terreur qui le glaçait jusqu'aux moelles, la brusque pensée d'un moyen possible de défense illumina son esprit avec la soudaineté d'un éclair.

— Le feu ! s'écria-t-il, d'une voix rauque ! Le feu !... Ces monstres nocturnes doivent avoir peur de la flamme.

Et il se rua comme un fou, hors de son gîte, jusqu'à l'endroit où se trouvait le brasier allumé la veille, et qu'il avait si soigneusement recouvert de branchages.

— Pourvu qu'il ne soit pas éteint !

Et ses dents claquaient de peur à cette idée.

Il n'en était rien heureusement, et Robert eut la joie de constater qu'une grande masse de charbons rouges couvaient sous la cendre et les branchages.

Prompt comme la pensée, il arracha un tison tout enflammé et le lança de toute sa force vers son ennemi. La lueur des charbons ardents illumina quelques secondes une apparition véritablement diabolique : un être digne de prendre place à côté des plus hideux démons qu'ait rêvés le Moyen-Age.

Que l'on se figure une chauve-souris à peu près de la taille d'un homme et dont rien ne peut donner l'idée que les chéiroptères géants du Brésil, ou les vampires de Java. Seulement, les ailes étaient beaucoup moins développées et les phalanges, groupées à l'extrémité de l'avant-bras, formaient une véritable main armée d'ongles acérés. De plus, des mains semblables terminaient les membres inférieurs et c'était à l'aide de ces griffes que le vampire, lorsque Robert l'entrevit à la lueur brève de son projectile enflammé, se tenait agrippé à la maîtresse branche d'un hêtre.

Pour le malheureux exilé de la planète terrestre, tout augmentait l'horreur de cette apparition : la couleur jaune sale des ailes membraneuses, le visage de tout point semblable à celui de l'homme, et qui reflétait la ruse et la férocité, mais surtout les lèvres pendantes et d'un rouge de sang, et les yeux clignotants et bordés d'écarlate comme ceux d'un albinos, dans une face exsangue, avec un nez retroussé et court, pareil à celui des boule-dogues. De longues oreilles arrondies, sans proportion avec la tête, complétaient cet ensemble hideux.

Robert distingua tous ces détails avec une netteté ineffaçable et il en fut tellement saisi qu'il laissa échapper de ses mains le second tison dont il s'était emparé.

Heureusement pour lui, son projectile avait frappé juste.

Le vampire, brûlé au ventre, ébloui par la flamme, que ses yeux d'animal nocturne ne pouvaient sans doute supporter, poussa un cri de douleur, suivi d'une série de gémissements lugubres, et dégringola du haut de son observatoire en tournoyant.

Devant ce succès inattendu, Robert s'était élancé, armé d'un gros tison et prêt à compléter sa victoire ; mais le vampire, qui paraissait avoir une grande répulsion pour la flamme, se mit à bondir de droite et de gauche, aussi maladroit qu'un kangourou, et sans cesser de gémir d'une voix presque humaine.

Il finit par s'élancer sur une grosse branche, et il disparut aux yeux de Robert, qui le serrait de près et se croyait sur le point de s'en emparer.

Un peu rassuré, le jeune homme se rapprocha de son feu, y jeta des brindilles de bois sec, et bientôt une flamme claire monta, une de ces joyeuses et pétillantes flambées, dont la chaleur est vivifiante, dont la clarté met en fuite les fantasmagories de la nuit.

Robert s'assit et, ses appréhensions un peu calmées, réfléchit à la singulière agression à laquelle il venait d'échapper par miracle.

Comme tous les solitaires, il prenait l'habitude de penser à voix haute.

— Je ne crois pas, dit-il, que, pendant le jour, j'aie à craindre l'être effroyable qui avait commencé de me sucer le sang pendant mon sommeil — et machinalement il tâtait une petite plaie ronde, encore sanglante, derrière l'oreille. — Ces vampires sont essentiellement nocturnes. Maintenant je suis prévenu, et on dit : un homme averti en vaut deux. Pour le moment, il s'agit de faire bon feu et bonne garde ; dès qu'il fera jour, je vais me mettre en quête de quelque caverne dont je puisse, le soir venu, barricader l'entrée avec des pierres et des branches... Je me fabriquerai une lampe, avec la moelle des joncs et la graisse des oiseaux... puis j'aurai toujours mon feu pour me défendre.

En dépit de ces raisonnements et d'autres semblables par lesquels il essayait de se rassurer lui-même, Robert ne pouvait songer sans frémir à l'horrible créature dont l'image lui apparaissait dès qu'il fermait les yeux.

Aux moindres bruissements des feuillages, aux moindres frissons des roseaux, il se levait et prêtait l'oreille avec angoisse ; il croyait toujours entendre dans l'ombre palpiter doucement les ailes veloutées du monstre.

S'il allait en ramener d'autres avec lui ? se demandait-il en tremblant. Que ferais-je, contre une troupe de vampires une fois que j'aurais épuisé tous les tisons de mon feu ?

Et il se voyait tombé à terre et dépecé tout vivant, par une foule d'êtres aux yeux clignotants et aux lèvres sanglantes et lippues, dans des faces blêmes d'albinos.

Le vertige de l'inconnu l'envahissait. N'allait-il pas avoir à lutter contre d'autres périls étranges, d'autres bêtes inouïes, dans cet univers mélancolique, qu'il jugeait maintenant exclusivement peuplé de créatures terrifiantes.

Hanté par ces obsédantes pensées, ce fut avec un sentiment de joie profonde et de délivrance que Robert vit le soleil monter comme un globe pâle à travers les brouillards, au-dessus des longues lignes d'eau et des roseaux bruns.

Il riait, il chantait, il se moquait maintenant des fameux vampires, il avait reconquis, avec le soleil, cette belle confiance en soi qui fait les grands hommes et crée les grandes choses.

— Bah ! déclara-t-il en riant, je suis le dernier des poltrons : avec ma vigueur musculaire décuplée par la moindre attraction de la planète, je mettrai en fuite tous les vampires. En attendant, je vais préparer mon déjeuner.

De s'être mesuré avec un péril certain, Robert se trouvait plus brave et plus joyeux, et puis le soleil dorait joliment les nuages, les flaques d'eau s'éclaircissaient de lumière, tout un monde d'oiseaux nasillards s'élevait du fond des herbes. Robert se sentait plein de force pour les épreuves de cette nouvelle journée, qui semblait lui sourire à travers les voiles de la brume.

Philosophiquement, devant une mare unie comme une glace, il visita la blessure de son cou ; ce n'était pas grand'chose au fond, une tache rouge un peu boursouflée aux bords.

Cependant, cette petite consultation lui donna à penser.

— Diable ! s'écria-t-il, il paraît que les vampires connaissent l'anatomie. Ce bobo-là se trouve juste sur le trajet de la veine jugulaire et de l'artère carotide. Décidément il était, comme on dit, moins cinq, lorsque je me suis réveillé.

Robert appliqua sur sa blessure une compresse d'herbes parfumées, qui lui parurent proches parentes, les unes de la sauge, les autres de la menthe, de la mélisse ou du romarin, toutes plantes de la vieille Terre natale.

Elles ne différaient de leurs congénères que par des détails peu appréciables, des feuilles plus dentelées ou plus brunes, des fleurs plus petites et diversement colorées.

— Voilà, s'écria-t-il, des variétés curieuses, et dont je ferai cadeau au jardin du Muséum de Paris, si jamais je réussis à revenir ; ensuite il se rendit à son garde-manger, que le vampire heureusement n'avait pas dévasté. Il se prépara une succulente grillade, accompagnée de quelques douzaines de châtaignes d'eau, qui remplacèrent pour lui le pain et les légumes des repas terrestres. Il se chargea de son arc, de ses flèches, jeta plusieurs brassées de bois sur son feu, et se mit en marche, après avoir attaché sur son dos, avec des courroies de jonc tressé, ce qui lui restait de son gibier.

Mais, par le sentier qu'il suivit à travers le marais, il avait soin, de quinze en quinze pas, de briser les roseaux, afin — tel un autre Petit Poucet — de retrouver facilement, lorsqu'il le voudrait, sa cabane et surtout son brasier.

Il marcha un quart d'heure, très gai, presque en touriste, satisfait de l'état du ciel, qui n'annonçait aucune pluie capable d'éteindre son feu.

Tout à coup, le chemin lui fut barré par une colline, couverte de grands osiers jaunes et rouges, d'une variété qui lui était inconnue et qui flamboyait sous les rayons du soleil matinal.

Il fit quelques pas dans une allée qui paraissait tracée régulièrement entre les troncs, comme par une main humaine, et tout à coup s'arrêta, stupéfait à la fois et émerveillé.

Il avait débouché au centre même d'une espèce de hameau martien, dont l'aspect plein de naïveté et de bonhomie, l'encouragea à pénétrer plus avant.

CHAPITRE VI

L'EXPÉRIENCE DU CAPITAINE WAD

Les journaux avaient signalé le passage du yacht le *Conqueror* d'abord aux îles Canaries ; le monde inquiet des spéculateurs s'était rassuré.

— C'est cela, disait-on, voilà bien ce que nous avions prévu, cette petite sotte va passer l'hiver dans ces *îles fortunées* qui sont le Nice des gens véritablement riches : décidément, elle ne ressemble pas à son père.

Mais l'opinion publique se modifia du tout au tout, quand on apprit que le *Conqueror* n'avait séjourné à Las Palmas que le temps nécessaire pour y renouveler ses approvisionnements de charbon.

La question était posée de nouveau, comme au début de la croisière ; les registres des cercles financiers enregistraient des paris considérables.

Les gens pratiques triomphèrent bruyamment, lorsqu'un câblogramme de Cape Town annonça que le *Conquéror* avait jeté l'ancre dans la baie de Table.

— Parbleu, s'exclama tout d'une voix le clan des gens sérieux, nous le savions bien, nous en étions sûrs, c'est une véritable *business girl* : elle est allée visiter ses claims... Pour un début, le geste est beau !

Mais les gens d'affaires éprouvèrent un affront sanglant et reçurent un véritable soufflet, en apprenant que le *Conqueror*, après le temps strictement nécessaire pour renouveler son combustible, avait repris la mer pour une destination inconnue

Les fantaisistes et les imaginatifs qui avaient parié que miss Alberte faisait le tour du monde, virent leurs actions en hausse d'une façon très sérieuse. Ils étaient tombés au-dessous de tout, on les cota à quinze contre un.

Cette fois, c'était une quasi certitude ; miss Alberte ferait escale en Australie, remonterait sans doute à travers le cortège fleuri des îles océaniennes, jaillies comme de frais bouquets au-dessus de leur ceinture de coraux blancs ; la fille du banquier baissa dans l'opinion, elle se sacrifiait à la puérile fantaisie de faire le tour du monde dans un yacht à elle, on ne pouvait plus la regarder comme une personne pratique.

L'opinion subit un troisième revirement, quand on apprit que le yacht avait laissé ses passagers à Karikal, en terre française ; de là, miss Alberte et l'escorte qu'elle avait royalement organisée s'étaient dirigées vers les montagnes des Ghattes.

Cette fois, ce fut au clan des spéculateurs de triompher de nouveau, le but de ce voyage mystérieux ne faisait de doute pour personne, chacun s'expliquait maintenant la présence du naturaliste Pitcher dans l'expédition.

Tout s'expliquait : on savait que Ralph était aussi compétent en géologie qu'en zoologie, on avait parlé de ses voyages dans la jungle quelques années auparavant ; dès lors on ne douta plus que miss Alberte, guidée par Pitcher, ne fût sur la voie d'une mine de diamants, d'un gisement de radium ou de quelque autre minerai aussi rémunérateur.

— Voyez quelle décision ! répétaient

les gens de bourse, quel flair ! Son père avait déniché l'ingénieur Darvel, elle a tout de suite mis la main sur le naturaliste Pitcher !

Elle va doubler les formidables capitaux de la banque Téramond, elle est décidément extraordinaire.

Ainsi qu'il arrive souvent, les enthousiastes, aussi bien que les détracteurs, étaient dans une erreur profonde ; comme le lecteur l'a sans doute deviné, miss Alberte et Pitcher allaient tout simplement poursuivre leur enquête sur la disparition inexplicable de Robert Darvel.

Tout le long de la traversée, ils avaient discuté, ils s'étaient raconté ce qu'ils savaient et leurs conclusions avaient été que Robert devait être encore vivant ; on croit aisément ce que l'on espère.

Mais, en admettant qu'il fût mort, ce qu'ils se refusaient à croire, ils voulaient savoir comment et punir s'il y avait lieu les coupables.

Car, à moins qu'il n'eût été victime d'un guet-apens, il n'entrait pas dans leur esprit que Robert fût mort de sa mort naturelle.

— Voyons, miss, s'écriait Pitcher avec exaltation, je vous le demande un peu, est-il admissible un seul instant que Robert ait péri comme cela, d'une dysenterie, d'une attaque de fièvre ou d'une insolation, comme un vulgaire travailleur du Rand ! Comme un simple Chinois mal acclimaté ?

— Je ne l'ai pas cru un seul instant, répliquait la jeune fille, le front creusé par ce pli de rude entêtement qui, dans les moments de colère ou d'excitation, lui donnait avec son père une exacte ressemblance.

— Vous comprenez, miss, continuait Ralph, qu'un savant de la trempe de Robert ne disparaît pas ainsi.

« Physicien, chimiste, hygiéniste, physiologiste...

— Abrégez, interrompit miss Alberte avec impatience, vous useriez sans atteindre votre but toutes les terminaisons en *iste* des encyclopédies.

— Je voulais dire que Robert, en cas de maladie, était trop savant pour ne pas savoir comment se guérir, trop brave, trop robuste et trop intelligent pour ne pas se défendre contre ses ennemis.

« Il y a là-dessous autre chose, quelque chose que nous ne savons pas.

— Mais que nous saurons, monsieur Ralph !

Au moment où avait lieu cette conversation, miss Alberte et Pitcher se trouvaient dans le petit salon de la luxueuse automobile de campagne que la fille du banquier avait fait construire tout spécialement pour cette expédition.

C'était, en quelque sorte, une vaste roulotte montée sur boggies, munie d'un moteur de cinq cents chevaux et dont le prix de revient chez un grand constructeur londonien atteignait le chiffre de cinquante mille livres ; les trains de luxe de certains souverains amis du confortable peuvent en donner une idée au lecteur.

A ce moment, l'auto gravissait à petite allure un chemin bordé à droite et à gauche de palmiers, de lataniers et d'autres essences équatoriales.

Des bandes de petits singes roux jouaient dans les branches et quelques-uns, au grand étonnement de miss Alberte, s'aventuraient jusque sur les plateformes du train automobile, d'où ils rebondissaient sur les basses branches avec l'élasticité d'une balle.

Mais bientôt la forêt fit place à de riches cultures de cotonniers, de tabacs, de pavots blancs que protégeaient de solides haies de raquettes épineuses.

Ralph eut un sourire de satisfaction.

— Je reconnais là, dit-il, le génie pratique de la colonisation ; nous ne devons pas être loin de la demeure du résident, le capitaine Wad.

« Mais tenez, nous y sommes.

Et il montrait, avec cette joie patriotique qui fait pour ainsi dire partie intégrante de l'âme anglaise, un mât de bambou au sommet duquel flottait le pavillon britannique.

Quelques minutes plus tard, l'auto de miss Alberte et celles qui lui faisaient escorte s'arrêtaient en face d'une délicieuse habitation, à la fois palais et cottage, à la porte de laquelle un highlander montait la garde d'un air nonchalant.

L'Inde est peut-être le seul pays du monde où une expérience séculaire ait organisé sérieusement la défense de l'homme contre la chaleur.

Ralph Pitcher et miss Alberte furent introduits dans une haute salle, où un ventilateur à air liquide répandait une fraîcheur délicieuse.

Ce n'est que dans notre vieille Europe que l'on continue à faire usage de ces machines à hélices qui remuent l'atmosphère viciée sans la renouveler et qui produisent de mortels courants d'air sans apporter la moindre fraîcheur.

Le ventilateur à air liquide qui fuse doucement par soixante orifices un air aseptique et glacial est surtout apprécié sous la zone équatoriale.

Ce perfectionnement rendait inutiles les pankas qu'aujourd'hui encore chez les riches hindous un esclave tire perpétuellement avec deux cordes et qui agitent au plafond leurs doubles ailes, comme un gigantesque papillon.

Ralph et miss Alberte ne firent pas longtemps antichambre, le capitaine Wad lui-même ne tarda pas à paraître.

Ils s'étaient attendus à voir quelque fonctionnaire hébété par le climat, souffrant de cette maladie de foie qui atteint les Européens, et surtout les Anglais, obstinés à leur régime habituel d'alcool et de viandes saignantes.

Ils furent surpris de voir arriver, vêtu du pijama flottant à rayures vertes et roses, un personnage affable, guilleret, et qui manifesta bruyamment sa joie, de donner l'hospitalité à des compatriotes.

— Rien, dit-il, ne pouvait me faire plus de plaisir que votre venue.

« Je vous dirai que je vous attendais presque, à tel point que j'ai là tout près un mémoire détaillé sur le cas du brahme Ardavena ; il avait été écrit à votre intention.

« Quant à la lettre ridicule que vous avez reçue, elle émane d'un de ces Hindous qui, fiers de savoir un peu d'anglais et d'être au service du gouvernement de Sa Majesté britannique, manifestent en toutes occasions une incompétence notoire...

— Capitaine, interrompit brusquement miss Alberte, avant toutes choses dites-moi, je vous en supplie, si M. Darvel est vivant.

L'officier fronça les sourcils, devenu grave.

— Miss, dit-il, je n'en sais pas là-dessus plus que vous, je ne puis rien affirmer.

« Le drame de Chelambrum m'a violemment passionné ; c'est un mystère que je n'ai pas fini d'éclaircir et où je me heurte à chaque pas à d'incroyables contradictions.

« Cependant, pour vous dire le fond de ma pensée, je ne crois pas à la mort de l'ingénieur Darvel, car mon enquête a établi que c'est bien lui qui a accepté la collaboration du brahme Ardavena pour des expériences psychodynamiques sur lesquelles je ne suis pas encore exactement fixé.

— Mais quelles sont les raisons qui vous portent à cette certitude ?

— Il y en a une capitale.

« Après la catastrophe, j'ai recueilli à peu près indemne le yoghi Phara-Chibh, celui-là même qui garde le secret de se faire enterrer vivant, de demeurer de longues semaines sous la terre pareil à un cadavre, sans qu'il paraisse résulter de cette épreuve rien de fâcheux pour sa santé...

— Mais où est cet homme ? demanda Ralph Pitcher impétueusement.

— Ici même, vous allez le voir !

« Phara-Chibh prétend être sûr que l'ingénieur est bien vivant.

L'officier mit un doigt sur ses lèvres.

— Mais je ne peux rien vous dire avant que vous l'ayez vu vous-même, que vous vous soyez rendu compte de quels miracles est capable cet ascète déguenillé.

— Mais enfin, murmura miss Alberte avec insistance, que prétend-il ?

— Il vous le dira lui-même, répliqua l'officier.

Et il ajouta d'un ton qui coupait court à toute insistance :

— Nous le verrons après dîner ; pour l'instant, je veux être tout au plaisir de recevoir les hôtes que m'envoie la vieille Angleterre !

Il y avait dans les manières un peu raides du capitaine Wad un ton de réelle cordialité, puis il paraissait certain que Robert Darvel était vivant ; c'était plus que Ralph et miss Alberte n'eussent osé espérer, ils se résolurent à prendre patience.

Ils n'eurent pas d'ailleurs le temps de se livrer à de plus amples réflexions. Un gong gronda ; des boys vêtus de mousseline claire parurent, les hôtes du résident furent introduits dans une délicieuse salle à manger.

C'était une création du capitaine Wad qui s'en montrait fier.

En cinquante des points de la voûte de stuc, de minces filets d'eau tombaient, qui répandaient une fraîcheur délicieuse et créaient l'illusion de l'entrée d'une grotte de naïades d'un féerique parterre de lys minces au feuillage vaporeux.

Le terrible soleil qui, à quelques pas de là, crevassait la terre, faisait éclore en une explosion les graines des balsamines sauvages et des cactus, était là désarmé.

La table était servie avec toutes les recherches du luxe européen, pimenté par les splendeurs indiennes.

Les surtouts offraient les vastes fleurs des magnolias, des nymphéas doubles, des cactus, des orchidées inédites ; derrière les convives, des boys bien stylés présentaient respectueusement des vins antiques : le fameux porto de la citadelle de Goa, vieux de plus d'un siècle ; des calebasses de vin de palme ; de l'eau-de-vie de gingembre et ces alcools de myrthe, de jasmin et de citron sauvage où les distillateurs anglo-indiens sont habiles.

L'inévitable carry servait de cadre à des venaisons et à des poissons qui eussent à Londres coûté une fortune ; les fruits s'entassaient dans les compotiers de cristal comme un écroulement de la terre promise ; les minces colonnes des jets d'eau avaient un murmure de chanson, et tout au fond de la pièce la baie large ouverte du window laissait entrer la rumeur immense de la forêt avec la brise chargée de sauvages parfums.

Miss Alberte et Ralph Pitcher étaient extasiés.

Ils comprenaient ce qui leur paraissait quelques jours auparavant inexplicable, l'aversion profonde que manifestent tous les Anglais pour le retour en Europe, une fois qu'ils ont habité l'Inde quelques années.

Là est accumulée la science de vivre de milliers de générations.

D'ailleurs, le capitaine Wad, très informé à tous égards, était un causeur charmant ; il possédait l'art, presque perdu maintenant, non seulement de laisser parler, mais de faire parler chaque interlocuteur, de tirer de chacun, pour le plaisir commun, ce qu'il avait d'intéressant à conter.

— Je tiens à vous prouver, dit-il en riant, que nous ne sommes pas si sauvages que l'on veut bien le dire ; j'ai tâché, tant que j'ai pu, d'éviter l'engourdissement physique et moral qui gagne certains fonctionnaires adonnés au gin et à l'opium.

— On voit, murmura Pitcher, que vous êtes l'ami des yoghis.

— Sans doute ; mais, si c'est une façon de me rappeler ma promesse maintenant je suis prêt ; Phara-Chibh est prévenu.

« Nous irons le trouver sitôt que miss Alberte en manifestera le désir.

— Mais tout de suite, capitaine, s'écria la jeune fille.

« Je vous avoue que, malgré les délicatesses de votre table, qui ferait rougir de honte Lucullus, Brillat-Savarin et certains milliardaires de notre connaissance, je brûle du désir de voir ce thaumaturge.

Le capitaine Wad s'était levé et précédait ses hôtes le long d'une galerie de bois aux colonnes de bambou d'où l'on découvrait la perspective magnifique de la forêt et des jardins éclairés par la lune.

Mais on eût dit que le capitaine Wad, jusqu'alors hôte prévenant de ses compatriotes, s'était brusquement transformé.

Son regard avait pris quelque chose de dur, sa voix était devenue autoritaire et brève.

— Vous êtes les seuls, dit-il, auxquels je ferai voir l'extraordinaire spectacle auquel vous allez assiter.

« Mais je vous préviens que vous devrez garder pendant l'expérience le silence le plus complet, un geste, un mot serait pour vous le signal d'un trépas foudroyant.

— Je l'entends bien ainsi, fit miss Alberte d'un ton résolu ; après les affres terrestres que j'ai endurées, les prestiges de l'au-delà ne sont pas pour m'effrayer.

Le capitaine Wad ne répondit rien ; un des boys lui avait mis en main une torche de résine odorante, qui montait dans la nuit calme avec une belle flamme claire.

— Maintenant, fit-il, nous allons monter à la tour.

« Les bâtiments de la résidence sont construits sur l'emplacement de l'ancien palais d'un radjah.

« Il n'en subsiste plus maintenant qu'une seule tour, extérieurement ornée de riches sculptures ; mais, ce qu'elle présente de spécial, c'est qu'il n'y a aucune espèce de fenêtre.

« Elle réalise le paradoxe d'un souterrain élevé dans les airs ; toutes les salles voûtées de blocs énormes sont entièrement ténébreuses et, malgré d'attentives recherches, je n'ai jamais pu découvrir, dissimulés dans les ornements, les conduits par où arrive l'air nécessaire à la respiration.

Le capitaine Wad avait ouvert une porte.

Ralph Pitcher et miss Alberte virent devant eux les premières marches d'un escalier de granit noir ménagé dans l'épaisseur des blocs qui formaient la muraille de la tour.

Les figures grimaçantes du bas-relief sculptées dans le mur semblaient grimper en même temps qu'eux, des yeux bridés clignaient à leur passage, des museaux de tigres ou d'éléphants semblaient les flairer, et cette procession de divinités monstrueuses devenait plus nombreuse et plus tourmentée à mesure qu'ils franchissaient les degrés.

— Voilà des gens qui avaient de l'imagination, murmura Ralph Pitcher.

Mais il se tut.

Le capitaine Wad, élevant sa torche, venait de les introduire dans la salle qui occupait le premier étage de la tour.

Ils virent des idoles à la face hébétée et féroce, dont les bras et les jambes entrelacés montaient en de bizarres mouvements jusqu'à la voûte qui se terminait par une fleur de lotus délicatement sculptée et qui retombait en pendentif.

Sur le sol, il y avait un tas d'ossements.

Ils se hâtèrent de fuir cet endroit, où l'accablante impression des siècles sanglants pesait sur eux.

L'étage suivant était plus terrible encore, peut-être, dans sa nudité.

Les murs circulaires en étaient creusés d'une centaine de niches actuellement vides, mais sans doute remplies peu de temps auparavant par des statues.

Le capitaine Wad expliqua que les idoles d'or, d'argent ou de cuivre avaient été pillées au cours de la grande révolte des cipayes ; il ne restait plus que les niches, comme autant de trous pleins de ténèbres.

— Je n'ai rien voulu changer à tout cela, murmura le capitaine, il me semblait que j'aurais commis un sacrilège !... Mais patience, il ne nous reste plus qu'un étage à gravir, le dernier de la tour. C'est une pièce très vaste — car je ne sais pas si vous l'avez remarqué — l'édifice affecte la forme d'une pomme de pin, il est beaucoup plus étroit à la base qu'au sommet.

Ralph et miss Alberte furent assez étonnés de trouver cette pièce complètement nue, ni sculptures, ni peintures, seulement quelques colonnes qui formaient des arcades ogivales en se réunissant près de la voûte.

Au centre, une sorte d'autel bas où Phara-Chibh était accroupi, les jambes étendues, dans une telle immobilité qu'on l'eût dit taillé lui-même dans le roc noir de la tour.

Il était entièrement nu, et sa maigreur était tellement effrayante que miss Alberte eut un moment de recul involontaire.

Phara-Chibh n'était plus qu'un squelette recouvert d'une peau brunâtre, les muscles absents, les côtes saillantes, la peau du ventre presque collée à l'épine dorsale.

Seule, la tête énorme, aux yeux flamboyants et clairs, semblait avoir gardé pour elle seule la vitalité du reste de l'individu.

A la vue des nouveaux arrivants, il ne se leva pas, il ne salua pas, il demeura figé dans la même immobilité, comme s'il eût été une idole curieuse que l'on exhibait aux visiteurs.

Mais, sous le jet de feu de ses prunelles dévoratrices, Ralph et miss Alberte reculèrent instinctivement, pris d'un vertige.

Le naturaliste avoua plus tard avoir éprouvé une impression moins pénible lorsque les Thuggs l'avaient oublié, attaché à la gueule d'un vieux canon, en disposant une lentille au-dessus de la lumière bourrée de poudre.

Il savait que, lorsque le soleil arriverait à une certaine hauteur au-dessus de l'horizon, le canon partirait et pourtant il n'avait jamais éprouvé les mêmes affres que sous le pesant regard du yoghi.

Il y eut quelques instants d'un silence solennel.

— Vous savez, murmura le capitaine Wad, comme pour dissiper cette impression, que Phara-Chibh n'est pas un sorcier ordinaire ; il est initié à des théories cosmiques dont la profondeur et l'audace m'ont étonné.

Il prétend par exemple qu'aux premiers âges de l'homme, le blé a été apporté par un yoghi d'une planète voisine.

« Il connaît le secret de la disparition de l'Atlantide, où les hommes étaient presque des dieux et où un mage, ayant imprudemment confié son secret à une femme, causa la submersion de tout un continent, la perte à jamais regrettable des grands secrets du vouloir.

« Il sait encore pourquoi ont été construites les grandes pyramides. Les Pharaons en ont fait des tombeaux ; mais elles avaient une utilité que n'ont jamais révélé les historiens.

« Leur forme même le prouve, c'était un refuge contre la pluie incessante de bolides qui, à différentes époques, avaient dépeuplé la terre !

« Les Gaulois ne lançaient-ils pas des flèches contre le ciel ?

« La pauvre humanité bestiale de ces temps-là suait sang et eau, mourait à la peine pour se construire des asiles contre la mort.

A ce moment, d'un coin sombre, un tigre se dressa sur ses pattes et vint frôler doucement la robe de miss Alberte, il étira ses griffes sur le granit noir du pavage et avec un regard qui semblait chargé de pensées, il se coucha aux pieds de la jeune fille.

Ralph Pitcher, à la vue du fauve, avait fait trois pas en arrière, miss Alberte était devenue un peu pâle, mais elle n'avait pas reculé. Tout ce qu'elle voyait lui était une révélation ; elle comprenait que ce tigre était voulu, prévu d'avance, se reliait à l'ensemble de surprenantes idées que l'on venait d'étaler devant elle.

Mais le capitaine Wad s'était promptement avancé entre le fauve et miss Alberte.

— Soyez sans crainte, dit-il, il est absolument inoffensif... A bas, Mowdy !

« Il a été dressé, précédemment, par Ardavena qui faisait de lui tout ce qu'il voulait.

— Je sais, dit Ralph, qui s'était rapproché un peu rassuré par ces paroles, que c'est un secret presque perdu, conservé seulement dans quelques pagodes indiennes, que celui de dompter et d'apprivoiser toutes sortes d'animaux, de les douer d'une intelligence quasi humaine.

Mowdy s'était retiré à la parole de l'officier et s'était pelotonné en rond.

Il y eut un moment de silence ; malgré eux, tous se sentaient opprimés, gênés par le lourd regard du yoghi qui planait sur eux chargé de mystérieux effluves.

— Maintenant, dit le capitaine, vous allez assister à une des plus extraordinaires expériences de Phara-Chibh.

« J'insiste encore sur ma recommandation de tout à l'heure, quoi que vous voyiez, quoi que vous entendiez, ne manifestez votre émotion par aucun cri, par aucun geste.

« Si miss Alberte ne se sentait pas assez forte, il vaudrait mieux — et je vous le dis très sérieusement — remettre à plus tard cette séance.

— Non, s'écria vivement miss Alberte.

« Je ne suis pas, moi, une femmelette dominée par ses nerfs ; je vous promets que je n'aurai pas peur.

— C'est bon, dit le capitaine d'un ton grave, et il désigna à ses hôtes des fauteuils creusés dans la pierre et dont les bras se terminaient par des têtes de crocodiles.

Ralph et miss Alberte, sans peut-être bien s'en rendre compte, étaient énervés par l'attente et par la bizarrerie du décor et les façons mystérieuses du capitaine Ralph.

Maintenant, il parlait à voix basse avec le yoghi, puis, de sa torche il alluma sept gros cierges disposés en forme d'étoile et qui, à la grande surprise de Ralph, donnèrent chacun une flamme d'une couleur différente.

C'étaient les sept couleurs fondamentales, reproduites à ce que supposa le naturaliste, par des oxydes métalliques mélangés à la cire végétale dont étaient fabriqués les cierges.

L'ensemble offrait quelque chose de fantastique.

Puis, le capitaine tira d'une boîte diverses poudres colorées et, laissant en dehors les chandeliers de pierre qui portaient les cierges, il traça un cercle tout autour de l'espèce d'autel où le yoghi était accroupi.

Puis il jeta sur de grands brûle-parfums de bronze, où un feu de noyaux d'olives se recouvrait d'une cendre blanche, d'autres poudres.

Des volutes d'une épaisse fumée montèrent vers la voûte ; un brouillard se condensa peu à peu dans la vaste rotonde sans fenêtres.

Ces fumées répandaient une odeur âcre et presque nauséabonde.

Ralph reconnut la violente senteur des plantes vénéneuses et hallucinantes, presque toutes de la famille des solanées, des ombellifères ou des papavéracées.

Ces fumées, tantôt roses, tantôt bleues, tantôt vertes, à la lueur des cierges, exhalaient l'amertume nauséeuse de la rue, du datura stramonium, de la ciguë, de la belladone, du chanvre indien et du pavot blanc.

L'atmosphère de la pièce était devenue presque irrespirable, Ralph et miss Alberte étaient inondés de sueur ; leurs cœurs battaient à grands coups sous l'influence d'une inexprimable angoisse, un cercle de fer leur serrait les tempes et leurs prunelles s'exorbitaient, avec une intolérable souffrance.

Puis, peu à peu, le calme se fit ; une sensation d'algidité, de froid glacial, envahit leurs extrémités ; enfin à toutes ces sensations pénibles succéda un étrange bien-être ; ils se trouvaient dans un état de sérénité et de béatitude, ils jouissaient d'une merveilleuse lucidité intellectuelle, se sentaient aptes à résoudre les problèmes les plus ardus, à suivre sans fatigue les raisonnements les plus compliqués.

L'atmosphère, à la fois lumineuse et pesante, leur apparaissait maintenant parfaitement claire et le yoghi Phara-Chibh semblait se mouvoir au sein d'une atmosphère vaguement phosphorescente, d'une sorte de nimbe, comme celui que les peintres primitifs mettaient autour de la tête des saints et des thaumaturges.

Cependant, Phara-Chibh avait placé à terre, en face de lui, juste au centre du cercle formé par les sept cierges, une sorte de haillon noirâtre à cinq pointes qui paraissait être un vieux morceau de cuir, tout fripé, et recouvert encore par places de poils grisâtres, puis il prit à côté de lui une flûte de bambou, de celles que les pauvres indous fabriquent avec leurs couteaux et qui sont un des instruments de musique les plus primitifs et les plus rudimentaires, puis il se mit à jouer très doucement, ses longs doigts de squelette allongés sur les trous.

Miss Alberte ne put s'empêcher de frissonner, songeant à ces musiciens de la danse macabre qui poussent joyeusement toute une noce vers la fosse entrouverte.

L'air que jouait le yoghi était une de ces mélopées orientales, monotones et obsédantes à la longue, où les mêmes notes reviennent interminablement sur un rythme machinal.

L'attention des spectateurs de cette étrange scène était puissamment excitée.

Ils comprenaient qu'il y avait là quelque chose de plus qu'une de ces jongleries, dont ils avaient lu le récit et qui, presque miraculeuses au premier abord, finissent toujours par s'expliquer d'une façon logique.

Cependant, Phara-Chibh précipitait graduellement le rythme de son air, et cette musique produisait quelque chose d'étrange, à mesure que la cadence perdait de sa lenteur, allait en s'accélérant.

L'informe lambeau de cuir avait paru d'abord frissonner, agité comme par un souffle impalpable, puis il remua, il se tordit, s'enfla et se recroquevilla comme un parchemin que l'on jette sur des charbons ardents.

Il y avait quelque chose de pénible dans les mouvements convulsifs de cette chose inanimée qui s'efforçait à vivre, semblant obéir à contre-cœur à la volonté toute-puissante qui l'animait.

Le rythme se faisait fébrile, impérieux ; entre les lèvres desséchées du yoghi ces quelques notes devenaient un ordre tyrannique, auquel il n'était pas possible à la nature même de désobéir.

— Il le faut ! Je le veux... semblait répéter inlassablement la flûte de roseau.

Et, sous l'impulsion de ce vouloir énergique tout puissant, l'indéfinissable chose s'étirait, s'allongeait, se gonflait et prenait une forme.

Un moment, elle voleta au-dessus du sol ; Ralph distingua la silhouette encore vague d'une sorte de chauve-souris.

— Plus vite ! Plus vite, *je veux !* répétait la flûte, impérieuse, dont les notes saccadées roulaient maintenant en tourbillon, en un crescendo de folie.

La résurrection — la création peut-être — de la bête ailée, d'abord si pénible, s'opérait maintenant avec une rapidité déconcertante.

L'apparition avait maintenant la taille d'un homme et dressée sur ses pattes étendait de larges ailes membraneuses d'une couleur jaune sale, qui grandissaient avec la rapidité de certains tableaux fantasmagoriques.

Miss Alberte était devenue pâle, elle se raidissait contre l'angoissante terreur qui commençait à la gagner.

Ralph Pitcher n'était guère moins ému.

Il y avait dans le monstre magiquement réalisé par Phara-Chibh, quelque chose de l'homme et de la bête ; il y a de pareils démons dans les miniatures des livres de sorcellerie du moyen âge.

C'était une sorte de grande chauve-souris humaine ; mais, contrairement aux espèces que l'on rencontre à la Guyane ou à Java, la main armée d'ongles pointus se trouvait à l'extrémité de l'aile.

Le visage au front élevé, aux mâchoires démesurées, reflétait une puissante intelligence, plus qu'humaine, mais faite surtout de ruse et de férocité ; les lèvres pendantes, d'une hideuse

IL FINIT PAR S'ASSEOIR SUR UN BANC DE GAZON. *(Page 85.)*

couleur de sang, découvraient des dents aiguës et blanches ; le nez retroussé et court, presque réduit à deux trous, eût pu se comparer à celui d'un chien bouledogue ; les yeux renfoncés, clignotants, comme inhabitués à la lumière, semblaient attirés par le cierge vert et le cierge bleu, ils étaient bordés de paupières enflammées et rouges.

Quant aux oreilles, elles avaient le même dessin que l'oreille humaine, mais démesurément distendues, vibratiles comme deux ailes arrondies, elles achevaient de donner à la physionomie du monstre une expression abjecte.

Certainement, les imagiers du moyen-âge n'avaient pas inventé de plus hideux démons.

Maintenant, il se maintenait à une certaine hauteur au-dessus du yoghi, sans effort apparent, remuant ses ailes membraneuses, juste assez pour garder son équilibre.

Il paraissait n'avoir nullement conscience de ceux qui l'entouraient, ni même de celui auquel il obéissait.

Il était en proie à une inquiétude et à une souffrance extraordinaire.

Brusquement, il donna un grand coup d'aile et essaya de s'envoler vers la voûte.

Ses prunelles bordées de rouge fulguraient, il avait pris une intensité de réalité et de vie extraordinaire, c'était maintenant le yoghi Phara-Chibh devenu vague et embrumé qui semblait une apparition, ce que Ralph s'expliqua en supposant que sans doute c'était le fluide volitif de l'ascète qui se condensait pour produire l'extraordinaire vision.

Mais une des ailes écailleuses franchit le cercle formé par les cierges et, chose stupéfiante, toute la partie qui dépassait disparut, s'évapora, nettement coupée par une ligne, comme l'est une gravure par la marge du papier.

Le monstre, comme s'il eût compris que son existence était impossible en dehors du cercle magique, regagna promptement la place qu'il occupait.

Brusquement, Phara-Chibh cessa de jouer, il y eut quelques secondes de silence.

L'apparition mystérieuse s'était embrumée et c'était le yoghi qui redevenait un être réel et palpable.

Il sembla en même temps aux spectateurs que la lueur des cierges pâlissait, qu'une pluie de ténèbres tombait pour ainsi dire de la voûte et que d'autres chauves-souris humaines — innombrables — se dégageaient petit à petit du vague de la brume.

Phara-Chibh avait repris sa flûte et sans changer de note, rien que par le rythme spécial qu'il imprimait à la mélodie, le chant était devenu funèbre, d'une oppressante mélancolie.

Les autres apparitions se dissipaient lentement.

Tout à coup, le profil pâle de l'ingénieur Darvel sortit lentement des ténèbres, d'une transparence spectrale.

Le monstre se rua vers lui, les griffes en avant.

Mais c'était plus que miss Alberte ne pouvait en supporter, elle jeta un cri d'épouvante et s'évanouit.

Il y eut quelques minutes d'indescriptible terreur.

Au cri poussé par la jeune fille, les sept cierges s'étaient éteints, l'apparition s'était évanouie, Ralph avait ressenti une commotion foudroyante, comme pourrait l'être celle d'une pile de plusieurs milliers de volts.

Comme Alberte, il s'évanouit... quand il rouvrit les yeux, le capitaine Wad était devant lui, pâle comme un mort, les lèvres exsangues, et de ses mains tremblantes il brandissait sa torche qu'il était parvenu à rallumer.

— Miss Alberte, s'écria Ralph avec angoisse.

— Je ne sais si nous la sauverons, murmura l'officier d'une voix sourde.

Et il montrait la jeune fille toujours inanimée, dans le fauteuil de pierre.

— Mais Phara-Chibh ?

L'officier eut un geste de désolation.

— Voilà ce qu'il en reste ! fit-il.

Et Ralph vit avec horreur sur l'autel un grand tas de cendre blanche au milieu de laquelle fumaient encore des ossements noircis.

Et, comme le naturaliste se taisait, consterné.

— C'est ma faute aussi, dit l'officier, je me suis montré imprudent.

« J'aurais dû prévoir que miss Alberte, toute courageuse qu'elle est, n'était pas de force à supporter un pareil spectacle.

Il ajouta avec amertume :

— Les livres sacrés ont raison, quand ils disent qu'il faut éloigner les femmes des opérations magiques et du commerce des esprits invisibles... .

Les deux hommes se regardèrent, terrifiés.

Ils éprouvaient une fatigue profonde, un vertige les envahissait, leurs yeux se fermaient invinciblement, leurs jambes flageolaient.

— Il ne faut pas se laisser aller à cette torpeur, dit le capitaine Wad avec effort, il faut quitter cette tour maudite dont l'air est encore saturé de poisons fluidiques, y demeurer un quart d'heure de plus ce serait la mort, pour nous et pour miss Alberte.

« Il faut que vous m'aidiez à la transporter hors d'ici...

Tous deux se mirent à l'œuvre ; mais quoique l'officier et le naturaliste fussent chacun pour leur part d'une vigueur plus qu'ordinaire, encore accrue par la pratique des sports, ce ne fut qu'avec les plus grands efforts qu'ils parvinrent à soulever le corps inerte de la jeune fille, qui leur semblait aussi pesant que si c'eût été une statue de plomb.

Ils succombaient à une invincible fatigue, les nerfs détendus, les jointures douloureuses, tous les muscles courbaturés.

Ils mirent plus d'une heure à descendre l'escalier de la tour.

Quand enfin ils atteignirent les pelouses du jardin, embaumé par le parfum des roses du Bengale, des jasmins de Perse, des citronniers, des cédratiers et des magnolias, ils étaient à bout de forces.

Ils déposèrent miss Alberte sur un banc de marbre au dossier incliné et le capitaine Wad courut chercher à l'habitation des sels, de l'éther, des liqueurs cordiales, tout ce que sa pharmacie de voyage pouvait fournir pour tirer la jeune fille de son évanouissement.

A son retour, il eut la satisfaction de la voir revenue à elle-même ; mais elle était d'une grande faiblesse ; le choc qu'elle avait éprouvé la laissait abattue, exténuée, incapable de répondre.

Les boys la transportèrent avec précaution dans sa chambre, où on lui prodigua tous les soins que réclamait son état.

Un cipaye courut à franc étrier chercher le médecin de la station voisine qui arriva en hâte, quand il sut que sa cliente n'était rien moins que milliardaire.

Après un examen attentif et minutieux, quand il eût écouté d'un air un peu sceptique les explications que crut devoir lui donner le capitaine Wad, il déclara qu'il répondait de la vie de la jeune fille, mais qu'il ne pouvait affirmer que sa raison n'eût pas été atteinte irrémédiablement.

— Le plus pressé, fit-il après avoir rédigé une ordonnance, c'est de sauver la vie de la malade, de combattre l'exaltation nerveuse qui pourrait amener des troubles d'autant plus graves qu'elle est prédisposée à une affection cardiaque.

— Son père a succombé à une embolie, dit Ralph.

— Cela ne me surprend pas, dit-il, raison de plus pour faire extrêmement attention à notre malade, lui épargner les émotions, même les plus faibles.

Ralph et le capitaine Wad en furent heureusement quittes pour la peur : miss Alberte se rétablit lentement et bientôt on put espérer que le drame fantastique auquel elle avait assisté ne laisserait pas d'autre trace dans son esprit.

Cependant, le lendemain même de la mort de Phara-Chibh, Ralph et le capitaine avaient eu une explication.

— Je suis sûr, avait dit l'officier,

que la scène que nous avons entrevue s'est passée réellement quelque part.

« L'ingénieur Darvel n'est pas mort, il court peut-être de grands dangers ; mais il vit.

— Pourtant, le monstre qui nous est apparu n'existe certainement pas dans la zoologie terrestre.

— Je n'ai pas prétendu cela ; et encore existe-t-il des cavernes inexplorées qui nous gardent la surprise de bien des êtres mystérieux.

« N'a-t-on pas capturé en Chine, il y a quelques années, dans un gouffre jusqu'alors inexploré, un étrange lézard ailé qui offrait l'image exacte de ces dragons compliqués et tortueux qu'on avait cru jusqu'alors n'exister que dans l'imagination des enlumineurs du Céleste Empire.

Mais Ralph Pitcher demeurait silencieux.

Tout un travail se faisait dans son esprit, la phrase prononcée la veille sur le blé apporté d'une planète voisine par la puissance d'un yoghi lui revenait en mémoire ; il se souvenait des anciens projets de Robert.

Tout à coup il se leva, en proie à une indicible émotion.

— Capitaine ! murmura-t-il, voulez-vous que je vous dise la vérité ? Je viens d'en avoir l'intuition et je suis sûr de ne pas me tromper.

« L'ingénieur Robert Darvel a réalisé son rêve d'autrefois. Il a réussi à atteindre la planète Mars !

« Il est impossible qu'il en soit autrement !... Et le monstre qui nous est apparu n'est autre qu'un des habitants de Mars avec lesquels Robert, armé de toute la science de la vieille planète, soutient sans doute quelque terrible lutte.

— Je le pensais, dit simplement le capitaine Wad, après un instant de silence.

CHAPITRE VII

LE VILLAGE MARTIEN

L'ensemble paraissait dessiné et composé comme par un caricaturiste enfant. C'était une réunion de chaumières basses, rondes et couvertes de roseaux tressés, mais sans aucune apparence de cheminées.

L'étang au bord duquel s'échelonnaient ces cahutes était couvert de canards et d'oiseaux très gras, qui parurent à Robert de la même espèce que les pingouins. Vers un autre point, le marais était divisé par des haies de roseaux et formait des espèces de champs où poussaient en abondance le cresson, les châtaignes d'eau et ces nénuphars à larges fleurs, et à racines comestibles, que Robert avait déjà remarqués. En somme, une culture raisonnée appliquée au marécage.

Les habitants de ce hameau lacustre, réunis devant leurs portes ou occupés à divers travaux, offraient un aspect à la fois grotesque et surprenant. A peine hauts comme des enfants de dix ans, ils étaient tous d'un extrême embonpoint : la région du ventre présentait chez eux un développement considérable. Avec cela, de rondes figures, roses et fraîches, des chevelures et des barbes très longues, d'un roux désagréable, et surtout un sourire un peu niais, perpétuellement épanoui sur leur physionomie bonasse. Leurs joues étaient si grasses qu'elles cachaient presque le nez et leurs petits yeux bleus un peu éteints remontaient vers le coin des tempes, comme ceux des Chinois.

Quant aux petits enfants, on eût dit de véritables pelotes de graisse, des volailles gavées en vue de quelque festin solennel.

Ils jouaient, d'un air lent et maladroit, avec de gros canards apprivoisés et deux sortes d'animaux à moustaches que Robert reconnut sans peine pour appartenir les uns à l'espèce des phoques, les autres à celle des loutres ; il aperçut même de gros rats d'eau assis gravement sur leur derrière, au sommet des toitures, ou circulant à travers la foule, sans que l'on songeât à les inquiéter.

Il y avait aussi, alignés sur de grandes perches horizontales, des oiseaux blancs, au bec et aux pattes rouges, proches parents des cormorans.

Les costumes de ces Martiens n'étaient pas moins étranges. Tous portaient de longues robes, très épaisses et tissées avec des plumes de toutes les couleurs ; ils étaient coiffés de chapeaux très pointus, que Robert reconnut plus tard fabriqués avec les plumes les plus longues de l'oie sauvage, liées au sommet et à la base par de petites bandes de cuir.

Quelques-uns (ce devaient être les travailleurs ou les marins de la peuplade), portaient par-dessus leurs robes de plume des pardessus à capuchon ornés de dessins coloriés, parmi lesquels Robert ne remarqua pas sans surprise l'image grossière du vampire, dont il avait triomphé la nuit précédente.

Tous ces êtes, empaquetés dans leurs robes de plumages, avaient des gestes pénibles et disgracieux, ils ne marchaient qu'avec une grande lenteur. Robert ne put s'empêcher de penser qu'ils ressemblaient de tout point aux volatiles de marais qui vivaient en leur compagnie.

— Ce sont de vrais pingouins à face humaine, murmura-t-il.

Mais, si élémentaires, si enfantines, si grotesques que fussent ces créatures, c'étaient pourtant là des hommes, l'ébauche grossière d'une race d'êtres intelligents, pareils à ceux de sa patrie terrestre, et il éprouvait une joie immense, sa poitrine se dilatait, son cœur battait plus fort et ses yeux se remplissaient de larmes. Tous ces magots souriants pareils à d'énormes bébés joufflus, il les eût embrassés sans hésiter, comme des amis retrouvés après une longue absence.

Mille pensées l'assaillaient. Il se sentait en face — certainement — de gens naïfs et bons, peut-être aussi un peu stupides, il avait en lui-même pitié d'eux.

— Les pauvres diables ! s'écria-t-il, après un regard sur le village ; ils ne connaissent pas l'usage du feu, par conséquent, les métaux...

Une profonde émotion le remuait. Il concevait mille projets humanitaires. En quelques jours, en quelques mois, il ferait franchir à ces barbares ingénus et placides quelques milliers d'années dans la voie du progrès. Il se sentait roi, presque Dieu, et il n'éprouvait plus la moindre crainte.

Ce fut en souriant, et d'un pas très lent et très mesuré, les mains ouvertes, qu'il s'avança vers les chefs du village.

Dans ces cerveaux obtus et difficiles à émouvoir, l'étonnement n'avait pas encore eu le temps de faire place à la crainte ; il se trouva au milieu d'eux avant qu'aucune décision sur son compte fût venue à l'esprit des plus intelligents.

Toujours souriant, il caressa les enfants, offrit d'un air engageant les morceaux de viande qui lui restaient, et finit par s'asseoir sur un banc de gazon, à la porte d'une des cabanes, comme un homme heureux de vivre, satisfait enfin d'avoir atteint le but de son voyage, et qui s'installe chez des amis.

Un gros vieillard, dont la robe de plumes, verte par devant et brune par derrière, le faisait ressembler à un canard sauvage devenu obèse, s'approcha de lui, avec des gestes conciliants et tâta le linceul de coton.

— Il doit avoir pitié de moi, pensa Robert, et trouver que je suis fort mal habillé.

Le vieux Martien, derrière lequel se bousculait une population ébahie et souriante, paraissait surtout étonné de la maigreur de Robert et il fit comprendre par gestes, en frappant sur ses joues rebondies et sur son ventre en forme d'outre, la compassion sincère qu'il éprouvait, puis il prononça quelques phrases dont les mots apparurent à Robert exclusivement composés de voyelles, et deux jeunes filles, en plumage blanc et dont les cheveux rouges étaient réunis dans une bourse de cuir, au-dessous de leurs chapeaux pointus, apportèrent sans se hâter des corbeilles de jonc pleines d'œufs frais tachetés de vert et de rose, des quartiers de viande saignante, des châtaignes d'eau et des champignons.

Il y avait aussi un vase de bois, creusé dans un tronc d'arbre, et rempli d'une sorte d'eau sucrée, des racines de nénuphars, bien grattées et bien lavées, enfin, à part, sur une petite corbeille de jonc rouge, une poignée de sel, que toute l'assemblée semblait regarder avec convoitise, et qui devait être le dessert de ce singulier repas.

— Voilà des malheureux, songea Robert, qui n'ont jamais mangé rien de cuit, et qui en sont encore à regarder le sel comme une friandise. Nous allons changer tout cela, je veux qu'ils connaissent avant six mois Brillat-Savarin, Carême, et le baron Brisse.

L'idée de vendre aux Martiens les œuvres des gourmets célèbres en livraisons illustrées lui procura quelques instants d'une folle gaîté ; mais il se remit bien vite. Il comprit qu'il fallait faire honneur au repas qui lui était offert et, quoi qu'il n'eût guère faim, il mangea de grand appétit ce qu'on lui avait apporté.

La satisfaction des spectateurs était énorme et bruyante. Leur joie ne connut plus de bornes, lorsque gonflé par ce repas indigeste, et désireux d'un peu d'exercice, il prit par la main le vieillard au ventre de plumes vertes et une des jeunes filles emplumagées de blanc qui l'avaient servi, pour faire un tour dans le village.

Chemin faisant, il caressa les loutres familières, étendues paresseusement au bord de l'eau, et les phoques apprivoisés, qui aboyèrent après lui d'une voix presque humaine ; un gros rat monta sur son épaule, et lui mordilla l'oreille, des cormorans vinrent becqueter sa robe de coton et la foule des femmes et des petits enfants joufflus l'escortait avec une curiosité bienveillante et respectueuse.

Le président de la République ou le roi d'Espagne ne sont ni plus heureux ni plus fiers, au cours d'une visite officielle chez une nation amie, et Robert Darvel avait moins que ces potentats le souci des bombes anarchistes ; il avait même laissé insoucieusement son arc, ses flèches et son bâton sur le banc de gazon où il s'était assis.

Cependant, le soleil montait au-dessus de l'horizon, et les Martiens, malgré leurs robes de duvet, s'accroupissaient frileusement au seuil de leurs demeures et semblaient boire la chaleur avec un sourire de béatitude.

Ce qui surprit Robert, ce fut d'apercevoir une trentaine de Martiens, très occupés à bâtir une cabane. Après avoir érigé quatre montants de hêtre, ils tressèrent un toit de roseaux, avec une lenteur sérieuse et appliquée, qui arrivait à devancer la rapidité des gens les plus nerveux.

Le vieillard au ventre de plumes fit comprendre à Robert par gestes que cette habitation lui était destinée.

Robert fut attendri d'une telle attention.

— Voilà des sauvages, songea-t-il, qui en remontreraient pour la bonté d'âme et la délicatesse à tous nos civilisés.

Et il eut un sentiment de honte, en songeant aux batailles d'argent, aux égorgements de la finance, à toutes les cruautés dont il avait été témoin sur la Terre.

Il se sentit fier quand même, en pensant à la science qu'il allait distribuer d'une main généreuse à ces malheureux, qui ignoraient même la puissance du feu et qui se contentaient de viande et de racines crues.

Il avait déjà remarqué que ses hôtes n'employaient, dans leur langage, que des voyelles, il prit la main de sa jeune conductrice, l'embrassa gravement — ce qui parut lui faire grand plaisir — et après une mimique expressive, il parvint à connaître son nom, elle s'appelait Eeeoys ; à l'aide de politesses semblables, il réussit ainsi à connaître le nom du vieillard, qui se nommait Aouya.

Leurs noms répétés par lui parurent leur faire une impression agréable.

Une agitation extraordinaire se manifestait dans le village. Sur des bateaux, faits de roseaux tressés et recouverts extérieurement de peaux de phoques, des gens abordaient, débarquaient des sacs de racines, des monceaux de gibier que, sans contestation, les femmes et les enfants distribuaient dans chaque maison, avec une joie et une ardeur sans égale.

— Voilà des gens heureux, s'écria Robert : le sentiment de la propriété ne paraît pas poussé chez eux au sens aigu, comme dans nos vieilles civilisations.

Il s'assit avec plaisir sur un banc de gazon, à deux pas de sa future demeure. Mais, tout à coup, Aouya prit Robert par l'épaule, le mena tout au fond du village, vers une espèce de portique, bâti de branches et d'argile crue, mais au fond duquel s'élevait une image de sinistre apparence.

C'était une idole grossière, qui représentait, avec un réalisme frappant, un vampire pareil à celui qui avait attaqué Robert. Le corps était taillé dans le bois, et les ailes, maintenues par de petites branches, étaient de cuir colorié avec une peinture que Robert supposa fabriquée d'une argile grise finement pilée et mélangée à de l'huile. Le visage de l'idole était effrayant ; les yeux renfoncés, le nez de boule-dogue et la gueule dévoratrice, étaient rendus avec une fidélité scrupuleuse.

Le plus étonnant, c'est qu'au pied de l'espèce d'autel où était campée cette divinité presque grotesque, une foule d'animaux étaient attachés à de petits pieux, par des cordelettes de cuir.

Il y avait là des phoques, des cormorans, et jusqu'à des rats, en somme, un échantillon de toute la faune du pays. Robert aperçut même une bête qu'il n'avait jusqu'alors jamais rencontrée, depuis son arrivée dans la planète.

C'était une espèce de bœuf aux pattes très courtes, à la queue de cheval, aux cornes immenses, qui lui parut se rapprocher beaucoup du yak de l'Himalaya, du gnou des plaines du Cap, et du bœuf musqué du Canada.

Ces animaux, furieux de se voir attachés, beuglaient, piaillaient, ou aboyaient, de façon à produire un vacarme assourdissant.

La vue de ce spectacle fut pour Robert un trait de lumière.

Il comprit, après une seconde de réflexion, que les vampires étaient, pour les honnêtes habitants du voisinage, des espèces de divinités parasites, auxquelles tout le meilleur du bétail et du gibier était sacrifié, et il devina sans peine que, lorsque les Martiens oubliaient de payer leur tribut de proie vivante, ils étaient eux-mêmes victimes de ces monstres altérés de sang.

Il pouvait voir, d'ailleurs, à la respectueuse terreur qui écarquillait les yeux placides des Martiens, et les faisait grelotter de peur sous leurs robes de plumes, que les vampires leur imposaient une invincible frayeur.

Il se tourna successivement vers Aouya et Eeeoys et, accompagnant sa question d'une mimique expressive, leur demanda le nom du dieu.

— Erloor, répondirent-ils en même temps, avec un frisson d'épouvante.

Robert fut frappé de ce fait, que tous les mots qu'il avait entendus dans le village martien n'étaient composés que de voyelles. Ce mot sinistre d'Erloor était le seul qui comportât des consonnes ; cette constatation le laissa songeur.

Perdu dans ses pensées, il se laissait docilement entraîner vers un autre temple à peu près semblable au premier, lorsqu'une pensée d'angoisse vint lui étreindre le cœur.

— Mon feu ! s'écria-t-il ! Ils ont dû éteindre mon feu !...

CHAPITRE VIII

RÉJOUISSANCES PUBLIQUES

Robert Darvel avait senti son sang se glacer dans ses veines, à l'idée que l'on avait pu profiter de son absence pour éteindre son foyer.

Il était affolé d'inquiétude.

Avec des mines suppliantes et impérieuses à la fois, il fit comprendre à ses guides qu'il fallait qu'ils l'accompagnassent au plus vite.

Leur présence ne lui était certes, pas absolument nécessaire ; mais il tenait à prendre du premier coup une grande influence sur eux et à les frapper d'admiration.

Du fond de son cœur, il bénissait ces braves gens, il se jurait bien de les défendre contre leurs ennemis et de livrer aux Erloor une guerre sans miséricorde.

Quoique un peu étonnés, Aouya et Eeeoys se laissèrent convaincre assez facilement et Robert, s'efforçant de sourire malgré son inquiétude, se mit en marche avec ses amis, par les sentiers du petit bois d'osiers rouges où il retrouva facilement son chemin.

Le voyage n'était pas long. Mais, à mesure qu'il approchait de sa cahute et de son feu, le cœur lui battait plus vivement et il lui fallait tout son courage pour continuer à sourire aux deux martiens qui lui avaient pris chacun une main et le suivaient ave. glément, attentifs à ses moindres gestes, comme deux petits enfants.

Au détour d'un bouquet de grands roseaux, Robert poussa un cri. Il se trouvait à deux pas de son feu. Une épaisse fumée s'élevait de l'énorme amas de branchages, comme si quelqu'un, tout à coup, venait d'y verser plusieurs seaux d'eau. La braise s'éteignant sifflait et crépitait. Pourtant, il n'y avait personne, Robert s'élança. Au centre du brasier, une grande masse incandescente subsistait. Sans craindre les brûlures, il arracha tous les charbons que l'eau n'avait pas touchés et il les posa dans un endroit parfaitement sec et pierreux.

Puis, comme pris d'une sorte de folie, il entassa, sur ces quelques braises échappées au naufrage, des plantes desséchées, des branches encore vertes, du bois mort, tout ce qui lui tomba sous la main.

A quatre pattes, la sueur au front, il soufflait de tous ses poumons, avec une énergie désespérée.

Bientôt, une flamme claire, couronnée d'une belle fumée bleue, s'éleva de ce bûcher que Robert avait fait aussi considérable que l'autre.

Enfin, il se releva hors d'haleine et s'épongea le front avec un pan de son linceul.

— Je l'ai échappé belle, murmura-t-il ; mais cela ne m'arrivera plus !...

Il regarda autour de lui. Aouya et Eeeoys se tenaient à ses côtés, pleins d'épouvante. Les gestes nerveux de Robert les avaient terrifiés et la vue de la flamme les plongeait dans une stupeur inouïe.

Robert les rassura par quelques sourires, caressa amicalement la jeune fille, puis il s'occupa d'étudier par quel moyen les Erloor avaient pu arriver à éteindre son feu.

A sa grande surprise, il constata

qu'une espèce de canal ou de fossé, aussi droit qu'eût pu le tracer le meilleur arpenteur, avait été creusé en l'espace de quelques heures entre le marécage et le feu.

Même, il lui sembla que les constructeurs invisibles de cette tranchée avaient été troublés pendant leur travail par sa brusque présence. Arrivé en face du foyer, le canal se divisait en deux branches et prenait la forme d'un cercle qui, une fois fermé, eût entouré complètement le feu et l'eût éteint sans remède.

Robert demeura perplexe. Il y avait là les indices d'une science raisonnée qui l'épouvantait. Il se rappelait les fameux canaux de la planète Mars, découverts en 1877 par Schiaparelli, et il se demandait avec une certaine perplexité pourquoi il ne s'était pas encore trouvé en présence d'un de ces canaux signalés par tous les astronomes, et dont la longueur varie de mille à cinq mille kilomètres, tandis que la largeur dépasse presque toujours cent-vingt kilomètres.

Il reconnaissait, à la façon habile dont le travail avait été conduit, à la manière experte dont les mottes de jonc et de gazon étaient rejetées de chaque côté, qu'il avait affaire à des terrassiers d'une expérience consommée.

Mais le travail était trop parfait — selon l'opinion de Robert — pour avoir été accompli par des êtres intelligents. La conscience de soi suppose toujours une certaine inégalité dans la main-d'œuvre : l'abeille ou le castor ne se trompent pas, l'homme se trompe.

Or, les mottes de la tourbe et de la terre glaiseuse étaient arrangées à droite et à gauche avec un art inimitable et parfait. Aucune n'était plus grosse ni plus petite que l'autre, elles formaient toutes une espèce de cône où se remarquaient des traces de griffes.

— Pourtant, se dit rapidement Robert Darvel, ce ne sont pas les vampires, les Erloor qui ont pu mener à bien si promptement une telle œuvre. J'ai appris, par la conformation de leurs yeux, qu'ils ne peuvent voir et nuire que pendant la nuit.

Il soupçonna alors que les Erloor devaient avoir de redoutables alliés ; mais sa soif de résistance ne s'en accrut que de plus belle.

— Nous allons lutter ! s'écria-t-il, je préfère de beaucoup une planète peuplée de monstres à un monde désert. J'apporte avec moi la science terrestre. Un jour peut-être, je serai l'empereur où le dieu de cet univers et il faudra bien alors que la fiancée que l'on me refuse vienne me rejoindre et partager mon pouvoir.

Perdu dans ses rêves ambitieux et peut-être un peu puérils, Robert avait oublié ses deux petits compagnons qui se morfondaient en tremblant de peur à la vue du canal rectiligne tracé du marais jusqu'au foyer. Il comprit que toute sa force dépendrait de la confiance de ces embryons d'hommes.

Avec mille sourires engageants, il les mena près de son feu qui flambait maintenant comme un incendie, fit le geste d'étendre les mains et de se chauffer avec plaisir.

Les deux Martiens l'imitèrent avec une volupté indicible. Il dut même les arrêter, car ils se seraient brûlé les doigts.

Robert Darvel les regardait avec une stupeur pleine de pitié.

— Je ne m'étais pas trompé, murmura-t-il, ces malheureux ignorent les bienfaits du feu ! Il faudra donc que je sois leur Prométhée.

Il souriait à l'idée de tous les étonnements et de tous les émerveillements dont il allait certainement être témoin.

Pour commencer, il prit dans son garde-manger un quartier de viande saignante, et transformant en broche une baguette de hêtre, il se mit en devoir de préparer, séance tenante, un succulent rôti. Un fumet des plus agréables ne tarda pas à chatouiller les narines des Martiens qui se rapprochèrent tous les deux, avec l'expression du plus vif intérêt, les lèvres souriantes et le regard brillant de convoitise.

— Parfaitement, dit Robert, oubliant pour un moment que ses interlocuteurs ne comprenaient pas son langage, c'est du rôti, d'excellent rôti, comme probablement vous n'avez jamais eu l'occasion d'en manger. Mais il y a un commencement à tout.

Joignant l'exemple au précepte, il se saisit d'une ardoise tranchante, détacha délicatement deux cuisses grillées à point, et avec un sourire engageant et des gestes significatifs, il en offrit une à Aouya et l'autre à Eeeoys, qui ne se firent pas prier pour mordre à belles dents dans le délicat morceau qui leur était offert.

Afin de leur inspirer tout à fait confiance, il imita leurs exemple et mangea de bon cœur. Aux mines réjouies et admiratives de ses commensaux, Robert comprit qu'ils n'étaient pas loin de le considérer comme une véritable divinité, Aouya s'inclinait devant lui avec vénération, Eeeoys lui embrassait les mains respectueusement.

Pendant qu'ils achevaient goulûment le restant du gibier, Robert recueillit une quantité de joncs et de baguettes d'osier rouge qu'il entrelaça de manière à former un grand panier, grossièrement ébauché. Il en garnit le fond et les parois d'une couche d'argile légèrement humide, et ce travail terminé, il se servit d'une pierre plate en guise de pelle pour le remplir de charbons ardents qu'il recouvrit de plusieurs poignées de cendre.

Il complèta son œuvre en attachant solidement sa corbeille de feu, au centre d'un long bâton dont Aouya prit l'un des bouts, tandis que lui-même prenait l'autre. Eeeoys les précédait, chargée du gibier, de l'arc et des flèches. C'est ainsi que s'opéra le retour triomphal de Robert Darvel au village. Avant de quitter son ancien campement, il avait eu soin de jeter sur son brasier de nouveaux aliments, de façon qu'il brûlât ainsi pendant plusieurs heures, au cas où le trésor qu'il emportait eût été détruit par quelque accident.

En arrivant au village, Robert et ses compagnons furent accueillis par des cris de joie. La population massée sur la place les attendait avec une vive impatience. L'enthousiasme devint du délire et de la frénésie, lorsque Robert, aidé d'Aouya et d'Eeeoys déposa solennellement ses charbons dans un lieu sec et élevé et alluma un grand feu, dont les spirales de fumée bleue montèrent majestueusement au ciel.

Une heure après le village martien tout entier était embaumé d'une odeur de cuisine. Des chapelets de canards et d'outardes se doraient à la flamme ; solidement installé sur des pieux en croix, un bœuf entier cuisait lentement, le ventre bourré d'herbes aromatiques ; des monceaux de châtaignes d'eau se rissolaient sous les cendres chaudes et exhalaient une bonne odeur de pain frais.

Jamais les Martiens n'avaient été à pareille fête. La plupart attentifs, sous leur robe de plumes, se tenaient armés de cuillers de bois, prêts à recueillir la portion qui leur serait attribuée de ce repas pantagruélique.

Leur admiration pour le feu était si grande qu'ils avaient commencé de construire une solide palissade tout autour.

CHAPITRE IX

LA GUERRE AUX IDOLES

Robert après réflexion jugea que cette précaution n'était pas inutile.

Cependant, une chose le surprenait, au milieu de l'allégresse générale. C'est que Aouya et Eeeoys le tiraient continuellement par la main, comme s'ils eussent eu quelque chose d'important à lui communiquer.

Quand il se décida enfin à leur prêter attention, ils le conduisirent jusqu'au temple où s'élevait l'idole hideuse de l'Erloor. Aouya montrait une mine triste et inquiète. Eeeoys avait des larmes plein les yeux.

Robert sourit, les rassura ; puis, décidé à frapper un grand coup, il arracha l'idole de son piédestal, la saisit par ses ailes de cuir et la jeta au milieu du feu. Puis il coupa les courroies qui retenaient les victimes destinées à être immolées à l'appétit du dieu nocturne.

Jamais missionnaire exterminant les fétiches de quelque peuplade du centre africain ne ressentit plus de fierté.

Pourtant, malgré le geste de bravoure qui l'avait fait agir pour ainsi dire sans réflexion, il n'était pas sans inquiétude sur les conséquences de son acte.

En voyant crouler l'image du Vampire, en le voyant s'abattre au milieu des flammes, les Martiens avaient poussé une longue clameur d'angoisse et leur foule pressée était devenue immobile et silencieuse. Ils étaient pâles et tremblaient de tous leurs membres. Aouya et Eeeoys, elle-même, s'étaient écartés avec un involontaire geste d'horreur.

— Pour une première fois, songea Robert, j'ai peut-être été un peu loin.

Il s'agissait maintenant de rassurer, de réconforter les Martiens effarouchés. Cela ne fut pas d'abord très facile... Ils s'écartaient de Robert avec consternation et osaient à peine lever les yeux sur lui. Quelques-uns avaient les larmes aux yeux en songeant sans doute aux représailles des sanguinaires Erloor ! Ils s'attendaient certainement à être sacrifiés en masse, dès la nuit close, à la voracité des Vampires.

Robert était très ému. D'un coup d'œil, il avait compris l'état d'âme des pauvres sauvages.

— Non ! s'écria-t-il d'une voix pleine d'autorité, dont l'impérieux accent parut produire beaucoup d'effet sur son auditoire, cela ne sera pas. Je vous défendrai contre les Erloor, je vous le promets ; dès aujourd'hui la lutte va commencer et je serai vainqueur, j'en suis sûr !

Profitant de la bonne impression qu'avaient produite ses gestes assurés, il étendit ses mains devant le feu, puis regarda les débris de l'idole en haussant les épaules. Il prit un gros tison et fit le geste de le lancer vers le temple et il engagea les Martiens à faire comme lui. Enfin, par mille pantomimes ingénieuses, il s'efforça de faire comprendre à ses nouveaux amis qu'avec sa protection et l'assistance du feu, ils n'auraient plus rien à craindre des Vampires.

La foule le regardait avec une attention plutôt bienveillante, mais ne se rendait pas compte de ce qu'il voulait dire. Enfin, Aouya et un autre vieillard finirent par deviner ce qu'il essayait de leur faire entendre et l'expliquèrent aux autres avec de grands cris de joie, dans ce langage presque exclusivement composé de voyelles, auquel Robert ne parvenait pas à s'habituer.

Cette communication produisit le meilleur effet. Tout en conservant un reste de crainte, la multitude ne tarda pas à se calmer par degrés et recommença de manifester, d'une façon bruyante, la joie que lui causaient les apprêts culinaires.

Aouya et Eecoys s'étaient rapprochés et, à la grande surprise de Robert, le tiraient de nouveau par la main. Il les suivit et ils le menèrent d'abord à la case qu'ils lui avaient fait construire. Elle était déjà presque achevée et aussi confortable dans sa simplicité qu'aucune des plus belles du village.

Les murailles, faites de briquettes d'argile entremêlées de branches, étaient fort épaisses et devaient offrir un abri suffisant contre le froid. La porte était remplacée par un rideau de jonc plaqué ; le sol était d'ardoise un peu raboteuse mais à peu près droite, que recouvrait une natte rouge.

Ce qui fit le plus de plaisir à Robert, ce fut d'apercevoir une sorte de lit drapé d'une couverture de plumes d'outarde, à l'abri desquelles on devait être fort bien, surtout en hiver. Il y avait encore une foule de meubles et d'ustensiles, un banc de bois et de rotin tressé, des plats et des cuillers de hêtre, des vases creusés dans la pierre, de longs couteaux de silex et d'autres armes primitives. Enfin des tranches de viande, des légumes et des châtaignes d'eau étaient déposés dans un coin. Il y avait aussi une petite provision de sel, ce dont Robert fut véritablement charmé.

Mais il ne s'arrêta pas longtemps dans sa nouvelle demeure. Après avoir remercié de son mieux ses nouveaux guides, il passa dans sa ceinture le plus long et le plus solide des couteaux de pierre et prit en main une courte massue, très pesante, qui devait sans doute être destinée à assommer les phoques et les bœufs martiens, et il suivit ses hôtes qui l'entraînaient de nouveau.

Ils le menèrent jusqu'à un temple semblable à celui de l'Erloor, et leurs visages bénévoles exprimaient une certaine appréhension. Ils voulaient voir si, contre cette seconde divinité, leur hôte se montrerait aussi courageux et aussi rassuré.

Robert réprima un geste d'étonnement.

Il se trouvait en face d'un monstre hideux, à la fois long et trapu, monté sur six pattes très courtes qui se terminaient par de longues griffes recourbées et rouges, qui parurent à Robert spécialement construites pour creuser la terre. L'animal exactement, quoique grossièrement figuré, semblait tenir à la fois de l'insecte, du reptile et de la taupe. La face d'un rouge brun comme le reste du corps ne portait pas trace d'yeux ; mais les dents étaient nombreuses et dépassaient la bouche comme des défenses de sanglier. Le nez s'allongeait en trompe et se terminait par un ongle très dur, qui devait rendre l'approche de l'animal fort redoutable.

Robert demeura quelque temps silencieux et perplexe. Non qu'il fût effrayé, mais il cherchait à se rendre compte de la nature de cet être inconnu, pendant que les deux Martiens le guettaient, pleins d'angoisse. Il comprit qu'il ne fallait pas donner le moindre signe de crainte, sans quoi tout son prestige eût été compromis.

— Voilà, se dit-il en s'efforçant de rire, un beau spécimen d'herbivores fouisseurs dans le genre de la taupe terrestre, mais parvenus à des dimensions géantes. Je connais maintenant l'habile ouvrier qui a construit la tranchée qui a failli éteindre mon feu, et je comprends pourquoi le sol des cabanes martiennes est pavé d'une ardoise épaisse. Je ne m'étonne plus que la planète Mars soit sillonnée de canaux.

Tout en parlant, Robert avait empoigné l'idole à bras le corps, l'avait jetée sans cérémonie à bas de son piédestal et la poussait à coups de pied hors du temple.

Il finit par savoir d'Eecoys, le nom que ce monstre portait dans la langue martienne. C'était le *Roomboo.*

— Eh bien ! s'écria-t-il gaiement, le *Roomboo* aura le sort de son camarade !

Et il traîna la hideuse image jusqu'au brasier où elle ne tarda pas à se consumer comme l'autre.

Il constata avec une grande satisfaction, que les Martiens, très choqués en apparence la première fois, paraissaient beaucoup moins émus de cette seconde exécution. Evidemment, malgré la lenteur de leur intelligence, ils avaient fini par comprendre.

Robert ne voulait pourtant pas laisser leur esprit s'appesantir plus longtemps sur les conséquences de son coup d'état.

Le moment du repas était proche et le festin, dont tout le monde se pourlèchait déjà d'avance, vint faire une heureuse diversion.

Rien n'était plus comique que la mine des Martiens en train de débrocher les viandes ; ils semblaient partagés entre la joie de se chauffer et la crainte de se brûler, sans compter le souci de roussir leurs robes de plumes et la gourmandise qui leur faisait tirer la langue et aspirer avec délices l'odeur du rôti.

Quand les victuailles, enfin retirées du feu, eurent été disposées sur les plats de bois, des hommes passèrent avec de grands couteaux de silex et divisèrent adroitement les pièces.

Robert qui tenait surtout à garder son ascendant, n'attendit pas que le partage fut commencé ; il s'adjugea d'autorité le filet du bœuf, quelques ailes d'outarde et de canard, les macres les plus grosses et les mieux cuites et disposa le tout sur un plat qu'il porta dans sa maison.

Il mangea seul, par politique, pour tenir son rang, garder près de ses hôtes son caractère d'être exceptionnel et presque divin et il se félicita de l'énergie et de la présence d'esprit qu'il avait déployées.

Il mangea d'abord comme un ogre : les jeûnes et les privations qu'il avait endurés pendant ces derniers temps lui avaient laissé un terrible appétit. Il n'arrivait pas à se rassasier, il trouvait tout délicieux.

Au dehors, il entendait le bruit des Martiens qui faisaient ripaille assis autour du feu et dévorant si gloutonnement qu'il entendait le claquement de leurs mâchoires.

Il se sentait fier comme un roi d'Espagne d'avoir mangé seul ; des bouffées d'ambition lui montaient au cerveau.

— Ces bons Martiens ! s'écria-t-il, comme je vais leur apprendre des choses ! Cette semaine, je vais leur montrer à fabriquer de la poterie. Leur vaisselle est par trop défectueuse. Puis la menuiserie aura son tour : ils n'ont pas de tables... Plus tard, quand j'aurai trouvé des minerais de fer et de cuivre dans les rochers — et pourquoi pas de l'or, du platine ou du radium — je les initierai à la métallurgie. Ce sera une chose exquise que de reconstruire ainsi de toutes pièces une civilisation, de refaire, une à une, toutes les étapes qu'a parcourues la vieille humanité.

Il fut troublé, dans cette rêverie béate, par la présence de la petite Eeeoys, qui se trouvait à la porte de la cabane et lui souriait un peu tristement, avec un mélange de timidité et d'inquiétude. Elle le prit par la main et l'entraîna au dehors ; d'un geste, elle lui montrait l'horizon où le soleil descendait derrière un rideau de nuages empourprés ; de l'autre, elle indiquait le feu dont l'ardeur était loin d'être aussi vive qu'une heure auparavant et qui ne lançait plus vers le ciel que de minces volutes de fumée.

Robert eut le cœur serré en traversant le village ; il apercevait des Martiens assis deux par deux sur des bancs, leurs plats de bois sur les genoux et tellement gorgés de nourriture qu'ils paraissaient incapables de remuer. Il frémit en songeant qu'avec la nuit, qui dans deux heures au plus serait complète, les Vampires *Erloor* altérés de vengeance allaient certainement s'abattre sur ces malheureux sans défense.

Il se reprocha amèrement la paresse et la flânerie auxquelles il s'était abandonné. Heureusement qu'il lui restait, à ce qu'il pensa, assez de temps encore pour faire de sérieux préparatifs de défense.

Eeeoys le regardait toute peureuse et instinctivement se rapprochait de lui, comme pour chercher sa protection et implorer son appui. Il fut touché jusqu'au fond du cœur par cette muette supplication et le sourire innocent dont elle accueillit ses protestations, qu'elle écoutait bouche bée, y croyant sans les comprendre, lui inspira une énergie toute nouvelle

Son premier soin fut de fournir en abondance de nouveaux aliments à la flamme ; puis, avec l'aide d'Eeeoys, il réveilla les moins endormis des convives, entre autres le vénérable Aouya qui, après avoir bâillé et éternué longuement, finit par se rendre compte de la gravité de la situation.

Il eut pourtant beaucoup de peine à se faire entendre d'eux. Dans leur naïveté, les Martiens se figuraient, à ce que Robert crut comprendre, que tout péril avait disparu pour eux avec la destruction des deux idoles. Eeeoys seule avait été plus clairvoyante et il lui sut beaucoup de gré de sa perspicacité.

Enfin, après une demi-heure de pantomimes et de pourparlers, la défense s'organisa. Un cercle de bûchers fut disposé tout autour du village et des tas de bois sec furent entassés à proximité, de façon à ce que l'ardeur brillante de la flamme ne se ralentît pas un seul instant. De plus, chaque foyer avait été entouré de larges ardoises, de façon à déjouer autant que possible les menées souterraines des *Roomboo*.

Robert installa des veilleurs auprès de chaque feu et leur montra ce qu'ils avaient à faire : ne pas s'endormir, ne pas laisser tomber la flamme.

Quant à lui-même, conscient de sa responsabilité, il s'était promis de ne pas fermer l'œil un seul instant et de faire, d'heure en heure, des rondes de sûreté qui lui permettraient de gourmander les sentinelles inattentives et de déjouer les stratagèmes de l'ennemi.

Pensant, avec raison, qu'il fallait choisir un poste d'observation bien central, Robert établit son quartier général près du premier feu, au milieu de la petite place du village. De là, il pouvait tout voir et tout surveiller.

Eeeoys était étendue à quelque distance de lui sur une natte et elle ne tarda pas à dormir d'un sommeil profond.

Cependant la nuit était venue. Phobos et Deimos montaient à l'horizon, au milieu d'un radieux cortège de nuages. Un à un, Martiens et Martiennes, réveillés de la torpeur pesante de la digestion, avaient regagné leurs cabanes. La flamme des brasiers montait toute droite dans l'air nocturne parfumé d'une bonne odeur d'herbes fraîches et se réfléchissait à l'infini dans l'eau des marécages, aussi calme et aussi pure qu'un miroir.

Tout présageait une nuit exempte d'alarmes et le village illuminé se détachait du sein des ténèbres, entouré d'une auréole éblouissante qui devait tenir en respect, jusqu'à l'aurore, les démons des ténèbres.

Robert fit une première ronde et constata avec satisfaction que tout allait bien, les sentinelles paraissaient alertes et disposes et s'appelaient de quart d'heure en quart d'heure avec un cri guttural.

Une seconde et une troisième ronde achevèrent de donner au jeune homme une pleine confiance dans la vigilance des Martiens et il ne s'inquièta pas de l'état du ciel qui s'était complètement voilé de nuages.

Il pouvait être minuit — suivant la manière terrestre de mesurer le temps

— lorsque Robert, un peu fatigué d'une journée si bien remplie, alangui par la chaleur du feu, se laissa aller au sommeil et s'étendit sur une natte en se promettant de ne pas donner à sa sieste plus d'une heure ou deux.

Son sommeil fut agité et peuplé de cauchemars incohérents.

Il rêva — ce qui lui arrivait fréquemment depuis quelque temps — que sa fiancée terrestre était venue le rejoindre en compagnie de son ami le naturaliste et qu'il leur faisait partager sa royauté. Miss Alberte devenue reine avait pris pour dame d'honneur la petite Eeeoys, son ami Pitcher était premier ministre et le vénérable Aouya désigné à ce poste pour son grand appétit était surintendant du service des subsistances ; quant aux terribles *Erloor* et à leurs probables alliés, les *Roomboo*, ils avaient été si bien matés qu'on en avait fait des serviteurs extrêmement commodes.

Robert — toujours dans son rêve — faisait autour de la planète de délicieuses promenades nocturnes, porté dans une nacelle que traînaient à travers les airs une douzaine de vampires, qu'il dirigeait avec un aiguillon acéré et dont les ailes de velours glissaient avec un doux bruissement au-dessus des forêts et des lacs.

Porté par ces coursiers miraculeux, il poussait même une pointe jusqu'aux satellites de Mars, Phobos et Deimios, ces deux lunes minuscules signalées pour la première fois aux terrestres, en 1877, par l'astronome Asapp Hall et dont l'une n'a que douze et l'autre dix kilomètres de diamètre.

Puis, son rêve se poursuivant, avec une logique singulière, il se voyait de retour sur la Terre, avec un bagage considérable : cartes, minéraux, pierres précieuses, animaux qui faisaient l'admiration de tous les savants. Tous les potentats de l'Europe lui adressaient des lettres de félicitations et il avait l'insigne honneur d'être présenté à l'Académie Royale de Londres et à l'Académie des Sciences de Paris.

Mais, quand il pénétrait dans la salle des séances de cette célèbre assemblée, il était étonné de n'apercevoir qu'une grande caverne sombre où des centaines d'Erloor voletaient avec un bruit d'ailes assourdissant et tournoyaient autour de lui en dardant vers son visage leurs prunelles phosphorescentes...

Il ouvrit les yeux, la sueur de l'angoisse au front. Il allait retomber épuisé de fatigue, lorsqu'un cri déchirant le réveilla tout à fait...

CHAPITRE X

BATAILLE NOCTURNE

Robert s'était dressé, plein d'épouvante. L'accent déchirant de ce cri d'appel, vite étouffé en une espèce de râle, ne lui laissa aucun doute. Un des gardiens du feu était attaqué, peut-être déjà assassiné. Le jeune homme se précipita en toute hâte dans la direction d'où était partie cette plainte désespérée. Il ne prit que le temps de saisir son grand couteau de pierre et sa massue.

C'était tout au bout du village, en plein marais. Le long du chemin, il bouscula des Martiens qui apparaissaient terrifiés au seuil de leurs cahutes. Les malheureux devaient sans doute connaître de longue date la signification de ce hurlement d'agonie, car ils tremblaient de tous leurs membres et leurs bons visages roses étaient devenus blêmes et décolorés. Ils devaient sans doute se repentir amèrement d'avoir placé leur confiance dans l'étranger qui leur avait apporté le feu et qui avait détruit leurs idoles.

Cette pensée inspira à Robert un véritable remords ; il se reprocha, comme une lâcheté indigne de lui, la faiblesse dont il s'était rendu coupable en s'abandonnant au sommeil.

Mais quelle ne fut pas sa douleur en arrivant au bord de l'eau de trouver le foyer presque éteint et les gardiens en fuite. Il se retourna : à deux pas de lui, un malheureux Martien, saisi par le milieu du corps, entre les pattes puissantes d'une bête dissimulée sous les herbailles (sans doute le *Roomboo*, la taupe géante aquatique et fouisseuse) se débattait et s'accrochait aux osiers de la rive avec une énergie terrible. C'était lui qui, frappé par l'animal au milieu de son premier sommeil, avait poussé le terrible cri qui avait réveillé Robert.

Dans l'ombre, mais à distance respectueuse du feu, Robert vit briller comme des lucioles, les myriades d'yeux phosphorescents d'une troupe d'*Erloor* aux aguets dans les roseaux.

Il n'y avait pas une minute à perdre. D'un coup de massue, il atteignit le *Roomboo* derrière la tête et le monstre lâcha prise aussitôt, étourdi par le choc. Sans lui laisser le temps de reprendre haleine, Robert lui enfonça entre les épaules son couteau de pierre.

La bête eut un meuglement d'agonie, battit la fange de ses six pattes, vomit en hoquetant des flots de sang noir et finalement demeura immobile.

Quant au Martien, il avait prudemment fait retraite du côté du feu sur lequel il jetait des brassées de bois, d'un geste précipité et craintif.

Décidé à tirer de sa victoire le plus grand profit moral qu'il pourrait, Robert tira à terre le cadavre du *Roomboo* et le traîna près du feu...

C'était un animal superbe, avec ses pattes à la fois palmées pour nager et griffues pour creuser, ses défenses d'un ivoire très blanc et son pelage d'une fourrure épaisse et serrée qui rappelait celle des loutres de mer.

En présence du Martien plein de respect, il posa le pied sur le monstre et fit signe d'amener d'autres Martiens qui fussent témoins de son triomphe.

D'UN COUP DE MASSUE IL ATTEIGNIT LE ROOMBOO DERRIÈRE LA TÊTE. (*Page 96.*)

Bientôt, il y en eut une vingtaine groupés en cercle avec des mines étonnées et peureuses.

Pour leur apprendre à ne rien craindre désormais des *Roomboo* et à les considérer comme un gibier ordinaire, Robert incisa la peau, écorcha en partie l'animal dont il détacha une des cuisses qu'il mit à rôtir sur les charbons.

Cette façon d'agir produisit beaucoup d'effet sur les spectateurs. Entraîné par la puissance de l'exemple, chacun se mit à l'œuvre. En un clin d'œil, le cadavre du *Roomboo* fut dépouillé et dépecé.

Les Martiens dansèrent joyeusement autour du brasier en humant l'odeur de la chair grillée.

En se retournant, Robert aperçut près de lui la petite Eeeoys qui le regardait en souriant. Elle s'était levée lorsqu'il s'était réveillé et l'avait suivi tout doucement. Il fut ému de cette gentillesse et de cette fidélité presque animale et récompensa la jeune fille par le don succulent d'une des cuisses du *Roomboo* qu'elle se mit à dévorer.

Lui-même en mangea avec plaisir. C'était une viande très saignante, très rouge, un peu dure, mais sans aucun goût huileux, comme il l'avait redouté tout d'abord.

Le village entier était plein d'animation. De tous côtés, on jetait du combustible sur les brasiers. Les femmes et les enfants, simplement vêtus de leurs pagnes d'écorce qui leur tenaient lieu de chemises de nuit, défilaient lentement devant la dépouille du *Roomboo*. Beaucoup s'agenouillaient devant Robert et quelques-uns lui embrassaient les pieds avec respect.

Pour frapper tout à fait leur imagination, Robert envoya Eeeoys chercher son arc et ses flèches, et devant la foule attentive, il attacha à l'extrémité d'une des flèches un tison incandescent et banda son arc du côté où les yeux des vampires phosphoraient dans les ténèbres, comme un essaim de lucioles. La flèche partit en sifflant au milieu du silence recueilli des spectateurs. Robert avait dû toucher juste, car il y eut dans le camp des *Erloor* des cris aigus, un piaulement déchirant suivi d'une rumeur sourde et plaintive et toute la pléïade des yeux luisants se dissipa dans la nuit avec des huées discordantes où Robert crut discerner des supplications et des menaces proférées dans une langue inconnue.

A ce moment, le foyer grésilla en lançant une colonne de vapeur et de fumée. La mine souterraine des *Roomboo* venait d'aboutir.

Mais cette fois, Robert était prévenu. Il repoussa les charbons vers un point plus élevé et plus sec et avec des fascines brillantes, il illumina toute l'étendue des eaux. Quand le mineur aquatique débusqua de son tunnel, il le frappa d'abord de sa massue, puis de son couteau de pierre, et ce fut une seconde victime que les gens du pays eurent à écorcher et à dépecer.

Ce fut alors seulement que Robert fut frappé de l'anatomie étrange des *Roomboo*. L'animal était aplati vers le centre, comme certains reptiles. Les pattes au nombre de six étaient surtout extraordinaires.

Celles de devant, très longues, très acérées, avaient des griffes d'ivoire si fortes qu'elles devaient en quelques minutes déblayer le terrain le plus caillouteux. La seconde paire, courte et presque réduite à rien, était formée de larges membranes où les griffes ne persistaient plus que comme une indication du plan général et qui devait servir à l'animal aveugle à trouver un point d'appui dans les eaux lourdes et dans la boue des fondrières.

Ces pattes, presque des nageoires, s'élevaient à la naissance des côtes. De là, l'épine dorsale s'incurvait, la taille se rétrécissait comme celle d'une guêpe et le corps se terminait par une croupe formidable, avec des jambes disproportionnées, armées de griffes tournées en sens contraire et qui devaient servir à l'animal à se dégager des éboulements ou à compléter le travail des pattes antérieures.

La face du monstre était effroyable, horrible, sans yeux, avec une corne sur le nez, des semblants d'oreilles et une gueule sans expression, ornée de défenses d'un ivoire plus massif et plus dur que celui de l'éléphant.

En somme, à ce que nota Robert, ce monstre, long d'environ deux mètres, devait être redoutable. Grâce à sa taille flexible, il pouvait se mettre en boule et s'élancer comme un tigre. Avec ses pattes palmées et ses griffes, il pouvait vivre aussi bien dans l'eau que sous la terre. Aveugle et aussi bien armé que le rhinocéros, il ne se laissait guider que par son odorat et ne devait reculer devant rien, précisément parce qu'il ne voyait rien. Enfin, sa denture permettait de constater qu'il pouvait se nourrir indifféremment de la chair des animaux et des reptiles qu'il pouvait attraper à la nage, ou de la racine des végétaux qu'il rencontrait en creusant ses galeries.

Robert, qui depuis quelque temps avait pris l'habitude de ne douter de rien, se promit de vendre chèrement plus tard, au directeur du jardin d'Acclimatation, un spécimen de cette taupe phénoménale, que les plus notables d'entre les Martiens étaient en train de déchiqueter sous ses yeux, avec des grognements de réjouissance.

Le village prenait un air de fête, avec l'illumination des brasiers. C'était une sorte de Quatorze juillet nocturne. Les Martiens rentraient chez eux, emportant chacun un morceau du *Roomboo*, en hurlant des chansons gutturales qui devaient être un hymne de triomphe. Après s'être révélés comme assez peureux, pendant la catastrophe, ils se montraient insolents pendant le succès.

Peu à peu, ils se retirèrent dans leurs cabanes et Robert demeura seul près de son feu central, aux côtés de la petite Eeeoys, qui abattue par l'insomnie, s'était de nouveau allongée sur sa natte.

Robert, lui, ne dormait pas. Loin d'avoir été grisé par son récent triomphe, il se rendait maintenant un compte exact des périls qui l'environnaient. Le sentiment de sa responsabilité l'épouvantait et il songeait avec effroi qu'il eût suffi d'une forte pluie pour éteindre ses feux et livrer le village tout entier à la rapacité des Vampires.

Il était inquiet, nerveux, agité et le calme d'Eeeoys, qui dormait en souriant sur sa natte, ne parvenait pas à lui rendre sa tranquillité.

Avec quelle impatience ne guettait-il pas les premières blancheurs de l'aube libératrice.

Plusieurs fois, la massue en main, le couteau de pierre à la ceinture, il fit le tour du village, réveillant les gardiens qui s'endormaient, jetant du bois sur les feux, inspectant les alentours, plus préoccupé certes que ne le dut être Napoléon, la veille de la bataille d'Austerlitz.

Les nuages s'étaient épaissis. La flamme des bûchers paraissait maintenant toute rouge et le silence n'était plus troublé que par les cris lugubres des oiseaux de nuit qui semblaient crier : « Malheur ! Malheur ! » avec des voix croassantes.

Il alla se rasseoir près de son feu, et là il constata des phénomènes inquiétants. Une sorte de pluie très fine, comme si l'on eût jeté du gravier à petites poignées silencieuses, tombait sur le feu qui, déjà, était recouvert d'une taie blanchâtre.

Il leva les yeux. Très haut, une tache plus sombre se détachait sur le ciel noir et de ce point perdu presque dans les nuages tombait une pluie de sable rouge et humide. Cela avait commencé imperceptiblement, par menues poignées, puis cela s'était accentué et c'était maintenant une vraie averse de sable qui croulait sur le feu et qui menaçait de l'éteindre.

Que faire ? Les *Erloor* étaient hors de portée. Il les voyait descendre par bandes en tournoyant autour du village, puis remonter, sans doute chargée de nouveaux projectiles.

Ce qui l'effrayait, c'était la sagacité avec laquelle les vampires l'avaient choisi, au lieu de s'attaquer aux veilleurs des autres feux dont ils auraient eu raison beaucoup plus facilement. Il voyait le moment où son foyer allait être littéralement enfoui sous un amas pulvérulent.

Déjà, il avait dû réveiller la petite Eeeoys qui courait sans cela le risque d'être enterrée vive et étouffée sous la diabolique pluie.

Robert se désespérait. Il comprenait qu'après avoir éteint ce feu là, les vampires s'attaqueraient à un autre, et lorsque le village entier serait plongé dans les ténèbres ils feraient leur proie des malheureux Martiens démoralisés, incapables de se défendre.

— Il ne sera pourtant pas dit, s'écria-t-il avec rage, que j'aurai eu le dessous dans la lutte !

Il ne savait qu'imaginer. Il avait beau nettoyer les tisons, les raviver de son souffle, la trombe de sable continuait à se déverser, inexorable et lente.

Il prit son arc et ses flèches et, de toute la puissance de ses muscles, décuplée par la moindre attraction, il lança des brandons enflammés vers le sinistre nuage.

Cette tactique eut d'abord un certain succès et produisit quelque désordre dans les rangs des assaillants. Le sable tomba avec moins de régularité et quelques *Erloor*, épouvantés de la proximité de ces torches ailées que Robert leur décochait sans interruption, s'enfuirent en poussant des cris aigus. Mais il ne tardèrent pas à revenir à la charge animés d'une nouvelle ardeur.

Tout ce que Robert y gagna, ce fut de voir la phalange des vampires s'élever jusqu'à une hauteur inaccessible, d'où la pluie sableuse continuait à poudroyer. Il ne savait à quoi se résoudre, lorsque Eeeoys, qui se tenait peureusement serrée contre lui, eut une inspiration heureuse.

La veille au soir, les Martiens avaient commencé à entourer le feu d'une palissade.

Eeeoys fit comprendre par des gestes que Robert devait disposer sur les pieux une toiture horizontale. Il s'empressa de mettre cette idée à exécution et bientôt le foyer fut recouvert de branches solides et de mottes de gazon ; la flamme ne parviendrait que lentement à percer cette carapace et, il y avait, de cette façon, bien des chances d'atteindre le jour et de tenir les *Erloor* en respect jusqu'à l'apparition des rayons libérateurs de l'astre solaire.

Cet expédient, qui réussit pleinement, inspira à Robert un autre stratagème qui, en cas de succès, devait amener une victoire décisive.

Tout en ayant soin de ménager quelques évents, il s'occupa activement à cacher, avec des nattes et du gazon, la lueur de son feu, puis il s'étendit un peu plus loin, comme accablé de sommeil, à côté d'Eeeoys, mais en ayant soin de garder à portée de sa main son couteau et sa massue.

Comme il l'avait prévu, les *Erloor*, fatigués d'avoir fixé pendant une partie de la nuit l'éclat des brasiers, ne pouvaient se rendre un compte exact de ses mouvements.

Sa ruse eut un plein succès.

Il vit la troupe des vampires descendre lentement et les plus hardis s'abattre brusquement sur le sol et il entendit le bruit mou de leurs ailes.

Près de lui, Eeeoys tremblait comme la feuille et, la face collée contre terre, n'osait risquer le moindre mouvement.

Robert sentait son cœur battre à coups précipités ; mais il eut le courage d'attendre que les mains froides des *Erloor* vinssent frôler son visage.

Alors, il se dressa tout à coup, arracha les nattes qui voilaient la flamme et tomba à coups de massue sur les vampires aveuglés, surpris et tellement épouvantés que leurs faces pâles devenaient grises de terreur. Les misérables monstres, dont la pupille ne se dilatait qu'en pleines ténèbres, trébuchaient dans la flamme, criaient, se débattaient et Robert, inexorable, les frappait de sa massue.

Avec une intelligence qui le surprit, Eeeoys jetait des brassées de bois sur le feu et la flamme monta bientôt en une colonne livide qui éclairait un vrai champ de carnage, un hideux égorgement de bêtes grises, râlant dans le sang et dans la poussière.

Quelques-unes suppliaient même Robert avec des larmes et des gestes presque humains. Il détournait la tête plein de dégoût pour cette boucherie.

Les Martiens, réveillés par l'aveuglante clarté, étaient sortis de leurs demeures ; après un moment d'hésitation, ils avaient poussé une clameur de vengeance et s'étaient précipités, leurs couteaux de pierre à la main, égorgeant toutes les victimes que la massue avait étourdies.

Des ruisseaux de sang coulaient, et les vampires, hypnotisés par la flamme qui incendiait maintenant jusqu'aux palissades, dégringolaient d'eux-mêmes, comme des papillons de nuit fascinés par une lampe, jusqu'au milieu des charbons ardents où ils étaient exterminés.

L'aube pluvieuse éclaira un champ de bataille couvert de morts et de blessés. Les vampires avaient éprouvé une terrible défaite, c'était par centaines que leurs corps s'entassaient autour du feu, que le sang menaçait d'éteindre.

Robert fut étonné de voir les paisibles Martiens montrer une férocité dont il les eût crus incapables.. Il les excusa en songeant qu'ils avaient sans doute à venger des siècles de tyrannie.

Tranquillement, ils se partageaient les cadavres et les emportaient pour les faire rôtir et les joindre à leurs provisions de bouche. Les *Erloor* qui montraient encore un restant de vie étaient assommés sans miséricorde.

Robert eut beaucoup de peine à sauver la vie à un de ces êtres étranges qui n'avait reçu qu'une blessure légère à l'aile et qui se débattait pitoyablement sur le sol, comme une grande chauve-souris humaine. Eeeoys avait déjà levé la massue pour lui fendre le crâne, lorsque Robert s'interposa en faisant comprendre d'un geste sans réplique que le vaincu était sa propriété et sa part de butin.

Il garrotta solidement sa capture avec des liens d'écorce de saule et l'emmena jusqu'à sa cabane où, dans l'obscurité, l'*Erloor* parut se rassurer un peu. Robert l'avait déposé sur une natte et avait mis à sa portée des racines et de la viande.

L'*Erloor* refusa de toucher à ces aliments et demeura immobile, accroupi et plein d'épouvante pendant très longtemps, puis il essaya de grimper le long des murs, proféra des gémissements inarticulés, ses yeux clignotaient et il frissonnait de tous ses membres, en s'étirant dans ses liens comme un loup pris au piège.

La lumière, surtout, semblait lui causer un effroyable malaise. Si Robert ouvrait la porte, il battait nerveusement l'air de ses ailes grises, grattant les murs de ses mains, et se mettait à gémir avec de petits cris aigus.

Robert pensa que cet être serait difficile à apprivoiser et il se promit d'y apporter tout son soin. C'est seulement grâce aux *Erloor*, pensait-il, qu'il pourrait connaître tous les secrets de la planète.

CHAPITRE XI

EXPLORATIONS

Les huit jours suivants furent pour Robert Darvel une vraie semaine d'enchantement, où le temps coula avec la rapidité d'un rêve.

Robert exerçait maintenant sur les Martiens une souveraineté plus que royale. Vêtu d'une magnifique robe de plumes rouges et vertes, et coiffé d'un bonnet dessiné par lui, auquel il avait eu la faiblesse de donner la figure d'un diadème, il ne marchait plus qu'accompagné de douze gardes du corps, robustes et bien armés. En outre, Aouya et Eeeoys le suivaient partout, avec la mission spéciale de l'initier aux finesses de la langue martienne qu'il commençait à parler passablement. Chose facile, puisque cet idiome n'était guère composé que de deux cents mots, formés de combinaisons de voyelles, avec quelques rares consonnes, pour exprimer les objets terribles ou nuisibles.

D'ailleurs, Robert était vénéré de ses sujets, et leur affection pour lui était poussée jusqu'au fanatisme et jusqu'à l'adoration.

Il eut un jour la surprise de trouver son image, grossièrement sculptée avec du bois, de l'argile et du cuir colorié, installée dans un des temples où avait trôné jadis l'idole de l' « Erloor ». Il fit comprendre à ses interprètes qu'il lui répugnait de prendre la place de ces bêtes de proie. Lui n'était venu que les mains pleines de bienfaits, il voulait seulement pour tous, l'abondance, la justice et la bonté.

Ses idées s'harmonisaient trop bien avec le naturel pacifique de ses sujets, pour ne pas lui donner une grande popularité.

C'est que, aussi, il leur avait rendu de fiers services.

Le lendemain de l'attaque des vampires, il avait fait élever, tout autour du village, une ceinture de hautes cheminées, bâties de briques crues, avec un toit pointu et des ouvertures latérales munies d'abat-vent qui bravaient la pluie ou le sable des vampires. Le sol de ces foyers avait été formé de pierres massives, contre lesquelles le génie fouisseur des *Roomboo* devait échouer piteusement.

D'ailleurs, des pièges à bascule avaient été disposés un peu partout à leur intention, et les Martiens eurent la joie d'en recueillir quatre le même jour, la tête broyée par la masse du contrepoids.

Désormais, le village reposait paisiblement, entouré d'une ceinture de feux brillants.

Le jour suivant, Robert monta sur les barques de jonc et de cuir de ses sujets, et il eut la joie d'effectuer une traversée de plusieurs heures sur un des fameux canaux reconnus par les astronomes terrestres.

Il supposa, d'après ses données personnelles, que ce devait être l'*Avernus*.

Qu'on se figure un gigantesque fleuve, un espèce de bras de mer, dont les deux rives, lorsqu'on était au centre, se perdaient dans le brouillard, et dont l'eau salée roulait lentement vers le sud de la planète.

Sans prêter attention à l'habileté des

pagayeurs, qui dirigeaient l'embarcation avec des espèces de cuillers, formées d'un grand roseau terminé à chaque bout par des poches de cuir, Robert, armé d'une ardoise et d'une pierre pointue, retraçait de souvenir, d'après Schiaparelli et Flammarion, les contours des continents de la planète.

Dans l'ébauche grossière qu'il venait d'esquisser, un fait le frappa. Tous les océans étaient au Nord, et tous les continents au Sud.

D'un seul coup, il crut avoir deviné ce que les astronomes et les savants avaient si longtemps cherché.

— Cela crève les yeux, s'écria-t-il avec enthousiasme, je m'étonne que l'on n'y ait pas pensé plus tôt : la planète Mars tout entière, avec son pôle terrien et son pôle aquatique, n'est qu'un vaste marécage, et tout serait submergé lorsqu'arrive la débâcle des glaces, après un hiver qui dure six mois, de même que tout serait desséché après un printemps et un été qui durent aussi chacun six mois, si les Martiens n'avaient creusé ces vastes tranchées, qui chassent du Nord l'eau vivifiante qui manque au Sud.

Un fait pourtant l'inquiétait, la présence constatée par les astronomes, dans la région de l'équateur, de montagnes dont les cîmes blanchissent en hiver.

— Cela n'est pas pour renverser ma théorie, dit Robert, comme s'il eût répondu à un interlocuteur invisible, qu'il y ait dans ce vaste marais quelques cantons montagneux. Cela se peut... Mais, s'il y a des montagnes, il doit y avoir des vallées, des coins délicieux, chauffés par un été de six mois, où doivent pousser et mûrir toutes les plantes et tous les fruits des zones tropicales, où l'hiver doit se réduire à des ondées sans importance. Les astronomes qui ont répété sans réfléchir que Mars était plus éloignée du Soleil que la Terre, n'ont oublié qu'une chose, c'est que l'année martienne a six cents quatre-vingt-sept jours.

Il était tombé dans une rêverie profonde. Il se rendait compte maintenant de la robustesse et de la fraîcheur de ces arbres et de ces plantes, dont l'existence devait être deux fois plus longue que sur la Terre. Il se promettait, comme un vrai régal poétique, d'assister à ce merveilleux automne d'une demi-année, où le trépas des choses devait se colorer de nuances infinies et subtiles, inconnues aux saisons terrestres.

Il devinait le lent réveil de la nature, après un long sommeil, et les milliers de fleurs variées qui devaient, après un si long repos, saluer l'avènement du Soleil. Il goûtait par avance le charme de ces éclosions successives de floraisons dont la lenteur même devait avoir une inoubliable volupté... Et l'été torride et sans fin, dans les forêts couleur d'or... Et l'automne parmi les roseaux de pourpre brune, et les nuées d'oiseaux aux cris mélancoliques.

Son cerveau s'échauffait. Il pensait maintenant en botaniste. Les plantes capables de supporter de si longues alternatives de froid et de chaleur se dessinaient distinctement dans l'herbier de sa mémoire.

Il voyait d'avance de frais ravins tapissés d'orangers, de palmiers et de cocotiers, où les *Erloor* devaient se retirer après avoir sucé le sang de leurs victimes.

Une colère s'empara de lui :

— Je n'ai rien vu, s'écria-t-il, je ne connais rien de cette planète mystérieuse. Je n'en sais probablement pas plus long que si, arrivant sur la Terre, je m'étais échoué chez les Esquimaux ou chez les habitants de la Terre de Feu... Peut-être, après les *Erloor*, existe-t-il d'autres êtres, sages, puissants, intelligents, qui habitent vers les régions caressées par le soleil, des campagnes fertiles, où règne le bonheur.

A ce moment, il s'aperçut que Aouya et Eeeoys l'écoutaient et le regardaient avec inquiétude. Il les calma d'un sourire, et l'inattendu du paysage vint bientôt faire trêve à son obsession.

La barque était venue s'échouer sur un fond de granit admirablement taillé. Aux traces des éclats, Robert constata que, de même que les anciens Egyptiens, les constructeurs de ces canaux avaient utilisé la force expansive de l'eau transformée en glace pour diviser les blocs du rocher sans aucun outil.

Robert vit nager parmi les herbes un grand nombre de ces animaux, à la fois aquatiques et fouisseurs, que les gens du village adoraient sous le nom de *Roomboo*. Il allait en assommer un avec sa massue, lorsque Eeeoys retint son bras, elle lui fit comprendre, quoique, avec beaucoup de peine, que, sur les canaux, les Roomboo étaient des êtres utiles et sacrés, presque des fonctionnaires.

— Ils mangent beaucoup de poisson, dit-elle ; mais ils nettoyent le fond des fleuves, et ils sont très nécessaires. On ne peut les tuer que s'ils attaquent les villages, ce qui n'arrivera plus, maintenant que leurs maîtres, les *Erloor*, sont vaincus.

Robert descendit, après une marche d'environ cinquante pas, dans un terrain plein de plantes rouges, le chemin lui fut barré par un rempart, fait de gros blocs mal équarris, réunis sans ciment, à la façon des pierres cyclopéennes.

Il comprit alors pourquoi les astronomes de la Terre voyaient une double ligne aux rives des canaux, et il se rappela aussi avoir observé, pendant son voyage, des seuils de pierres, véritables barrages, qui permettaient de conserver en été les eaux polaires pendant qu'en hiver, elles devaient couler avec la vitesse d'un courant furieux, entre les doubles remparts du canal.

Robert était perdu tout entier dans ses réflexions, lorsque ses hôtes — « ce sont mes sujets plutôt », songea-t-il — lui montrèrent une sorte d'escalier abrupt, par lequel on accédait au sommet de la digue.

Il marchait d'étonnements en étonnements. Il retrouva un peu plus loin une vraie ville martienne, qui comptait plus de deux mille cabanes. Il fut accueilli avec des hurras d'enthousiasme.

Fidèle à la ligne de conduite qu'il s'était tracée, il fit avancer le Martien — notable — qu'il avait chargé d'un panier d'argile plein de charbons ardents. Et ce fut la répétition de scènes déjà vues, la flamme étincela, les viandes rôties embaumèrent l'air, les idoles de *Erloor* et de *Roomboo* furent traînées au bûcher et le village s'environna d'une ceinture de foyers protecteurs.

Robert Darvel, désormais blasé sur les hommages des populations, prit congé, après une légère collation, et, comme un ministre en tournée, gagna un autre village où on lui fit la même réception solennelle.

Partout où il passait, les *Erloor* n'étaient plus à redouter de personne. On en trouvait de cloués tout vifs à la porte des cabanes.

Robert savourait les joies d'une popularité bien acquise, il était comblé de caresses et de cadeaux et il jouissait du plaisir encyclopédique d'être à la fois admiré comme cuisinier, comme général, amiral, homme politique, médecin, pharmacien et ingénieur, etc.

Partout, d'après ses ordres, des tours à feu étaient construites, et la sécurité régnait, où naguère on avait vu régner la terreur.

Des vampires, il n'était plus question : les *Erloor*, corrigés par la dure leçon qu'ils avaient reçue, n'attaquaient plus personne. Ils devaient s'être réfugiés vers les régions où leur prestige n'était pas encore entamé.

Cependant, Robert en captura deux qui étaient venus bêtement tomber le nez dans la flamme. Avec la prudence habituelle aux chefs d'Etat, il ordonna qu'ils fussent emprisonnés présentement, en attendant leur procès définitif pour tapage nocturne, bris de clôture, assassinat et vampirisme, accusations dont les honnêtes Martiens ne soupçonnaient pas encore la haute gravité.

Le cinquième jour de cette tournée

triomphale, après des voyages interminables à travers des forêts rouges et des canaux larges comme des mers, Robert eut un sursaut de profonde émotion. Il se trouvait devant un palais de grès rose, effondré et couvert de lierre, et qui rappelait, aussi bien par le profil général que par les détails, les données terrestres de l'architecture gothique.

C'était un labyrinthe de tours, de tou·'lles, de balcons et de minarets qui paraissait à première vue inextricable. Il y avait des escaliers de deux cents marches, dont les pierres étaient rompues et disloquées et qui s'arrêtaient brusquement dans le vide sans conduire à aucune terrasse, ni à aucun palier ; des arc-boutants démolis ne subsistaient plus que par un miracle d'équilibre, pareils à des moitiés d'arches de pont, d'une audace déconcertante ; des balcons ne tenaient plus que par un bloc, des tourelles se balançaient sur un seul pilier demeuré intact, de majestueux frontons couronnés de feuillage étaient supportés par des cariatides à gueule de bête, auxquelles il manquait les bras.

Ces décombres grandioses étaient envahis par une végétation vivace de lierres pourprés, de hêtres et de bouleaux, qui les enserraient d'un manteau de verdure et qui les étayaient de leurs racines et de leurs branches, comme pour empêcher leur complet anéantissement.

Les Martiens s'éloignaient de ces ruines avec une espèce d'horreur, et Robert s'aperçut que des figures grossièrement taillées, mais d'une ressemblance parfaite avec les *Erloor* ouvraient largement leurs ailes au fronton des temples ou se tordaient en ricanant autour des colonnes.

Robert, dans ses tentatives pour expliquer ce qu'il voyait, se heurtait à mille contradictions. Comment concilier la présence de ces ruines grandioses — œuvre indéniable d'artistes et de penseurs — avec l'état d'ignorance et d'abrutissement, sinon de férocité, où se trouvaient les habitants de la planète ? Et ces canaux, construits avec tant de science ? En admettant que les bêtes fouisseuses, les *Roomboo*, les eussent creusés et bâtis, quel ingénieur en avait tracé le plan, déterminé la largeur et la profondeur et, surtout, avait eu l'idée de ce double rempart et de ces barrages qui permettaient de résister à l'avalanche de la débâcle polaire aussi bien qu'à la sécheresse ?

— Je marche, sans doute, songea Robert, sur les ruines d'une très ancienne et raffinée civilisation en train de retourner tout doucement à la barbarie !

Il fut dérangé de sa rêverie ; son escorte venait d'arriver aux portes d'un village où il lui fallut subir la corvée coutumière des acclamations, des ovations et des banquets.

Il comprit alors le noir souci qui se peint, même en leurs plus joyeuses effigies, sur le visage des potentats et des empereurs...

Robert s'endormit en roulant des pensées philosophiques, entortillé dans son superbe manteau de duvet, un manteau d'honneur, presque aussi beau, dans son genre, que la robe de bal jadis offerte à la duchesse de Berry par la ville de Rouen, et qui, au dire de M. de Vaulabelle, historien des deux Restaurations, n'était composée que de peaux de tête de canard, vert et or, habilement cousues sur de l'étamine.

CHAPITRE XII

LE PROGRÈS

Des mois s'étaient écoulés, Robert Darvel jouissait maintenant des prérogatives d'un véritable souverain. Sur ses plans, les Martiens lui avaient élevé une habitation confortable et vaste, qu'il pouvait sans outrecuidance, par comparaison avec les huttes qui l'environnaient, appeler un palais présidentiel, sinon royal.

Les Martiens avaient appris à ne plus redouter les *Erloor*. Le moindre hameau entouré d'ateliers et de champs cultivés était maintenant défendu pendant la nuit par un cercle de foyers et chacun d'eux édifié sur un massif de pierre dure, protégé par un toit en auvent solidement construit et à l'épreuve de la pluie aussi bien que de la cendre, défiait les entreprises des *Erloor* et les menées souterraines de leurs alliés.

Une aisance, inconnue jusqu'à ce jour, et une parfaite sécurité régnaient maintenant sur une immense étendue de territoire.

Partout se déployait une activité formidable, on construisait des navires plus vastes et plus commodes, suivant des gabarits nouveaux que Robert avait indiqués ; la pêche et la chasse avaient été perfectionnées, des arcs, des sarbacanes, des nasses, des hameçons, sans compter une foule d'autres engins, étaient venus compléter — en attendant mieux — l'outillage primitif des Martiens.

Des greniers et des réserves avaient été établis en vue de la saison d'hiver, et la fabrication des conserves, jusqu'alors inconnue, avait pris une extension remarquable. On voyait maintenant, dans toutes les cabanes, des jambons de bœuf salé, des outardes fumées et des provisions de légumes conservés dans une huile que Robert avait trouvé le moyen d'extraire des châtaignes d'eau et des faînes.

En explorant les montagnes, il avait trouvé des buissons d'une sorte de vigne sauvage et il en avait replanté les ceps avec grand soin sur la pente d'un coteau bien exposé au soleil ; il comptait avant peu faire déguster aux Martiens un cru de sa façon, et devenir le Bacchus ou le Noé de ces braves gens, comme il avait été déjà leur Prométhée, leur Solon et leur Annibal.

A sa grande joie, il avait découvert dans les rochers d'excellent minerai de fer et, en le traitant par la méthode primitive, encore usitée dans les forges catalanes, il parvint à fabriquer quelques blocs de métal pur, dont il forgea des coutelas, des marteaux aciérés à l'aide du charbon en poudre, dans un four d'argile.

Beaucoup, à la place de Robert, se fussent trouvés heureux ; mais, maintenant qu'il avait réussi dans une partie de ses entreprises, qu'il espérait même parvenir à entrer un jour en communication avec la Terre, une sourde mélancolie l'envahissait ; il eût voulu pour beaucoup se retrouver sur le quai de Londres, dans le vieux cabaret de Mrs. Hobson, en compagnie de son ami Ralph Pitcher.

Puis, il y avait autre chose qui l'ennuyait.

La petite Eeeoys s'était éprise de lui

et voulait l'épouser, suivant le cérémonial martien, qui ne comportait guère qu'un opulent banquet, suivi de chansons discordantes.

Robert, pour beaucoup de raisons, avait résisté à cette offre. Il avait toujours présent à la mémoire le souvenir de miss Alberte Téramond et, chaque fois qu'à travers les étoiles, par un ciel sans nuage, il voyait scintiller la planète mère, son cœur volait vers la jeune fille et il regardait toutes les Martiennes aux joues roses et au clair sourire avec la plus complète indifférence.

Cependant Eeeoys maigrissait, elle ne quittait plus Robert d'une minute et elle parlait maintenant suffisamment le français pour lui faire des scènes de jalousie à propos de tout. Son amour pour Robert l'avait poussée à une coquetterie exagérée ; elle ne sortait plus de la chambre qui lui avait été réservée dans l'habitation présidentielle que vêtue de fourrures précieuses, parée de colliers de graines et de cailloux brillants.

Robert était de plus en plus fatigué de cette poursuite, et il entreprenait souvent de longues pérégrinations sur les canaux pour se distraire de ses ennuis. C'est ainsi qu'il avait reconnu la majeure partie des contrées septentrionales et qu'il en avait esquissé la topographie.

D'ailleurs, dans toute la région qu'il avait visitée, les aspects ne variaient guère. Partout, c'était l'interminable forêt aux frondaisons rouges et l'interminable marécage, vastes solitudes où de loin en loin il rencontrait une petite peuplade, semblable, à peu de chose près, à celles qu'il connaissait déjà.

Il savait qu'au Sud de la planète existaient, vers l'équateur, des contrées d'une végétation luxuriante ; mais, chose digne de remarque, les bateliers refusaient énergiquement de tourner vers cette direction la proue de leurs esquifs, et ils donnaient à entendre que ces beaux pays étaient le domaine des *Erloor* et d'autres êtres aussi redoutables ; cette circonstance ne faisait que rendre plus vif son désir d'y pénétrer.

— Je ne connais, assurément, pensait-il, que les régions les plus sauvages de la planète, il faudrait que je la parcourusse dans son entier.

Ce désir croissait en lui de jour en jour. Et la pensée des dangers à courir ne faisait qu'aiguillonner son ardeur.

Il en vint à penser que l'*Erloor* qu'il avait capturé le soir du combat pourrait lui servir d'initiateur aux mystères de ce territoire interdit.

Il employa donc tous ses soins à apprivoiser l'animal, qu'il avait enchaîné dans un souterrain, et qu'il nourrissait de viande crue (1). . . . .

. . . .

. . . .

(1) Ici, il existe une importante lacune dans la relation qui nous est parvenue des aventures de Robert Darvel. (Note du traducteur.)

CHAPITRE XIII

LA MONTAGNE DE CRISTAL

Robert pouvait jusqu'à un certain point se considérer comme très heureux, comme aussi heureux que possible.

Pourtant, son vieux désir d'aventures n'était pas mort. Mais en attendant une exploration très complète, l'invention de moyens de communication avec la Terre et peut-être son retour à la planète natale, grand projet, momentanément ajourné, Robert n'avait pas de plus grand plaisir que d'aller tout seul à la découverte sans aucun de ces braves Martiens dont la naïve affection lui devenait à la longue obsédante.

Depuis longtemps, il avait entendu dire à la petite Eeeoys qu'il existait vers le sud une vallée terrible, où les *Erloor* eux-mêmes n'osaient se risquer.

L'existence de cette vallée était une tradition très ancienne ; mais les vieillards eux-mêmes se montraient incapables de fournir aucune donnée précise sur cet endroit terrible. On savait seulement qu'il se trouvait situé entre deux montagnes d'une hauteur extraordinaire et qu'il s'y trouvait des animaux terribles que l'on ne rencontrait dans nul autre endroit.

Les Martiens appelaient cette vallée le Lirraarr, mot qu'ils prononçaient avec l'intonation gutturale de la *jota* espagnole et qui, dans leur langage, voulait dire la mort.

C'en était assez pour que Robert voulût visiter cet endroit mystérieux où tout le monde lui conseillait de ne pas aller.

Les montagnes maudites n'étaient pas d'ailleurs très éloignées du principal village martien : au dire des vieillards, il en apercevrait les cimes après trois jours de marche.

Cette excursion tentait d'autant plus l'ingénieur que, jusqu'alors, il n'avait guère eu l'occasion de voir de montagne d'une certaine altitude.

Un matin donc, après s'être fait donner les renseignements les plus précis, il se mit en route, en prévenant les gens de son entourage qu'il ne serait pas de retour avait une ou deux semaines.

On était habitué à ses absences, et les Martiens avaient une si haute opinion de son courage et de son intelligence, qu'il ne leur venait pas un instant à l'idée qu'il pût courir un danger réel.

Eeeoys seule versa quelques larmes que Robert apaisa en promettant de lui rapporter, comme il le faisait souvent, des fruits inconnus ou des pierres brillantes.

Robert n'avait dit à personne le but de son voyage.

Une fois hors de la hutte qui lui servait de palais, sous la voûte de feuillage de la grande forêt rouge, il ressentit une volupté indicible : la température était très douce, des paysages grandioses auxquels leurs tons de cuivre rouge et d'or fané donnaient une somptueuse mélancolie, inconnue aux horizons terrestres, se déployaient devant lui et, à chaque pas, il faisait la découverte de quelque pierre, de quelque végétal ou de quelque insecte nouveau.

Puis cette forêt lui semblait devenue familière : grâce aux troncs moussus du côté opposé au vent dominant, grâce aux étoiles, il savait maintenant s'orienter, il était sûr de retrouver son chemin.

Il se rappelait, dans sa jeunesse, des impressions semblables, au cours de parties de chasse dans les bois de la Sologne. Il savait qu'à part les *Erloor* il n'avait aucun danger sérieux à redouter.

Les trois premiers jours du voyage s'écoulèrent sans incident : il mangeait, il chassait et il dormait, bien abrité dans le tronc d'un arbre creux ou sous un épais hallier.

Ainsi que le lui avaient annoncé les Martiens, à la fin de la troisième journée, il aperçut des cimes aiguës et dentelées presque égales de forme et d'altitude.

Il marcha encore toute la journée du lendemain avant d'arriver au pied des hautes montagnes ; le paysage avait changé brusquement d'aspect : à l'opulente forêt aux frondaisons vermeilles, avait succédé une plaine argileuse, semée de crevasses où s'enfuyaient de gros lézards rouges à la tête triangulaire, aux yeux petits et féroces comme ceux des crocodiles.

De là, il aborda une falaise de pierre, une sorte de grès rougeâtre que l'on eût dit taillé à main d'homme et qui formait la base de la montagne.

Le roc était abrupt, sans une corniche, sans une fissure.

Robert marcha plusieurs heures au pied de ce rempart infranchissable ; il remarqua que la chaleur devenait intolérable, ce qu'il n'avait jamais observé depuis son arrivée dans la planète, il était très fatigué et sa fatigue se compliquait d'une sorte de vertige, il lui semblait voir une buée ardente flotter au-dessus des sommets inaccessibles ; pourtant rien dans le terrain n'offrait une apparence volcanique.

Ce pays lui apparaissait hostile, inhospitalier ; il fut surpris lui-même de constater qu'il regrettait presque de s'être aventuré si loin de ses braves Martiens.

Il remit au lendemain la continuation de son voyage et passa la nuit dans une anfractuosité du sol dont il eut soin d'expulser les lézards rouges et qu'il fortifia avec de grosses pierres.

Il dormit mal.

Plusieurs fois, il se réveilla en proie à une angoisse inexplicable, le cœur serré, le front moite, la respiration courte et haletante.

Il se rendormait sous l'empire de la fatigue ; mais il ne tardait pas à ouvrir les yeux, tourmenté du même malaise : ce fut avec un sentiment de délivrance qu'il se leva au point du jour et continua son voyage.

Il était surpris de cet accroissement subit de la température, qu'il avait déjà remarqué la veille. Des plantes jusqu'alors inobservées se montraient dans les crevasses du roc, étalant des feuilles grasses d'un jaune clair ou dressant des cierges épineux et raides comme les cactus de l'Amérique centrale ; des insectes aux vastes ailes, de gros reptiles goîtreux, toute une faune différente lui révélaient un brusque changement de climat.

La chaleur se faisait peu à peu intolérable. Robert suait à grosses gouttes et ne marchait plus que très lentement ; il longeait toujours la base abrupte de la muraille rocheuse qui, suivant une courbe à peine sensible, se continuait, aussi régulière et aussi nue.

Mais, à un brusque tournant, le paysage se modifia avec la soudaineté d'un changement de décor à vue. La muraille de roc, terminée par une sorte de pilône gigantesque dont le sommet allait se perdre dans les nues, s'arrêtait là.

Elle faisait place à une immense forêt composée des essences qui poussent dans les zones les plus chaudes. Robert ne fut pas surpris de reconnaître des arbres qui se rapprochaient de ceux de la Terre et qui devaient appartenir à la famille des palmiers, des bananiers et des bambous.

— La nature, murmura-t-il, est uniforme dans le plan qu'elle s'est tracé. C'est sur un thème toujours à peu près pareil qu'elle exécute les variations infinies de ses créations.

« De même que la chimie atomique nous montre les formules des corps non encore découverts, la logique suffisamment armée devrait deviner toutes les espèces végétales « possibles ».

En dépit de ce raisonnement fait à l'avance, Robert était d'un instant à l'autre forcé de reconnaître qu'il n'avait jamais vu, même dans les marécages de l'Inde ou du centre africain, dans les forêts superposées du centre du Brésil, une pareille puissance de végétation poussée pour ainsi dire jusqu'à l'extravagance, jusqu'à la folie.

Des arbres filaient vers le ciel comme des fusées, atteignaient la hauteur de deux ou trois cents mètres, avec des feuillages épais et charnus, violets ou pourpres, aussi vastes que des voiles de navire ; sur les basses branches, dans l'aisselle des rameaux, d'autres arbres avaient poussé, agrippant leurs racines aux moindres fissures, lançant des jets vivaces qui rampaient vers la terre pour y chercher une nourriture plus substantielle ; il en résultait une forêt à vingt ou trente étages.

Partout la profusion des lianes et des branches arrêtait les détritus végétaux d'où s'élançaient aussitôt d'autres germes, mêlant racines et fleurs, tiges et fruits dans une surabondance de vitalité qui ressemblait — mais en plus grandiose — au débordement d'une mer en furie.

Il y avait des corolles grandes comme des pelouses, des palmiers qui eussent pu abriter une ville sous leur ombrage, des cycas vastes comme des tours.

Robert était demeuré immobile, stupéfié de cette splendeur végétale d'autant plus inexplicable qu'elle semblait limitée à une certaine zone restreinte, et qu'elle avait jailli devant lui, pour ainsi dire, à l'improviste.

Ce fait bouleversait toutes ses notions sur la climatologie.

— Il y a pourtant une raison, murmura-t-il, et une raison sans doute fort simple.

« C'est à moi de la découvrir.

Mais il avait beau chercher.

Il n'arrivait pas à trouver le pourquoi de cette futaie magique, de ce brusque changement de température se produisant dans l'espace de quelques centaines de mètres.

Il remarquait en même temps que cette forêt inopinément surgie était peuplée d'une foule d'animaux qu'il n'avait pas encore observés dans Mars.

Comme dans les forêts antédiluviennes dont les troncs lentement carbonisés à l'abri de l'air forment nos houillères, les reptiles dominaient.

C'était toute la gent méditative des lézards et des caméléons, des serpents d'arbres qui se nouaient agilement de branche en branche et des crapauds de taille presque humaine qui sautelaient sur le sol et offraient une étrange couleur verte ocellée de taches sanglantes.

Les insectes aussi étaient nombreux; il y avait de somptueux papillons dont les ailes semblaient taillées dans un lambeau d'arc-en-ciel, des coléoptères d'or vert et bleu, gros comme des pigeons jolis et compliqués, comme des monstres d'une ancienne estampe japonaise.

En revanche, très peu d'oiseaux ; quelques échassiers goîtreux qui gobaient nonchalamment les plus petits des reptiles, quelques vautours que la couleur sanglante de leur plumage faisait apercevoir plus nettement dans le ciel clair ; quant aux mammifères, Robert Darvel n'en aperçut aucun.

Plus d'une heure se passa dans ces constatations.

Robert n'osait s'engager à l'aventure dans ces taillis inextricables, où devaient abonder les bêtes féroces ou venimeuses; il se rendait compte qu'un homme perdu entre ciel et terre dans ces forêts suspendues l'une au-dessus de l'autre eût pu errer des semaines de branche et branche, sans pouvoir toucher terre, sans même parvenir à s'orienter.

Il était déconcerté ; tout son corps était trempé de sueur, il lui semblait que la forêt soufflait vers lui de suffocantes trombes de chaleur ; pourtant il apercevait encore, à une distance relativement minime, les ombrages d'essences septentrionales qu'il avait quittés la veille ; c'était à n'y rien comprendre.

Il suivit quelque temps la lisière des géantes futaies. Comme dans toutes les forêts vierges, le sol privé d'air et de lumière entre les troncs était ténébreux, stérile et fétide, encombré de champignons et de reptiles ; il ne fallait pas songer à pénétrer dans ces humides souterrains.

Mais il n'entrait guère dans le caractère de Robert Darvel de se déclarer vaincu, de s'arrêter en face d'un obstacle, quel qu'il fût.

A force de chercher et de regarder, il finit par découvrir un cèdre géant qui, isolé dans une sorte de clairière et déjà un peu à l'écart de la forêt vierge, montait majestueusement jusqu'à plus d'une centaine de mètres.

L'escalade de ce colosse ne présentait aucune difficulté ; sur les basses branches, dirigées horizontalement, deux cavaliers eussent pu courir au galop, sans crainte de se gêner, avec leurs chevaux.

Robert pensa qu'en atteignant la cime de ce patriarche végétal, il pourrait avoir peut-être une vue d'ensemble sur cette région ensorcelée.

S'assurant que le coutelas de fer aciéré dont il était muni et qu'il avait passé dans sa ceinture était bien à portée de sa main, il commença son ascension.

Les branches, qui se touchaient presque, formaient une série de sentiers couverts de fines aiguilles blondes ; ce cèdre était, à lui seul, une forêt.

Robert, dont le passage ne dérangea que d'inoffensifs écureuils rouges qui bondissaient par milliers dans les ramures, n'eut aucune peine à atteindre le sommet.

Quand il y fut parvenu, qu'il put scruter l'horizon, il demeura littéralement ébloui.

La forêt qu'il pouvait, de son observatoire, apercevoir à peu près dans tout son ensemble, couvrait un espace de forme ovale d'une largeur d'environ trois ou quatre lieues et d'une longueur beaucoup plus grande, qu'il ne put déterminer.

La moitié de l'ovale ainsi formé était engagée dans la chaîne montagneuse qui la ceinturait d'une demi-ellipse de murailles à pic aussi exactement définie que si elle eut été tracée par un géomètre.

Mais ce n'était pas là la capitale merveille ; les sommets parfaitement égaux de la chaîne montagneuse — ce qu'il n'avait pu reconnaître tant qu'il était demeuré au pied de la muraille extérieure — lançaient des feux éblouissants, comme si toute la montagne eût été formée du plus pur cristal.

Une forêt de l'époque du mammouth couronnée d'un arc-en-ciel, tel était le magique spectacle qui s'offrait aux yeux de Robert.

En regardant plus attentivement, il reconnut que les plans du cristal étaient disposés suivant certaines courbes.

— Des miroirs paraboliques ! s'écria-t-il.

Il demeura stupéfait d'admiration devant ce chef-d'œuvre qui avait dû coûter des siècles de travail et dont la seule conception supposait les idées les plus grandioses.

Mais le fait était là, indubitable.

Robert Darvel s'expliquait tout, maintenant.

C'était les parois de la montagne qui, en recueillant et en concentrant dans la stupéfiante vallée les rayons du soleil, créaient ce climat exceptionnel, auquel contribuaient sans doute d'autres savants dispositifs qu'il ne pouvait encore deviner.

Il demeura pensif.

Ce n'étaient assurément ni ses sujets, ni leurs ennemis, les Erloor, qui avaient pu concevoir et exécuter un tel prodige, et il songea avec tristesse que peut-être la race intellectuelle de Mars avait dû s'éteindre depuis des siècles.

Mais tout à coup, dans son cerveau logiquement ordonné, une objection se posa.

Comment l'action continue de ces miroirs dont Archimède — par un dispositif qu'on n'a jamais pu retrouver — se servit pour incendier la flotte romaine, ne mettaient-ils pas le feu à la forêt même ?

Il y avait une explication qu'il ne tarda pas à trouver.

Exactement au centre de l'ellipse, au milieu d'un épais nuage de vapeur, il distingua un cône brillant qui lui parut le sommet d'une pyramide allongée. Il se rendit compte que les rayons allaient se concentrer sur ce monument pour de là se répartir dans toute la féerique vallée, y créer cet éternel été tropical.

Il supposa que l'effet de ce mécanisme, dont les détails lui échappaient encore, était complété par des métaux d'une conductibilité spéciale. Cette vallée pouvait en somme être considérée comme une serre perfectionnée et de dimensions prodigieuses.

Les vapeurs montraient qu'un lac, peut-être divisé en canaux d'irrigation aux eaux presque bouillantes, devait compléter l'effet de cet arrangement ingénieux, produire cette chaude humidité indispensable aux plantes tropicales.

Robert se hâta de redescendre.

Il était décidé à explorer coûte que coûte le vallon interdit ; il ne regrettait plus de s'être aventuré loin de ses timides sujets.

Il fut d'ailleurs bientôt confirmé dans ces précédentes hypothèses.

A une centaine de pas du cèdre géant, il se trouva au bord d'un canal rempli d'une eau noire et fumante ; il s'en exhalait une odeur âcre, nauséeuse qui lui rappela celle de l'acide formique, dont la puissance, pour activer la végétation, est si grande.

Robert trempa son doigt dans l'eau et la goûta : elle avait une saveur amère et métallique.

En sa qualité de chimiste, il était expert dans l'appréciation de toutes les substances connues ; les houppes nerveuses de ses papilles buccales, longuement exercées, discernaient à première vue les oxydes et les bases, les acides et les sels.

Après un moment de réflexion, il reconnut à n'en pas douter que l'eau du canal était saturée de ces sels qui ont la propriété de garder, pendant plusieurs heures et même plusieurs jours, une température donnée.

Ces sels sont d'ailleurs couramment employés dans l'industrie à la fabrication de bouillotes, de marmites, etc.

Ainsi, aucun moyen n'avait été négligé. Tout concourait, de par les intentions d'une volonté précise, à créer cette végétation luxuriante.

L'ingénieur marchait d'étonnements en étonnements. Cependant l'inextricable forêt lui présentait toujours une infranchissable barrière.

Armé de son coutelas en guise de sabre d'abattage, il avança quelque temps le long des rives du canal qui se ramifiaient à intervalles réguliers, et se divisaient en une foule de branches aussi compliquées dans leurs méandres que les détours d'un labyrinthe.

Mais tout à coup, son attention fut attirée par un étrange spectacle.

A quelque pas de lui s'élevait un arbre de moyenne hauteur qu'on eût dit composé d'un lacis inextricable de lianes hérissées d'épines et disposées au centre d'une grande corolle elle-même garnie circulairement de hauts piquants.

La bizarre fleur pouvait avoir un demi-mètre de large et le centre en était bleu et noir, avec des cercles jaunes qui lui donnaient vaguement l'aspect d'un œil humain ; mais, en guise de cils, cette prunelle végétale était flanquée de grands pistils jaunes, et il s'en échappait une écœurante odeur de musc.

Robert allait se reculer lorsqu'un écureuil rouge s'approcha doucement en reniflant et en agitant la queue, évidemment attiré par l'odeur de la fleur.

Hésitant, il s'engagea entre les lianes griffues et se rapprocha encore.

La prunelle jaune et bleue étincela, les épines circulaires furent agitées d'une vibration.

Puis tout à coup les lianes se détendirent avec le cinglement sec d'un coup de fouet.

L'écureuil fut entouré, garrotté comme s'il eut été saisi par une centaine de serpents ; en un clin d'œil il fut porté vers la fleur dont le « regard » avait pris, pour ainsi dire, une expression féroce.

L'animal n'avait jeté qu'un seul cri d'agonie : déjà les pistils jaunes se plantaient dans sa chair.

Tout cela s'était passé avec une rapidité effrayante, en quelques instants.

Robert, épouvanté, fit un pas en arrière, mais si malheureusement qu'il glissa, s'étala de tout son long.

Il faillit ne pas se relever.

Il avait à peine touché le sol qu'il était à demi suffoqué.

Il reconnut avec angoisse qu'une atmosphère délétère, composée sans doute d'acide carbonique, flottait au ras du sol, le gaz carbonique étant, on le sait, plus pesant que l'air ordinaire.

Robert se releva d'un effort désespéré, aspira avec délices une gorgée d'air pur et, d'un mouvement irraisonné, il sortit de la vénéneuse forêt.

Malgré toute sa curiosité, tout son désir de savoir, il comprenait qu'il n'était pas suffisamment armé pour une telle exploration, que jamais il n'arriverait vivant jusqu'au centre de la vallée.

Pendant qu'il revenait lentement sur ses pas, il réfléchissait à cette série de phénomènes, et il cherchait vainement pourquoi cette nature terrible avait été artificiellement créée.

Etait-ce un parc d'expériences, un jardin de supplices, la fantaisie monstrueuse de quelque tyran ?

Aucune de ces hypothèses n'était applicable.

Il regagna lentement les villages martiens, bien décidé à revenir en nombre et en armes vers cette montagne de cristal dont il n'avait pu arracher le secret (1).................

. . . .

(1) Ici, nouvelle et importante lacune

L TOMBA A COUPS DE MASSUE SUR LES VAMPIRES AVEUGLÉS. *(Page 99.)*

CHAPITRE XIV

LES CLICHÉS

Huit jours s'étaient écoulés depuis la mort de Phara-Chibh.

Le capitaine Wad et Ralph Pitcher, devenu en quelques jours son inséparable ami, savouraient des boissons glacées dans un kiosque des jardins de la résidence, aux côtés de miss Alberte convalescente et qui ne gardait plus des affres traversées qu'une intéressante pâleur ; entre ces trois personnes il y avait sympathie complète.

Plus ils avaient réfléchi et discuté, plus ils s'étaient convaincus de cette vérité que l'ingénieur Darvel avait atteint la planète Mars, qu'il avait réalisé ce prodigieux rêve de savant, de poète ou de fou.

Mille petites circonstances insignifiantes en elles-mêmes arrivaient à former, groupées, des preuves imposantes.

Le capitaine Wad avait recommencé l'enquête ordonnée naguère sur la catastrophe du monastère de Chelambrum ; en interrogeant patiemment les religieux hindous, il était arrivé à entrevoir une grande partie de la vérité.

Dans le laboratoire souterrain occupé par Robert, il avait retrouvé des notes, des plans ébauchés, des épures d'où le projet de l'ingénieur se dégageait clairement.

Ralph maintenant ne trouvait plus rien d'extraordinaire dans la mystérieuse lettre trouvée par lui et qu'il avait regardée jusqu'alors comme un fait inexplicable.

Mais ce qui l'intrigua fort, ce fut de découvrir, dans un cahier rempli de notes et de formules de toutes sortes, ces quelques lignes de l'écriture de Robert :

« Aujourd'hui, Ardavena a trouvé le moyen de me faire voir ma chère Alberte, dans un de ses miroirs magiques dont le mécanisme commence à n'avoir plus rien de très merveilleux pour moi... Je crois qu'elle ne m'a pas oublié. Mais j'en ai ressenti une terrible secousse. Me voilà incapable de travailler pour deux ou trois jours au moins... »

Miss Alberte, à qui Pitcher se fit un devoir de remettre le cahier, en fut profondément touchée.

— Je savais bien, murmura-t-elle, que Robert ne pouvait m'avoir oubliée.

« Il n'a pas cessé de penser à moi comme j'ai pensé à lui ; mais nous le retrouverons ! Si véritablement il a réussi à franchir les gouffres de l'éther, à aborder dans Mars, pourquoi n'irions-nous pas le rejoindre ? Ce qu'il a pu réaliser, pourquoi ne le réaliserions-nous pas ?

Le capitaine Wad secoua la tête avec un silencieux découragement.

— Non, dit Ralph, ce n'est pas possible, Darvel a dû bénéficier d'un concours de circonstances qui ne se reproduiront sans doute jamais plus.

— Nous verrons, murmura miss Alberte devenue pensive.

A ce moment, le gong du vestibule retentit, des boys arrivèrent effarés jusqu'au kiosque où s'échangeait cette conversation.

— Capitaine, dit l'un d'eux, on

vient d'arrêter un prisonnier que les cipayes vous amènent.

— Un prisonnier, s'écria l'officier avec humeur, était-ce la peine de me déranger pour cela. Sans doute quelque voleur de riz ou de patates ?

« Qu'on l'enferme et qu'on me donne la paix !

— Mais, reprit le boy avec insistance, ce n'est pas un indigène, nous ne vous aurions pas dérangé pour si peu de choses, c'est un Européen et, nous en sommes presque sûrs, un espion.

« Il parle l'anglais avec un bizarre accent, il est misérablement vêtu et nous avons trouvé sur lui une série de photographies tout à fait singulières.

— Tu as bien fait de me prévenir, dit au boy l'officier, ramené au sentiment de son devoir professionnel.

« Fais-le venir, je vais l'interroger immédiatement.

« Je crois, ajouta le capitaine, quand le boy se fut retiré, que nous avons tout simplement affaire à un de ces rôdeurs internationaux, débardeurs ou chemineaux, auxquels nul pays ne demeure inaccessible.

— Précisément le voici, dit Ralph.

Les cipayes amenaient dans le jardin un personnage à longue barbe blonde, aux yeux d'un bleu très clair et, ainsi que l'avait dit le boy, il était misérablement vêtu et couvert de poussière, il paraissait accablé de fatigue.

Mais, en dépit de ce triste équipage, il y avait en lui une franchise et une noblesse d'allures qui saisissaient au premier aspect.

A la grande surprise des assistants, il poussa un cri de joie en apercevant Alberte et fit retentir bruyamment les menottes dont il était enchaîné, puis esquissant une révérence :

— C'est donc vous, miss Téramond ? Je suis vraiment enchanté d'avoir enfin réussi à vous trouver !

« Heureusement que votre photographie s'étale à la première page de tous les journaux illustrés.

Le capitaine Wad crut se trouver en présence de quelque solliciteur famélique qui, instruit par hasard de la présence de la jeune miss dans l'Inde, avait trouvé le truc ingénieux de se faire arrêter pour parvenir jusqu'à elle.

— Taisez-vous, dit-il durement, c'est à moi que vous avez affaire.

« Je vous préviens que, si vous avez eu l'intention de vous livrer à quelque mauvaise plaisanterie, vous êtes fort mal tombé.

« Et d'abord, quelles sont vos références, vos papiers ?

— Comme papiers, fit l'homme avec quelque jovialité, je possède un livret de forçat imprimé sur papier jaune et parfaitement en règle.

— Quelle est cette facétie ? demanda l'officier en fronçant terriblement le sourcil.

— Ce n'est pas une facétie, répliqua le prisonnier avec une tranquillité légèrement gouailleuse ; mais, à moins que tout cela ne soit changé, je ne sache pas que la libérale Angleterre ait l'habitude de livrer les condamnés politiques des autres nations qui viennent chercher un refuge sur son territoire.

— Cela suffit, grommela le capitaine Wad agacé, je vais éclaircir votre cas et je vous garantis que ce ne sera pas long.

« Et d'abord, qui êtes-vous ? D'où venez-vous ? Quel est votre nom ?

Le prisonnier ne parut prêter aucune attention au ton menaçant dont l'officier avait prononcé ces paroles.

— J'arrive de Sibérie, répondit-il tranquillement. Je suis un savant d'origine polonaise et je me nomme Bolenski.

Ralph imprima au roking chair sur lequel il était assis, un balancement furieux.

— Bolenski ! interrompit-il brusquement. Je sais... Je sais : n'êtes-vous pas entré en collaboration avec un Français nommé Darvel, au sujet de signaux lumineux qui devaient être adressés aux habitants de la planète Mars ?

Du coup, le capitaine Wad avait

laissé de côté, comme un masque, sa physionomie officielle et rigide, il était devenu profondément attentif.

— Parfaitement, dit le Polonais d'un ton cordial, enfin nous y voilà ! Cela n'a pas été sans peine.

Le capitaine Wad avait eu un certain geste à l'adresse de deux cipayes impassibles dans leurs uniformes blancs, qui faisaient ressortir le ton de bronze clair de leurs visages farouches ; les menottes de Bolenski lui furent enlevées et l'officier approcha lui-même un siège à son intention.

Au grand étonnement de miss Alberte, Bolenski ne parut nullement surpris de ce changement d'attitude.

— Il fallait absolument que je vous visse, fit-il en se tournant vers la jeune fille, j'ai de très graves nouvelles à vous annoncer.

« Ce n'est pas la première fois, mademoiselle, que j'entends prononcer votre nom. Que de fois, mon ami Darvel m'a parlé de vous, quand nous campions ensemble en Sibérie ! Vous avez su, peut-être, que je fus arrêté, que j'allai rejoindre au bagne les patriotes polonais, désespéré d'abandonner notre merveilleuse tentative de communication interplanétaire.

« J'ai réussi tout dernièrement à m'évader.

« J'ai gagné le Japon où, pour vivre, je suis entré en qualité de directeur dans un grand établissement de photographie scientifique.

« J'étais sans nouvelles de Robert ; mais je n'avais pas oublié notre rêve.

« Disposant de puissants appareils que j'avais encore perfectionnés, j'ai obtenu de la planète Mars des clichés d'une netteté parfaite.

— Eh bien ? demanda miss Alberte haletante d'émotion.

— Ces photographies, vous les verrez, dès que les cipayes qui me les ont confisquées me les auront rendues.

— Parbleu ! interrompit le capitaine, ce doivent être ces photographies martiennes qui vous ont fait passer à tort pour un espion auprès de mes cipayes trop zélés.

— Parfaitement ; j'en ai plus d'une centaine et j'en aurais bien davantage si, un beau matin, sans le moindre prétexte, les Japonais sans doute suffisamment initiés à la photographie cosmographique ne m'avaient brutalement congédié.

« Le jour même, j'attendais le départ du paquebot pour San-Francisco, quand un numéro de revue contenant le portrait de miss Téramond et des détails biographiques sur Darvel est tombé sous mes yeux.

« Ma résolution a été prise tout de suite. Au lieu d'aller à San-Francisco, je me suis embarqué pour Karikal, où je suis arrivé à peu près sans argent.

« C'est à travers mille périls, mille fatigues, que je viens enfin de vous trouver.

— Votre collaboration nous sera précieuse, dit Ralph en se levant : Robert Darvel vous a certainement parlé de son ami Pitcher.

— En maintes circonstances !

Pendant que les deux hommes échangeaient un cordial *shake hands*, un boy, sur l'ordre du capitaine Wad, apportait une petite valise sordide.

— Mes photographies, s'écria le Polonais, les yeux étincelants de joie.

Il avait ouvert la valise d'une main fiévreuse, il éparpillait sur le guéridon du kiosque des masses d'épreuves non collées ; sur toutes, la planète apparaissait avec sa masse sombre traversée par les linéaments plus clairs des canaux de Schiaparelli.

Tout d'abord, ces photographies ne présentaient rien d'extraordinaire.

— Mais vous ne voyez donc pas, s'écria Bolenski avec feu.

« Regardez ici, cette tache blanche suivie d'une ligne, puis sur cette autre ; un point, une ligne et un trait !

« Sur cette autre encore, deux traits et un point.

— Qu'est-ce que c'est que cela ? demanda miss Alberte.

— Vous ne comprenez pas... l'alphabet Morse ?

« Il y a là-haut un homme qui fait des signaux à la Terre et cet homme ne peut être que Robert Darvel !

CHAPITRE XV.

« RO-BERT DAR-VEL »

Le Polonais Bolenski, une fois que, grâce aux soins du capitaine Wad, il eut repris l'extérieur d'un gentleman, conquit promptement la sympathie de tous ; le forçat évadé se révéla comme un homme d'intelligence et de cœur, et comme un véritable savant ; d'ailleurs, le premier soin de ses amis fut de ne pas le laisser dans la situation précaire où il se trouvait.

Un matin, le boy qui était spécialement affecté à son service lui remit trois lettres, ce qui ne laissait pas de le surprendre ; il se demanda quel correspondant assez bien informé avait pu découvrir déjà sa nouvelle retraite.

Il ouvrit la première lettre, d'où tomba un chèque de cent livres. Elle était du capitaine Wad qui lui expliquait avec toutes sortes de précautions oratoires qu'un poste d'ingénieur géomètre venant de se trouver vacant, il avait cru lui être agréable en le désignant pour le remplir.

Les appointements étaient de deux cents livres et il joignait à sa lettre six mois d'avance pour parer au plus pressé.

Enchanté des façons aussi délicates que généreuses du capitaine, Bolenski ouvrit la seconde lettre et sa surprise s'accrut en découvrant qu'elle contenait un chèque de mille livres payable à vue sur la banque royale des Indes

Cette seconde missive portait la signature de Ralph Pitcher. Le naturaliste y racontait, en phrases assez confuses et entortillées, qu'il se trouvait redevable d'une somme importante à l'ingénieur Darvel et que, ce dernier n'ayant pu indemniser le Polonais des dommages matériels et moraux qui étaient résultés de la rupture de leur association, lui, Pitcher, se substituait à son ami et se mettait à la disposition de Bolenski pour telle somme qui pourrait lui être utile.

— Je n'avais pas besoin de cela, murmura le Polonais avec émotion, pour savoir que M. Pitcher était un brave cœur ; on dirait que ces honnêtes gens se sont donné le mot pour signer des chèques à mon intention.

Tout en parlant ainsi, il faisait sauter d'un coup d'ongle le cachet de cire noire de la dernière enveloppe.

Il demeura stupide d'étonnement en y trouvant un troisième chèque qui, celui-là, était de dix mille livres.

La lettre était de miss Alberte ; en quelques phrases, dont nulle n'aurait pu blesser la susceptibilité la plus chatouilleuse, la jeune fille priait l'ingénieur Bolenski d'entrer au service de a banque Téramond qui, pour l'exploitation des champs d'or, avait besoin d'hommes d'une haute compétence.

Bolenski se frotta les yeux pour bien s'assurer qu'il ne rêvait pas tout éveillé, puis il descendit allègrement l'escalier qui aboutissait à la salle à manger de la résidence.

Déjà ses amis y avaient pris place.

— Dépêchez-vous donc, dit le capitaine, nous allions commencer sans vous.

— Je vous fais toutes mes excuses, dit malicieusement le Polonais, mais j'avoue que j'étais retenu par l'importance de mon courrier de ce matin.

« Figurez-vous que j'ai reçu, en même temps qu'une liasse de chèques, plusieurs propositions fort avantageuses.

Les trois convives levèrent la tête d'un même mouvement.

— Mes chers amis, continuait-il en posant à côté de lui les trois lettres et les trois chèques, vous vous êtes rencontrés tous trois dans la même pensée généreuse.... Je vous en serai toujours reconnaissant ; mais véritablement il m'est impossible d'accepter...

Une discussion s'engagea ; mais, en dépit de sa résistance, Bolenski n'y eut pas le dessus.

On le força de garder les chèques et, après s'être fait beaucoup prier, il finit par y consentir, avec cette restriction :

— Vous me faites là une véritable violence morale ; mais je tiens au moins à ce que cet argent soit employé à l'installation d'appareils perfectionnés pour la photographie astrale. Il est absolument essentiel que nous ayons ici le même outillage dont j'ai disposé quelques semaines, pendant mon séjour au Japon.

Miss Alberte eut un sourire.

— Vous vous y prenez un peu tard, monsieur l'ingénieur, murmura-t-elle railleusement.

— Pourquoi cela ?

— Parce que les appareils que vous désirez ont été déjà commandés et sont en chemin !

A cette nouvelle, Bolenski laissa éclater une joie bruyante, il en oublia pour quelques minutes la lutte de désintéressement qu'il soutenait contre ses amis.

— Allons, s'écria-t-il avec enthousiasme, tout va bien ; nous allons pouvoir nous mettre à l'œuvre immédiatement, puis il ajouta avec une nuance de tristesse :

— Pourvu que Robert Darvel ne se soit pas découragé, qu'il n'ait pas cessé de faire ses signaux !

— Pour cela, j'en réponds, répliqua Pitcher, notre ami Darvel a donné maintes fois des preuves de sa ténacité; il sait mieux que personne que ce n'est pas du jour au lendemain que ses signaux peuvent être aperçus des astronomes de la terre.

« Comme je le connais, il est homme à continuer ses tentatives de communication interastrale pendant des années, s'il le faut.

« Il doit y mettre d'autant plus de persévérance qu'il a résolu les deux points les plus difficiles du problème : il a atteint la planète, il a trouvé le moyen de rendre ses signaux visibles.

— Comment a-t-il pu bien faire ? interrompit miss Alberte.

— Je ne saurais trop vous le dire ; cependant, d'après l'aspect des signaux, les lignes lumineuses très nettes qu'il trace sur le front ténébreux de l'astre, je suppose qu'il a trouvé là-bas de puissantes sources d'énergie et de lumière qui ne peuvent guère être empruntées qu'à l'électricité.

Pendant cette conversation, le capitaine Wad était demeuré silencieux et pensif.

— C'est dommage, dit Ralph, que l'on ne puisse faire savoir à Robert que ses signaux ont été aperçus.

— Il y aurait peut-être quelqu'un, dit l'officier, qui pourrait faire ce que vous dites.

— Qui donc ?

— Le brahme Ardavena.

« Malheureusement, depuis l'inexpliquée catastrophe du monastère de Chelambrum, il reste plongé dans une sorte de coma, il est devenu à peu près idiot.

— Qui sait ? murmura miss Alberte.

— Nous verrons, reprit le capitaine, mais avant de nous occuper de lui, je crois qu'il y aurait une chose plus importante à faire.

« Monsieur Bolenski n'a pas encore essayé de coordonner, pour en tirer une traduction, les fameuses photographies.

— Comment vouliez-vous que je le fisse ? répliqua le Polonais. Cela m'était impossible !

« Tout le temps que je ne passais

pas devant mes appareils, ne dormant pas, ne mangeant pas, j'étais espionné par les Japonais. Je ne voulais pas qu'ils me dérobassent mon secret.

« Tout ce que j'ai pu faire, c'est de numéroter et de classer les épreuves avec le plus grand soin.

— Mais sur le bateau ? interrogea miss Alberte.

— Cela ne m'a pas été plus facile, je ne me serais pas hasardé à commencer un travail aussi délicat dans la promiscuité d'une cabine de troisième classe, au milieu d'émigrants grossiers et brutaux, sous le heurt incessant du roulis et du tangage.

— Je vous comprends. Mais depuis que vous êtes ici ?

— Mademoiselle, pour vous dire le fond de ma pensée, je n'ai pas osé entreprendre la lecture, pourtant sans doute très facile, des signaux martiens.

« Il me semble que je vais pénétrer avec effraction dans un mystérieux sanctuaire, que je vais connaître des choses interdites à l'homme, cueillir le fruit de l'arbre de la science.

« Je tremble à l'idée de ce que vont m'apprendre ces signaux, qui ont traversé des milliers de lieues, avec la stupéfiante vitesse d'un rayon de lumière.

« Je veux que vous soyez tous là pour cette lecture, du premier message expédié d'un astre à l'autre, par le génie de l'homme.

Bolenski avait prononcé ces paroles d'un ton solennel, son émotion, sa religieuse terreur, au seuil du mystère, s'emparait de ses amis.

— Eh bien ! soit, dit miss Alberte.

« C'est ensemble, unis par la même pensée, que nous commencerons la traduction du document.

« Mais ce serait un crime de la retarder davantage. Pourquoi ne serait-ce pas aujourd'hui même ?

— Comme il vous plaira, reprit Bolenski, je ne serai pas fâché pour mon compte d'être délivré de cette incertitude et de ces angoisses...

Le capitaine Wad frappa sur un gong, un boy parut, puis, sur un ordre bref en langue sanscrite donné par l'officier, il revint chargé de la valise aux photographies.

Tous se rapprochèrent, mus par une puissante curiosité.

Bolenski tremblait un peu, quand il prit un des paquets d'épreuves et qu'il coupa les ficelles qui les liaient.

Mais tout à coup il poussa une exclamation de colère, de surprise et de désespoir.

Les épreuves, pourtant soigneusement fixées, n'offraient plus maintenant qu'une surface uniformément noire, sans un détail, sans un trait, sans une tache.

Un terrible silence plana quelques instants dans la salle.

La gorge étreinte par l'angoisse, tous regardaient avec effarement, incapables de prononcer une parole, comme si la foudre, tout à coup, était tombée au milieu d'eux.

Bolenski était livide, peut-être un seul des paquets d'épreuves avait-il été ainsi détérioré.

Il en prit un second, puis un autre, puis encore un autre : tous étaient noircis sans remède.

— L'électricité seule, dans certains cas, peut produire de pareils effets, murmura Ralph Pitcher.

— Mais, s'écria Bolenski, chez qui l'abattement faisait place à la colère, mes épreuves étaient hier au soir encore intactes.

« Je ne m'explique pas cela...

— Il y a autre chose, dit le capitaine Wad : cette destruction des épreuves se produisant précisément le jour où nous en avons besoin est, dans ces conditions, inexplicable, si elle n'est due à la malveillance.

— Mais, demanda le Polonais, qui pourrait donc avoir intérêt... ?

— Un seul homme au monde : Ardavena.

— Mais vous le disiez fou ?

— Il doit être guéri et lui seul possède le pouvoir de produire ces catastrophes invraisemblables.

« Mais nous allons le savoir : le monastère où il est interné n'est qu'à quelques lieues d'ici, mon automobile nous y conduira en un quart d'heure.

Tous se levèrent, ils avaient hâte d'avoir enfin la clé de l'angoissant mystère qui paraissait devenir de plus en plus impénétrable, à mesure qu'ils s'efforçaient de le percer.

Bientôt, l'auto du capitaine où ils s'étaient entassés au hasard fila à toute vitesse par la route poudreuse bordée à droite et à gauche de hautes forêts de palmiers.

On n'en était plus qu'à deux ou trois kilomètres, quand le capitaine Wad, qui avait pris sa jumelle et regardé distraitement l'horizon, la rejeta avec un cri de surprise.

— Que se passe-t-il donc ? demanda Bolenski.

— Je ne sais, dit l'officier avec agitation ; mais un grand nuage de fumée plane au-dessus des bâtiments, des gens s'enfuient; un incendie vient de se déclarer dans le monastère et j'ai tout lieu de croire que cet événement coïncide avec la détérioration de vos épreuves et a trait au sort de l'ingénieur Darvel.

Sur un signe de son maître, le chauffeur indigène mit l'auto à la troisième vitesse ; quelques minutes plus tard, il stoppait au milieu d'une foule consternée, en face des bâtiments du monastère d'où maintenant une haute colonne de flamme jaillissait avec de sinistres crépitements.

A la vue du résident, les Hindous s'écartèrent respectueusement et il put approcher et obtenir des renseignements sur le sinistre.

Un vieil Hindou lui affirma que c'était le tonnerre qui avait allumé l'incendie.

— Tu te moques de moi, répliqua le capitaine, le ciel est d'un azur parfaitement limpide, il n'a certainement pas dû tonner.

Il y a autre chose.

— Je vous jure pourtant, seigneur, dit le vieillard, et tout le monde vous dira comme moi, que nous avons vu passer un long éclair blanc et que nous avons entendu une détonation épouvantable.

L'officier, d'abord incrédule, finit par se rendre à l'évidence : tous les Hindous qu'il interrogeait en les menaçant de la bastonnade en cas de mensonge furent unanimes dans leurs témoignages.

Cependant, grâce à la présence du résident, les secours s'étaient organisés, un bataillon de cipayes, accouru du fort voisin, avait mis deux pompes en batterie.

On ne tarda pas à être maître du feu qui, après avoir dévoré les charpentes et les hangars, où était entassée de la paille de riz, se trouva arrêté par l'épaisseur des murs construits de blocs massifs.

Dès que cela fut possible, avant même que le feu fût complètement éteint, le capitaine et ses hôtes s'avancèrent vers la cellule qu'occupait Ardavena dans ce monastère.

Mais il était dit que ce jour-là ils continueraient à marcher de surprises en surprises.

Une sorte de puits circulaire, aux bords noircis par la flamme, marquait seul la place de la cellule du vieux brahme, dont le toit avait été effondré et brûlé.

Des fragments de cervelle, de hideux débris encore adhérents à la pierre, ne laissaient aucun doute sur le sort qu'il avait subi.

— Mes amis, s'écria le capitaine Wad, d'une voix palpitante d'émotion, je m'explique maintenant certaines choses.

« Ce n'est pas la foudre qui a allumé cet incendie.

« C'est un bolide !

« Et ce bolide vient certainement de la planète Mars.

L'officier ne s'était pas trompé.

La masse météorique, qu'à cause de sa rapidité et de son incandescence, les Hindous avaient prise pour un éclair, avait effondré successivement, en les traversant avec une effroyable puissance de pénétration, trois solides voûtes de pierre, elle avait frappé au passage le brahme accroupi sur sa natte.

Miss Alberte et ses compagnons demeurèrent silencieux, ils sentaient qu'ils étaient entraînés dans un cycle de faits merveilleux dont ils n'étaient pas les maîtres ; ce fut Ralph Pitcher qui reprit le premier la parole.

— Il faut absolument trouver ce bolide, déclara-t-il, si surtout comme vous le supposez il vient de la planète Mars.

« Mais qui peut vous faire croire cela ?

— J'ai toutes sortes de raisons que je vous expliquerai.

« Vous verrez que je ne me suis pas trompé.

Guidés par un boy, ils gagnèrent les étages inférieurs, dont les voûtes de granit avaient été traversées par le projectile, qui avait laissé un trou aussi net que s'il eût été fait à l'emporte-pièce ; mais il leur fallut aller jusqu'à la crypte pour trouver le bolide.

Ils ne virent d'abord qu'une masse allongée verticalement enfoncée dans le sol et qui, rougie à blanc, répandait une suffocante chaleur. Mais, à la grande surprise des trois savants, ce bizarre aérolithe offrait une forme parfaitement régulière, on eût dit une olive allongée ou un énorme cigare très court ; il n'était pas composé de roches ou de minerai inerte, comme le sont en général les météorites.

Malgré l'impatience du capitaine et de ses amis, il leur fallut attendre que le bloc échauffé par le formidable frottement atmosphérique, se fût refroidi pour qu'ils pussent en approcher.

Enfin, avec de grands efforts, grâce à une escouade de cipayes armés de leviers, le projectile planétaire put être arraché de l'alvéole qu'il s'était creusée et transporté dans une cour intérieure. On put alors se rendre compte qu'il était creux intérieurement, et que l'un de ses orifices évidé comme le goulot d'un flacon, portait les traces d'un pas de vis et d'un ressort qui avait dû servir à assujettir un couvercle.

— Mes amis, dit le capitaine d'une voix émue et solennelle, nous nous trouvons en présence d'un fait d'une capitale importance.

« Ce bolide n'est autre chose que le projectile dont les notes de l'ingénieur Darvel renferment une description exacte.

— Mais, interrompit Ralph, comment alors expliquer qu'il soit vide, et surtout qu'il soit tombé précisément sur Ardavena ?

« Croyez-moi, ce n'est pas là un simple hasard.

— Assurément non, reprit le Polonais, mais voulez-vous me permettre de donner mon explication ?

— Pour mon compte, dit Ralph, je n'en vois pas.

— Nous n'en aurons probablement jamais une exacte ; mais essayons, tâchons de grouper les faits.

« Pour moi, une chose qui ne fait pas l'ombre d'un doute, c'est qu'Ardavena ne soit arrivé à guérir complètement de sa folie ; c'est lui sans nul doute, qui a détruit nos épreuves photographiques par méchanceté ou jalousie.

« C'est encore lui qui a dû faire revenir sur la terre cette olive d'acier.

« C'était sans doute le pouvoir de sa volonté qui l'avait lancée vers Mars et il demeurait en communication avec ce morceau de métal par le fluide volitif attaché aux molécules du métal ; comme il l'avait fait partir, il a pu le faire revenir.

— Je ne vois pas cela si clairement, objecta Ralph Pitcher ; si cela était, il ne se serait pas fait tuer aussi sottement.

— C'est qu'il n'a pas réfléchi sans doute que l'olive, attirée par son énergie volitive, devait arriver directement, avec une vitesse accrue par les lois de l'attraction jusqu'à la source même de cette énergie, c'est-à-dire à son propre cerveau.

« Quant à l'intention à laquelle il a obéi, je ne saurais la dire : il ne faut pas nous flatter d'y voir jamais complètement clair, dans ces ténèbres.

« Peut-être a-t-il voulu priver Darvel du véhicule qui pouvait lui faciliter son retour sur la Terre ? Peut-être avait-il établi une communication avec lui ?...

— Je crois, moi, que nous ne saurons jamais, murmura le capitaine Wad d'une voix sourde.

« Mais il y a une chose certaine pour moi.

« Désormais, j'en suis sûr, nos épreuves ne seront plus détériorées par des mains invisibles. La mort d'Ardavena nous délivre d'un ennemi redoutable.

— Pourvu, murmura Pitcher, que notre ami ait continué ses signaux.

— Nous le saurons dans quelques jours...

Il fallut s'en tenir à cette conclusion et regagner la résidence où l'olive d'acier fut transportée avec précaution. Le capitaine se réservait de questionner certains serviteurs de Chelambrum qui avaient peut-être eu l'occasion de voir le projectile dans le laboratoire de Robert Darvel.

Cependant, deux jours ne s'étaient pas écoulés, que les appareils délicats et coûteux de la photographie interplanétaire arrivaient de Karikal dans un fourgon automobile.

Bolenski, aidé de Ralph Pitcher, passa toute la journée à les disposer convenablement sur une des terrasses de la résidence.

Ce ne fut pas sans émotion que les premières plaques apportées par Ralph furent soumises à l'action des révélateurs.

— Il y a des signaux, s'écria le capitaine Wad, je l'aurais parié, depuis que ce coquin d'Ardavena est mort.

— J'espère, fit miss Alberte, très nerveuse, que nous ne commettrons pas la même imprudence que M. Bolenski ; je veux me charger moi-même du soin de relever avec l'heure exacte les traits et les points qui constituent l'alphabet Morse.

Et gravement, elle prit place en face du bureau du capitaine Wad et commença à noter les indications que lui dictait lentement Ralph Pitcher.

Tous étaient profondément émus.

Tout à coup, le capitaine Wad qui, debout derrière la jeune fille, épelait à mesure les caractères, s'avança en proie à une agitation extraordinaire.

— Mes amis, déclara-t-il d'une voix solennelle, nous ne nous étions pas trompés dans nos prévisions, l'ingénieur est bien vivant et il habite Mars ; c'est nous qui avons l'honneur d'enregistrer le premier télégramme entre les deux planètes.

Et il commença en scandant lentement les syllabes :

RO-BERT DAR-VEL...

La communication entre Mars et la Terre était établie !

CHAPITRE XVI

TÉNÈBRES (1)

. . . .

... Lorsque la nuit fut venue, Robert, malgré les larmes et les supplications d'Eeeoys et de toute l'escorte, s'engagea dans la grande forêt tropicale, accompagné seulement du vampire, qu'il croyait avoir apprivoisé et qui le précédait en voletant lourdement.

Bien pourvu d'armes et de provisions, il longea plusieurs heures les rives d'un canal, jusqu'à ce que, parvenu à une clairière et séparé des siens, il fût abandonné par son guide et assailli d'une nuée d'*Erloors* qui s'élançaient de tous les coins du bois.

A l'aide d'un briquet, dont il était muni, il tenta d'allumer du feu, son moyen de défense habituel ; mais, avant qu'il eût pu y parvenir, un lourd filet circulaire, une sorte d'épervier dont les bords étaient lestés de poids s'abattit sur lui et il fut en un instant garrotté, bâillonné et emporté.

En se débattant, il fut atteint au front par une des balles de pierre du filet et il s'évanouit.

Quand il revint à lui, il était enchaîné dans les ténèbres et un sourd murmure chuchotait à ses oreilles ; l'ombre était bruissante de frôlements d'ailes et des souffles chauds passaient au-dessus de son visage. Dans le lointain, il entendait le grondement d'un torrent.

L'obscurité à laquelle ses yeux s'habituaient peu à peu était piquée de milliers d'yeux luisants dont l'immense quantité créait une brume phosphorescente.

Le lieu où il se trouvait lui apparut imposant et sinistre ; c'était une spacieuse caverne, aussi haute qu'une cathédrale et dont les parois escarpées étaient tapissées, comme d'une tenture mortuaire, par les ailes des vampires collés contre le roc et si rapprochés, qu'ils recouvraient les murs du sol jusqu'à la voûte. . . . .

. . . .

. . . .

FIN

(1) Ce fragment incomplet est le dernier recueilli. Robert Darwell suivant dans ses signaux l'ordre des faits n'a pu nous expliquer son moyen de communication. Ce passage est placé dans l'édition anglaise, comme ici, après la relation des expériences de miss Alberte et de ses amis.

NOTE DU TRADUCTEUR

Le récit paru pour la première fois dans le Bulletin de la Société anglo-indienne, sous le titre *Le Prisonnier de la Planète Mars*, a été entièrement rédigé par les soins du major Carl Bell, ami et collaborateur de Ralph Pitcher, d'après les notes de ce dernier, qui n'avait fait que coordonner les messages interastraux, souvent trop concis, tronqués ou brusquement interrompus, seule raison qui ait empêché leur publication intégrale.

Nous ne reviendrons pas sur la profonde sensation produite dans les deux mondes par *Le Prisonnier de la Planète Mars*, à tel point que beaucoup de personnes n'ont vu dans ce volume qu'une œuvre de pure imagination.

Les lecteurs français remarqueront que, le drame se déroulant à la fois sur la planète Mars et sur la Terre, le lieu de la scène se trouve parfois brusquement déplacé, en même temps que le lecteur est forcé à certains retours en arrière.

Quoi qu'il en soit de ces imperfections qui n'ont pas choqué les lecteurs anglais et américains, nous sommes certains que *Le Prisonnier de la Planète Mars* obtiendra près du public français un succès d'intérêt et de curiosité d'autant plus vif que, malgré les efforts des savants des deux mondes, le sort du vaillant ingénieur Robert Darvel demeure encore incertain.

Les signaux ont subi une brusque interruption, et ce n'est qu'après trois mois d'attente inutile, lorsqu'il est devenu malheureusement certain que l'ingénieur Darvel avait perdu les moyens de communiquer avec la terre, soit qu'il fût mort, soit pour toute autre raison, que miss Alberte Téramond a enfin consenti à la publication des messages interastraux complétés, et quelquefois interprétés par le savant naturaliste Ralph Pitcher.

Cette catastrophe est d'autant plus regrettable qu'elle laisse le monde savant dans l'incertitude sur le sort de l'explorateur.

S'est-il lassé d'adresser des messages auxquels personne ne répondait ?

Est-il privé de l'énergie électrique nécessaire pour produire des raies lumineuses sur l'étendue de plusieurs dizaines de lieues, ce qui serait presque impraticable — quoique non impossible pour l'industrie terrestre. — Est-il mort ou prisonnier ? Autant de questions, probablement à jamais insolubles.

La partie la plus intéressante de son voyage d'exploration des tropiques martiens, le récit de ses luttes et de son probable triomphe sur les *Erloors* ne nous sont pas parvenus.

Enfin, il y aurait eu de considérables avantages pour la science à connaître le moyen même dont il s'est servi pour ses signaux lumineux.

On peut conjecturer qu'après avoir été prisonnier des vampires il est arrivé à comprendre leur langage, à leur imposer ses idées et peut-être à les dominer.

Peut-être lui ont-ils communiqué les secrets de quelque ancienne civilisation martienne, pourvue d'une science, sinon supérieure, du moins différente de la nôtre.

La création de bandes éclairantes d'une intensité aussi soutenue et d'un pouvoir lumineux aussi considérable suppose une connaissance approfondie des forces naturelles.

Pour ce qui est de miss Alberte, au sujet de laquelle le lecteur doit comprendre que nous sommes tenus à une extrême discrétion, nous ne pouvons communiquer aucun renseignement nouveau.

La jeune milliardaire s'est renfermée dans une retraite absolue.

Si l'on en croyait les reportages plus ou moins fantaisistes de certains grands journaux anglais et français, miss Alberte préparait, dans le plus grand mystère, une grandiose entreprise, avec la dévouée collaboration de l'honorable Ralph Pitcher, du capitaine Wad qui vient tout récemment de donner sa démission, et de l'ingénieur Bolenski.

L'hostilité qu'ont manifesté les savants officiels pour les communications interplanétaires et les catastrophes tragiques ou mystérieuses qui ont suivi toutes les tentatives de ce genre ne nous permettent d'accueillir cette opinion qu'avec une grande réserve.

TABLE DES CHAPITRES

PREMIERE PARTIE

DEUXIEME PARTIE

IMPRIMERIE DE CHOISY-LE-ROI

Les Succès du Chant

Morceaux d'Opéras, Opéras-Comiques, Opérettes, Mélodies, Romances, Chansonnettes, Duos, Morceaux choisis, etc.

GRAND SUCCÈS !

GRAND SUCCÈS !

PREMIER VOLUME (Sommaire).

- Favorite, *Pour tant d'amour*....... DONIZETTI
- Cinq-Mars, *Nuit resplendissante*..... CH. GOUNOD
- Dragons de Villars, *Espoir charmant* A. MAILLART
- Orphée, *J'ai perdu mon Eurydice*... GLUCK
- Galatée, *Air de la coupe*............ VICTOR MASSÉ
- Pré aux Clercs (duo), *Les Rendez-vous de noble compagnie*......... HÉROLD
- Si j'étais Roi ! *J'ignore son nom*.... A. ADAM
- L'Ombre (*Midi ! Minuit !*)............ F. FLOTOW
- Don Pasquale, *Nuit parfumée*....... DONIZETTI
- Noces de Jeannette, *Mon aiguille*... VICTOR MASSÉ
- Petit Duc, *Il a l'oreille basse*........ CH. LECOCQ
- Cloches de Corneville, *Va, petit Mousse* R. PLANQUETTE
- Fille de Mme Angot (valse chantée)... CH. LECOCQ
- Les Rameaux (hymne).............. J. FAURE
- Stances, *Quelquefois, en levant*..... A. FLÉGIER
- Plaisir d'amour (romance).......... MARTINI
- Adieu, Grenade (romance)........... PAUL HENRION
- L'Homme au sable (berceuse)........ JEAN RICHEPIN
- Ma Normandie (romance célèbre)... F. BÉRAT

DEUXIÈME VOLUME (Sommaire).

- Barbier de Séville, *Rien ne peut*.... G. ROSSINI
- Médecin malgré lui, *Qu'ils sont doux* CH. GOUNOD
- Noces de Figaro, *Mon cœur soupire* MOZART
- Joseph, *Vainement Pharaon*........ MÉHUL
- Les Porcherons (romance).......... A. GRISAR
- Epreuve villageoise, *J' commence à voir*.............. GRÉTRY
- Les Brigands, Ronde des Carabiniers J. OFFENBACH
- Le beau Rêve (barcarolle)............ A. FLÉGIER
- L'heure bénie (hymne d'amour)..... —
- Les Ramiers (romance).............. F. WACHS
- Chanson Espagnole.................. LÉO DELIBES
- Les Vers luisants (chanson).......... TH. BOTREL
- La Chanson des Rêves.............. TH. BOTREL
- Flots du Danube (valse chantée).... J. IVANOVICH
- Pas des Patineurs (skating chanté).. ED. JOUVE
- Si les petits Enfants savaient, (mélodie)............... G. MARIETTI
- Chant de Pâques, *Depuis trois jours* ROUGNON
- Les Cigales sont endormies (mélodie) F. WACHS
- Les Allobroges, *Je te salue*......... A. DESSAIX
- Les Bébés (chanson)................ XAVIER PRIVAS

TROISIÈME VOLUME (Sommaire).

- Noël, *Minuit ! Chrétiens*............ A. ADAM
- Guillaume Tell, *Asile héréditaire*.... G. ROSSINI
- Favorite, *Un ange, une femme*...... DONIZETTI
- Don Juan, *Parais à ta fenêtre*........ MOZART
- Dimitri, *Moscou, voici la ville sainte*. V. JONCIÈRES
- Pré aux Clercs, *Souvenir*............ HÉROLD
- Pré aux Clercs, *A la fleur du bel âge*. —
- Coupe du roi de Thulé, *Il est venu, ce jour de lutte*................. E. DIAZ
- Chevalier Jean, *Tu souris*........... V. JONCIÈRES
- L'Amant jaloux (Sérénade)........... GRÉTRY
- Tireli ! *Mon ami que j'aime*.......... A. HOLMÈS
- Les Brimbelles (historiette)......... A. FLÉGIER
- Chanson d'amour................... PAUL DELMET
- Le Fil de la Vierge.................. P. SCUDO
- Malgré moi......................... G. PFEIFFER
- Naïka (chanson japonaise)........... H. BEMBERG
- Le vieux Livre...................... GASTON PAULIN
- Emeraude (valse chantée)........... L. ELSEN
- Tout dort (sérénade)................ J.-B WELETKIN
- Les Fers à cheval.................. PIERRE DUPONT

QUATRIÈME VOLUME (Sommaire).

- Zampa (couplets), *Que la vague*..... F. HÉROLD
- Dragons de Villars, *Ne parle pas*... MAILLART
- Fille de Mme Angot, *Elle est tellement innocente*.............. CH. LECOCQ
- Postillon de Longjumeau, *Mon petit mari*.............. A. ADAM
- Petit duc, *Enfin nous voici*........... CH. LECOCQ
- Les deux Aveugles (duo)............ J. OFFENBACH
- Les Cent Vierges (valse)............. CH. LECOCQ
- Sérénade printanière................ A. HOLMÈS
- Régiment de Sambre-et-Meuse....... R. PLANQUETTE
- Stances à la Charité (mélodie)....... A. DASSIER
- Le Roi s'amuse (chanson)........... R. PLANQUETTE
- Prière d'une Vierge.................. G. GOUBLIER
- L'Aveu (romance)................... HENRI NATIF
- Craignez de perdre un jour.......... A. DASSIER
- Le Violon brisé (simple histoire)..... V. HERPIN
- Une tombe dans les blés (chanson).. CH. MALO
- Mes godillots (chansonnette comique) R. PLANQUETTE
- Suites d'un premier lit (chansonnette) CH. POURNY
- Lettre d'une cousine à son cousin... CH. LECOCQ
- Un quadrille à la préfecture.......... —

CINQUIÈME VOLUME (Sommaire).

- Lucie de Lammermoor, *O bel ange !*. DONIZETTI
- Armide (air), *Ah ! si la liberté*....... GLUCK
- Noces de Jeannette, *Enfin me voilà*.. VICTOR MASSÉ
- Richard Cœur-de-Lion, *Une fièvre*... GRÉTRY
- Richard Cœur-de-Lion, *O Richard !*.. GRÉTRY
- Herculanum (credo), *Je crois au Dieu* FÉLIC. DAVID
- Jocônde (romance), *Dans un délire*.. NICOLO
- Vie de Bohême, *La Jeunesse*........ NARGEOT
- Freyschutz, *Chasseur diligent*....... WEBER
- Colinette (romance)................. REICNY
- Pour un regard de tes yeux......... J. BRÈS
- Un pioupiou malheureux (chanson).. VILLEBICHOT
- Le Curé et sa servante (chanson).... —
- Dans les Gardes Françaises.......... VADÉ
- Béranger à l'Académie (chanson).... CHAUTAGNE
- La danse n'est pas ce que j'aime.... GRÉTRY
- Auprès de ma blonde (chanson)...... —
- Monsieur et madame Denis (duo).... —
- Pauvre Jacques (romance)........... TRAVANET
- L'Enfant du Bon Dieu (complainte)... CHAUTAGNE

www.ingramcontent.com/pod-product-compliance
Ingram Content Group UK Ltd.
Pitfield, Milton Keynes, MK11 3LW, UK
UKHW020152200726
13856UKWH00003B/959